民國文化與文學_{研究文叢}研究文叢

十　編

李　怡　主編

第4冊

三十年代論爭語境中的魯迅（下）

宋　歡　迎　著

國家圖書館出版品預行編目資料

三十年代論爭語境中的魯迅（下）／宋歡迎 著 — 初版 — 新
北市：花木蘭文化事業有限公司，2018〔民107〕
目 2+174 面；19×26 公分
（民國文化與文學研究文叢 十編：第 4 冊）
ISBN 978-986-485-521-6（精裝）
1. 周樹人 2. 學術思想 3. 文學評論
820.9   107011801

特邀編委（以姓氏筆畫為序）：

丁　帆	王德威	宋如珊
岩佐昌暲	奚　密	張中良
張堂錡	張福貴	須文蔚
馮　鐵	劉秀美	

ISBN-978-986-485-521-6

9 789864 855216

民國文化與文學研究文叢
十　編　第四冊   ISBN：978-986-485-521-6

三十年代論爭語境中的魯迅（下）

作　　者	宋歡迎
主　　編	李　怡
企　　劃	四川大學中國詩歌研究院
總 編 輯	杜潔祥
副總編輯	楊嘉樂
編　　輯	許郁翎、王　筑　美術編輯　陳逸婷
出　　版	花木蘭文化事業有限公司
社　　長	高小娟
聯絡地址	235 新北市中和區中安街七二號十三樓
	電話：02-2923-1455／傳眞：02-2923-1452
網　　址	http://www.huamulan.tw 信箱 hml810518@gmail.com
印　　刷	普羅文化出版廣告事業
初　　版	2018 年 9 月
全書字數	318485 字
定　　價	十編 14 冊（精裝）新台幣 26,000 元

三十年代論爭語境中的魯迅(下)

宋歡迎　著

目
次

第五章　魯迅與「文藝大衆化」的討論

　　爲了宣傳和助進無產階級革命運動,甚至在更深遠的意義上重構民族精神生態和提升民族精神境界,左翼文人先後提出了「革命文學」、「無產階級文學」(「普羅文學」、「大衆文學」)、「無產階級革命文學」等一系列文學主張,並且爲了貫徹這些主張而長久推行「文藝大衆化」運動。魯迅從棄醫從文始就注重通過文藝革新國民思想、重塑民族精神品質,加盟「左聯」後,他更從社會生活本身出發,對「文藝大衆化」的「合理性」(對接著「人生的全圓」)和「道義性」(文學並非「消費者」的專屬品,「生產者」亦有享用的權力)給予了充分的肯定,在抗爭反動統治的同時,更爲堅定地貫徹著爲大衆和將來著想的理念,努力清除或外襲或內生的種種弊端,促使「文藝大衆化」有效地裨助無產階級革命。

第一節　作爲「急務」的「大衆化」運動

　　雖然左翼激進文人倡導「革命文學」,但不得不承認,「革命文學」不但承續而且更加增強了「新文學」同社會政治變革間的千絲萬縷的糾葛,其中最爲突出的表現就是,出於對文學所懷持的社會期想,「革命文學」倡導者提出了「文藝大衆化」〔註1〕的主張。〔註2〕1928年初,創造社的王獨清這樣論

〔註1〕關於「文藝大衆化」的孕生過程,馮雪峰曾作過相對清晰的勾勒:「提高大衆的文化水平和民主革命思想的大衆啓蒙運動,被實際的革命運動用爲組織群衆的必要方法,於是廣泛的大衆文化運動就作爲革命的實際工作之一,在革命的發展與工農的覺醒的提高中開展著,——這是接著而來的大革命期的特徵。這時,仍沒有文學上的大衆文藝運動,文學仍還沒有取得工農階級的立

說文學的「職務」和「根底」：

> 我們認清了藝術底職務是要促社會底自覺，藝術決不能爲少數者所私有，決不能只作少數特權者底生活和感情的面鏡。我們認清了藝術若不去到多數者底大隊裏面，它底根本便不能成立。〔註3〕

1929 年 3 月 23 日，我們社的林伯修（杜國癢）發文《1929 年急待解決的幾個關於文藝問題》〔註4〕，將「普羅文學底大眾化底問題」視爲首要問題。〔註5〕可以說，因爲現實鬥爭的需要，大眾群體的崛起反抗被視爲重中之重的問題，隨之，「大眾」不再被視作隨意聚散的「烏合之眾」，而是具有反抗強力的革命主體，尤其隨著革命形式的高漲，「文藝大眾化」也愈加受到重視。〔註6〕「左聯」籌備委員會在商討成立事宜時，就決定設立「文藝大眾化研究會」，「左聯」成立後，「文藝大眾化」就成爲「馬克思主義文藝理論研究會」預定討論的兩個問題之一，「左聯」執行委員會在 1930 年 8 月 4 日通過的決議中

場。到了一九二八年，提出了革命文學口號的時候，對於這問題仍是模糊的；接著，在『左聯』成立以前，所提出的『大眾文藝』，是開始意識到這個問題了，但那時仍只限於『通俗文藝』的寫作意義上，並沒有將大眾化當作文藝運動的根本的方向來看。到『左聯』成立以後，將革命文學的口號改成爲更鮮明的無產階級革命文學運動，參與這運動的作家也取了明白的階級立場的時候，這才有正式的無產階級的文學運動，而『大眾化』也作爲無產階級文學運動之基本的路線和創作方向而提出。」馮雪峰：《論民主革命的文藝運動》，《雪峰文集》（第二卷），人民文學出版社，1983 年，第 110 頁。

〔註2〕 三十年後曹聚仁回述稱，「文學大眾化」論爭「有著思想革命的痕跡，也有著社會革命、政治革命的痕跡；彼此之間，相互影響，而薈集在政治社會革命這一主要浪潮上」。曹聚仁：《文壇五十年》，東方出版中心，1997 年，第 207 頁。

〔註3〕 獨清（王獨清）：《新的開場》，《創造月刊》第 2 卷第 1 期，1928 年 8 月 10 日。

〔註4〕 曾有研究者稱譽此文爲「文藝大眾化」的「先聲」：「文藝大眾化問題的眞正解決，文藝與群眾的眞正結合是在 1942 年 5 月延安文藝座談會召開以後的事，但杜文是第一篇具體論述文藝大眾化的論文，而且延安文藝座談會上所討論的主要問題，杜文幾乎都已提到，可以說，杜文是文藝大眾化的先聲。」參見熊澤初：《文藝大眾化的先聲——讀杜國癢〈1929 年急待解決的幾個關於文藝的問題〉》，《學術研究》，1989 年第 2 期。

〔註5〕 林伯修（杜國癢）：《1929 年急待解決的幾個關於文藝問題》，《海風週報》第 12 號，1929 年 3 月 23 日。

〔註6〕 如有研究者指出：「每一次討論都處在中國民族存亡危機時期。在這種意義上說，文學大眾化的歷史，也就是中國革命的歷史」。〔日〕今村與志雄：《趙樹理文學札記》，黃修己編：《趙樹理研究資料》，北嶽文藝出版社，1985 年，第 460 頁。

還明確地指出：「『左聯』這個文學的組織在領導中國無產階級文學運動上，不允許它是單純的作家同業結合，而應該是領導文學鬥爭的廣大群眾的組織。」〔註7〕所以，爲了助進無產階級革命運動，「文藝大眾化」一直備受重視。〔註8〕

　　1930年春，《大眾文藝》編輯部關於「文藝大眾化」問題主持召開了第一次座談會，主要探討如何推進「文藝大眾化」，同時，《大眾文藝》的編者就「文藝大眾化」問題向沈端先、郭沫若、陶晶孫、馮乃超、鄭伯奇、王獨清、魯迅七人發出徵文啓事。1930年2月8日，魯迅在日記中寫道：「往內山書店，托其店員寄陶晶孫信並答文藝之大眾化問題小文一紙」〔註9〕，這就是魯迅的應徵文章《文藝的大眾化》。魯迅並不將文藝高置於民眾之上，在他看來，「文藝本應該並非只有少數的優秀者才能夠鑒賞，而是只有少數的先天的低能者所不能鑒賞的東西」。但他也認識到，「讀者也應該有相當的程度。首先是識字，其次是有普通的大體的知識，而思想和感情，也須大抵達到相當的水平線。否則，和文藝即不能發生關係。」並且也注意到，雖然爲了促進文藝的「大眾化」，但文藝還應當葆有自身所應有的品味，「若文藝設法俯就，就很容易流爲迎合大眾，媚悅大眾。迎合和媚悅，是不會於大眾有益的。」關於當時的民眾狀況以及文藝需求，魯迅有著清醒的認知：

　　　　所以在現下的教育不平等的社會裏，仍當有種種難易不同的文
　　藝，以應各種程度的讀者之需。不過應該多有爲大眾設想的作家，
　　竭力來作淺顯易解的作品，使大家能懂，愛看，以擠掉一些陳腐的
　　勞什子。但那文字的程度，恐怕也只能到唱本那樣。

在魯迅看來，無論左翼文人怎樣急於倡導和推進「大眾化」，實際條件使得當

〔註7〕　「左聯」執行委員會：《無產階級文學運動新的情勢及我們的任務》，《文化鬥爭》第1卷第1期，1930年8月15日。

〔註8〕　即如王德威所說：「左聯是1930年3月成立的：雖名聯盟，內部路線之爭，從未或已。惟『文藝大眾化』的推動，卻是成立之初即通過的共同決議。魯迅、馮乃超都熱情參與其事。」王德威：《文學的上海──一九三一》，《上海文學》，2001年第4期；另如王宏志稱：「作爲一個文學團體，但同時又兼具了濃厚政治色彩的『左聯』，自成立開始，便十分重視『文藝大眾化』的問題。」王宏志：《「白費」了的「五四」？──三十年代左翼作家對「五四」的評價》，《思想激流下的中國命運：魯迅與左聯》，臺北：風雲時代出版公司，1991年，第291頁。

〔註9〕　魯迅：《日記十九》，《魯迅全集》（第十六卷），人民文學出版社，2005年，第181頁。

時只能是「使大眾能鑒賞文藝的時代的準備」，倘若立即「就要全部大眾化，只是空談」。總之，魯迅贊同「多作或一程度的大眾化的文藝」是當時的「急務」，但也認識到，「若是大規模的設施，就必須政治之力的幫助」。〔註10〕

「九·一八」事變迫使左翼文壇更為注重「文藝大眾化」運動，如馮雪峰說：「我們認為日本出兵的事變，要促進大眾文藝運動，萬萬千千的反帝的群眾的動員，是革命的鬥爭的大眾文藝的試驗的最好機會。」〔註11〕中共六屆四中全會後，瞿秋白遭到王明的打擊，被排擠出中央領導崗位，轉行「搞文學」。〔註12〕在瞿秋白的主導下，1931年冬，「左聯」召開了數次執委會，討論國際革命作家聯盟會議（1930年11月在哈爾科夫舉行的第二次代表大會）精神，形成了由馮雪峰起草的「左聯」執行委員會決議（《中國無產階級革命文學的新任務》），認為中國無產階級革命文學從此時負有一個「最主要的特徵」，即隨著「帝國主義侵略的加緊，工人生活的更加惡劣化，勞資鬥爭的更趨激烈，全國反帝國主義運動的更深入更擴大，中國共產黨工人運動的猛烈發展」，「中國勞苦大眾的文化要求」開始抬頭。基於這樣的情勢判斷，「左聯」執行委員會將「文學的大眾化」視為「第一個重大的問題」，「在創作，批評，和目前其他諸問題，乃至組織問題」，均要求「必須執行徹底的正確的大眾化」，並提出了兩項具體措施：

> 首先第一，必須立即開始組織工農兵貧民通信員運動，壁報運動，組織工農兵大眾的文藝研究會讀書班等等，使廣大工農勞苦群眾成為無產階級革命文學的主要讀者和擁護者，並且從中產生無產階級革命的作家及指導者。

> 第二，實行作品和批評的大眾化，以及現在這些文學者生活的大眾化。今後的文學必須以「屬於大眾，為大眾所理解；所愛好」

〔註10〕魯迅：《文藝的大眾化》，《大眾文藝》第2卷第3期，1930年3月1日。

〔註11〕洛揚（馮雪峰）：《關於革命的反帝大眾文藝的工作》，《文學導報》第1卷第6、7期合刊，1931年10月23日。

〔註12〕茅盾回憶稱：「我擔任行政書記不久，瞿秋白參加了左聯的領導工作。」茅盾：《左聯前期》，《新文學史料》，1981年第3期；夏衍也曾憶及：「一九三一年中央委託瞿秋白同志到上海領導文化工作。」夏衍：《「左聯」成立前後》，中國社會科學院文學研究所《左聯回憶錄》編輯組編：《左聯回憶錄》（上），中國社會科學出版社，1982年，第53頁；錢杏邨也說：「一九二八年夏天之前，秋白就離開上海了。他再次來到上海，受中央委託主管文化工作，已是左聯成立之後的事了。」錢杏邨：《阿英憶左聯》，《新文學史料》，1980年第1期。

　　（列寧）爲原則；同時也須達到現在這些非無產階級出身的文學者
　生活的大眾化與無產階級化。〔註13〕

此外,「左聯」秘書處還刊佈了《國際革命作家聯盟對於中國無產文學的決議案》,公告「中國無產文學當前之任務(及工作)」,前兩條就是關於推進文學的「大眾化」:其一,「發展工人通訊員及工人出身之作家,俾無產文學運動得深入工人群眾而成爲工人群眾的運動」;其二,「使工作進展於勞動階級的讀者,使無產文學普遍化,用種種方法加緊無產文學對於大眾的影響」。〔註14〕「一‧二八」戰爭爆發後,瞿秋白更是極力呼籲道,「要創造極廣大的勞動群眾能夠懂得的文藝,群眾自己現在就能夠參加並且創作的文藝」,因爲「中國的革命文學和普洛文學,沒有疑問的,一定要贊助這種革命的戰爭——反對帝國主義並且反對中國地主資產階級的戰爭」,而「文藝大眾化」就是要助使普通大眾「起來自動的發展這個革命的民族戰爭,一直到完全由自己選舉出來的政權來指揮」。〔註15〕

　　1932年,瞿秋白和茅盾就「文字」和「技巧」等問題展開了關於「文藝大眾化」的第二次討論。在瞿茅二人論爭的同時,丁玲等在《北斗》上組織開展了第二次徵文討論,徵文題目爲:「(1)中國現在的文學是否應該大眾化?(2)中國現在的文學能否大眾化?(3)文學大眾化是否傷害文學本身的藝術價值?(4)文學的大眾化怎樣才能實現?」潘梓年、華蒂(葉以群)、陳望道等參與討論的作家,大多認爲「大眾的文學要從大眾中產生」〔註16〕,「文藝大眾化」的核心工作當爲「提高大眾的文化水準,培養工農大眾自己的作家」〔註17〕。當時擔任「左聯」黨團書記的陽翰笙,更強制性地要求:「不能容許我們有一個作家站在大眾之外,更不能容許有一個作家立在大眾之上,我們的作家,都必須生活在大眾之中,自身就是大眾裏的一部分,而且是大

〔註13〕「左聯」執行委員會:《中國無產階級革命文學的新任務》,《文學導報》第1卷第8期,1931年11月15日。

〔註14〕「左聯」秘書處:《國際革命作家聯盟對於中國無產文學的決議案》,《文學導報》第1卷第8期,1931年11月15日。

〔註15〕瞿秋白:《上海戰爭和戰爭文學》,《瞿秋白文集‧文學編》(第三卷),人民文學出版社,1989年,第10頁。

〔註16〕陶晶孫:《大眾化問題徵文》,《北斗》第2卷第3、4期合刊,1932年7月20日。

〔註17〕顧鳳城:《大眾化問題徵文》,《北斗》第2卷第3、4期合刊,1932年7月20日。

眾的文藝上的前鋒的一部分，應該同著大眾一塊兒生活，一塊兒鬥爭，一塊兒去提高藝術水平，應該堅決的反對那些不到大眾中去學習只立在大眾之上的自命『導師』，堅決反對那些不參加大眾鬥爭，只站在大眾之外的自覺清高的旁觀者！」〔註18〕對於這一次討論，魯迅沒有發表言論，但切實地支持著《北斗》。爲創刊號上提供珂勒惠支的版畫「犧牲」，同瞿秋白討論翻譯應當遵守的原則「信」，變換五個筆名（隋洛文、多華、長庚、豐瑜、不堂，其中豐瑜和不堂僅在此用過一次）供稿十四篇。〔註19〕

　　1934 年夏秋間，因汪懋祖等人發起「文言復興運動」，左翼文壇進行了第三次「文藝大眾化」討論，以及由此引發的大眾語和漢字拉丁化運動〔註20〕。1934 年 2 月，蔣介石在南昌宣講《新生活運動之要義》，強制推行以「四維」（禮義廉恥）、「八德」（忠孝仁愛信義和平）等封建道德爲準則的「新生活運動」，倡導尊孔讀經，掀起了全國性的復古逆流，如湖南、廣東等省的教育當局即強令中小學讀經。1934 年 5 月 4 日，時爲南京國民政府教育學會專家會員的汪懋祖，在國民黨所辦的南京《時代公論》週刊上發文《禁習文言與強令讀經》，鼓吹「復興文言」，提倡「尊孔讀經」，從文化思想上配合蔣介石推行的「新生活運動」：

　　　　吾國所謂現代語體文，新文化運動之產品，而其運動之意義，在於發揮個人主義，毀滅禮教，打倒權威，暗示鬥爭，今則變本加厲，徒求感情之奔放，無復理智之制馭，青年浸淫日永，則必有更新奇之作品，方得讀之而快意……

　　　　而兩次修訂標準，文言文分量愈削愈少，勢將驅除文言文於中學課程之外。而盡代之以白話，使十數年後，文言文絕跡，移風易

〔註18〕寒生（陽翰笙）：《文藝大眾化與大眾文藝》，《北斗》第 2 卷第 3、4 期合刊，1932 年 7 月 20 日。

〔註19〕丁玲回憶說：「張聞天同志代表黨中央把辦刊的任務交給我的時候，就指示要多多向魯迅先生請教」；「爭取魯迅的指導，是我們辦刊的指導思想」。顏雄：《丁玲說〈北斗〉》，《新文學史料》，2004 年第 3 期。

〔註20〕實際上，拉丁化運動方案的提出，很受蘇聯文化掃盲運動的影響，以及階級論、民族語言「國際化」的推動。據統計，從 1934 年到 1937 年，全國成立可考察的拉丁化團體 70 多個，創辦刊物 36 種，出版書籍 61 種，總發行量超過 12 萬冊。此外，還成立了數以千計的「難民新文字班」、「拉丁化幹部訓練班」、「農民新文字夜校」，僅延安一地，1935 年冬就設立了 100 所「農民新文字夜校」，而紅軍戰士能寫新文字的至少有兩萬人。參見汪暉：《現代中國思想的興起》（第二部　下冊），北京三聯書店，2004 年，第 1519～1520 頁。

俗，莫善於此矣。宜有人主張高中全用語體，以爲必如是則教育普
及，社會進步，不意民族意識，從此告亡。〔註21〕

6月1日，汪懋祖又發文《中小學文言運動》，不但認爲「讀經並非惡事」，而
且稱主張尊孔讀經的何陳（按：何指湖南省主席何鍵、陳指廣東省主席陳濟
棠）輩爲「豪傑之士」。〔註22〕此外，許夢因等人撰文支持「復興文言」，讚
譽文言乃「治學之利器」，倡言「從前失此器，故所治一無所成，今復尋得之，
則一切學術，皆不難迎刃而解」。〔註23〕一個月後，國民黨政府根據國民黨中
央執行委員會常務會議通過的《先師孔子誕辰紀念辦法》，明令公佈以8月27
日孔子生日爲「國定紀念日」，南京、上海等地遂於當日舉行了規模盛大的「孔
誕紀念會」。

對國民黨當局及其「幫閒」的種種做法，魯迅很是憤慨，1934年6月9
日，他在致曹聚仁的信中寫道：「讀經，作文言，磕頭，打屁股，正是現在必
定興盛的事，當和其主人一同倒斃。但我們弄筆的人，也只得以筆伐之。」〔註
24〕8月30日，魯迅作文《不知肉味和不知水味》，轉引了《申報》關於「孔
誕紀念會」的報導和《中華日報》關於餘姚鄉民口渴爭水而死的報導，就此
兩篇報導，魯迅表露了複雜的憤慨：中國不但已有外患，而且已有夷場，《申
報》還稱「承平雅頌，亦即我國民族性酷愛和平之表示」；「孔誕紀念會」奏
韶樂是一個世界，餘姚鄉民處身旱災是一個世界，雖然「這中間大有君子小
人之分，但『非小人無以養君子』，到底還不可任憑他們互相打死，渴死的」。
〔註25〕

爲了有效抵禦「復興文言」的復古主義潮流，捍衛並進一步推進「五四」
以來的白話文運動成果，左翼文化界特意提出了「大眾語」這一名稱。關於
此，陳望道回憶說：「一九三四年，……當時的復古思潮很厲害。汪懋祖在南
京提倡文言文，反對白話文，吳研因起來反擊汪的文言復古。消息傳到上海，

〔註21〕汪懋祖：《禁習文言與強令讀經》，南京《時代公論》週刊第110號，1934年
　　　　5月4日。
〔註22〕汪懋祖：《中小學文言運動》，南京《時代公論》週刊第114號，1934年6月
　　　　1日。
〔註23〕許夢因：《文言復興之自然性與必然性》，《中央日報》，1934年6月1日。
〔註24〕魯迅：《書信·340609·致曹聚仁》，《魯迅全集》（第十三卷），人民文學出版
　　　　社，2005年，第145頁。
〔註25〕公汗（魯迅）：《不知肉味和不知水味》，《太白》半月刊第1卷第1期，1934
　　　　年9月20日。

一天，樂嗣炳來看我，告訴我說：汪在那裡反對白話文。我就對他說，我們要保白話文，如果從正面來保是保不住的，必須也來反對白話文，就是嫌白話文還不夠白。他們從右的方面反，我們從左的方面反，這是一種策略。只有我們也去攻白話文，這樣他們自然就會來保白話文了。我們決定邀集一些人在一起商量商量。第一次集會的地點是當時的『一品香』茶館。應邀來的有胡愈之、夏丏尊、傅東華、葉紹鈞、黎錦暉、馬宗融、陳子展、曹聚仁、王人路、黎烈文（《申報》副刊《自由談》主編），加上我和樂炳嗣共十二人。會上，大家一致決定採用『大眾語』這個比白話還新的名稱。」〔註26〕於是，1934 年 6 月 18 日和 19 日的《申報·自由談》，先後刊登了陳子展的《文言—白話—大眾語》和陳望道的《關於大眾語文學的建設》，鄭重地提出了「大眾語」問題，接著許多報刊也展開了關於「大眾語」問題的討論，《文學》月刊還就此特闢了專欄《大眾語問題特輯》。

1934 年 7 月 25 日，時任《社會月報》編者的曹聚仁發信向各方徵求關於「大眾語」問題的意見，信中提出如下五個問題：「一、大眾語文的運動，當然繼承著白話文運動國語運動而來的；究竟在現在，有沒有劃分新階段，提倡大眾語的必要？二、白話文運動為什麼會停滯下來？為什麼新文人（五四運動以後的文人）隱隱都有復古的傾向？三、白話文成為特殊階級（知識分子）的獨佔工具，和一般民眾並不發生關涉；究竟如何方能使白話文成為大眾的工具？四、大眾語文的建設，還是先定了標準的一元國語，逐漸推廣，使方言漸漸消滅？還是先就各大區的方言，建設多元的大眾語文，逐漸集中以造成一元的國語？五、大眾語文的作品，用社麼方式去寫成？民眾所慣用的方式，我們如何棄取？」1934 年 7 月 29 日，魯迅致信曹聚仁，首先對上述五個問題作了回覆：

> 一、有劃分新階段，提倡起來的必要的。對於白話和國語，先不要一味「繼承」，只是擇取。
> 二、秀才想造反，一中舉人，便打官話了。
> 三、最要緊的是大眾至少能夠看。倘不然，即使造出一種「大眾語文」來，也還是特殊階級的獨佔工具。
> 四、先建設多元的大眾語文，然後看著情形，再謀集中，或竟

〔註26〕陳望道：《談大眾語運動》，《陳望道文集》（第三卷），上海人民出版社，1981年，第 199 頁。

不集中。

　　五、現在答不出。〔註27〕

接著，魯迅寫道：「有些論者，簡直是狗才，借大眾語以打擊白話的，因為他們知道大眾語的起來還不在目前，所以要趁機會先將為害顯然的白話打倒。至於建立大眾語，他們是不來的。」可見，在反擊國民黨復古逆流的同時，魯迅也注意到需要警惕「偽」左翼人士的投機活動。另外，魯迅也注意糾偏畢其功於一役的激進主張和做法，強調切合實際逐步推進，如他寫道：「中國語拉丁化；到大眾中去學習，採用方言；以至要大眾自己來寫作，都不錯。但迫在目前的明後天，怎麼辦？我想，也必須有一批人，立刻試作淺顯的文章，一面是試驗，一面看對於將來的大眾語有無好處。並且要支持歐化式的文章，但要區別這種文章，是故意胡鬧，還是為了立論的精密，不得不如此。」〔註28〕1934 年 8 月 2 日，魯迅還將此信改寫，發在《社會月報》第 1 卷第 3 期上。魯迅關於「大眾語」的意見獲得了左翼文人的認可。1934 年 9 月 20 日，茅盾發文《「買辦心理」與「歐化」》駁斥將支持「歐化文」歸於「買辦心理」的論斷，呼應魯迅「要支持歐化式的文章」的主張。〔註29〕此外，茅盾還作了《白話文的清洗和充實》和《不要閹割的大眾語》來進一步闡發魯迅所提請注意的投機活動和激進做法。〔註30〕

　　1934 年 8 月，關於大眾語的論爭到達了高潮，生活書店的陳望道和樂嗣炳打算趁此時機創辦一份主要登載「戰鬥的小品文」的半月刊，著力提倡「大眾語」運動，也藉以打擊林語堂等人推崇的小品文。〔註31〕《太白》創刊後，

〔註27〕 魯迅：《書信・340729・致曹聚仁》，《魯迅全集》（第十三卷），人民文學出版社，2005 年，第 187～188 頁。
〔註28〕 魯迅：《書信・340729・致曹聚仁》，《魯迅全集》（第十三卷），人民文學出版社，2005 年，第 188 頁。
〔註29〕 曲子（茅盾）：《「買辦心理」與「歐化」》，《太白》創刊號，1934 年 9 月 20日。
〔註30〕 仲元（茅盾）：《白話文的清洗和充實》，《申報・自由談》，1934 年 8 月 22 日；仲元（茅盾）：《不要閹割的大眾語》，《申報・自由談》，1934 年 8 月 24 日。
〔註31〕 關於辦刊目的，《太白》的主編陳望道曾說：「一九三四年創辦這個雜誌（引者注：即《太白》），是想用戰鬥的小品文去揭露、諷刺和批判當時黑暗的現實，並反對林語堂之流配合國民黨反動派文化『圍剿』而主辦的《論語》和《人間世》鼓吹所謂『幽默』的小品文的。」陳望道：《關於魯迅先生的片斷回憶》，參見魯迅博物館等選編：《魯迅回憶錄》（散篇），北京出版社，1999年，第 1024 頁。

隨即就「大眾語」和漢字「拉丁化」展開了熱烈的討論，在創刊號上就登載了陳望道、胡愈之、樂嗣炳、洪深等人所作的七篇討論文章，第二、三期仍有文章繼續討論。概而言之，爭論的問題主要有：什麼樣的拉丁化方案最佳；全國統一的大眾語究竟以南方（上海）共同語爲標準，還是以北方（北平）共同語爲標準；是否採用方言；徹底丟棄白話文還是吸取白話文的優良因子；漢字的簡筆字問題等等。在這場熱鬧的論爭中，茅盾寫文《大眾語運動的多面性》，肯定了由反對「復興文言運動」而引發的「大眾語」運動，並且進一步闡發「大眾語」運動應當是多方面的廣泛的文化運動，即在思想上反封建意識，在文學上清洗和充實白話文，在語言上爲全國一致的新中國語的誕生作準備，而在當時緊迫的大眾解放鬥爭中需要漢字「拉丁化」。〔註32〕當時提倡漢字「拉丁化」者，雖未主張立刻廢除漢字，卻都認爲可以試驗。魯迅曾說：「就是現在馬上實驗，我以爲也並不難。」〔註33〕茅盾也作文《關於新文字》擁護魯迅的觀點。〔註34〕

第二節　「大眾」與「個人」的背離

中國的普羅大眾長期位居社會的最底層，同文學基本上是絕緣的，因而作爲小資產階級知識分子，如何通過「改造自我」來「啓蒙大眾」便成爲一個核心問題，如李初梨在《怎樣地建設革命文學》中明確寫道：「革命文學……應當而且必然地是無產階級文學」，而「無產階級文學是：爲完成他主體階級的歷史的使命，不是以觀照——表現的態度，而以無產階級的階級意識，產生出來的一種鬥爭的文學」。〔註35〕不難發現，李初梨的「無產階級文學觀」包納了如下三重涵義：其一，「歷史的使命」已必須由作爲「主體階級」的「無產階級」來完成；其二，「無產階級」必須擔負「歷史的使命」，然而卻無力「觀照——表現」本階級的「階級意識」；其三，「無產階級文學」需由有能

〔註32〕江（茅盾）：《大眾語運動的多面性》，《文學》第3卷第4號，1934年10月1日。

〔註33〕仲度（魯迅）：《漢字和拉丁化》，《中華日報·動向》，1934年8月25日。

〔註34〕不過，茅盾晚年回憶此事時說道：「現在看來，當時我們都有點急躁，把廢除漢字看得太簡單。而且有的觀點也太偏激。事情只有經過實踐，然後能認識得更清楚。」茅盾：《文藝大眾化的討論及其他》，《新文學史料》，1982年第2期。

〔註35〕李初梨：《怎樣地建設革命文學》，《文化批判》第2號，1928年2月15日。

力的階級懷持著「無產階級的階級意識」來進行創作落實。於是，爲了進行「革命宣傳」，左翼激進文人簡單依照馬克思主義的社會更替邏輯，不但自居於具有廣闊未來的「無產階級」，而且揭舉「階級性」作唯一標杆，極力倡導機械記錄現實而非藝術再現現實的「普羅列塔利亞的寫實主義」。結果，爲了追求明快的昂揚，卻淪喪了豐茂的審美，也遠離了繁複的現實，更未能抓住根本問題，即怎樣巧妙融合「革命宣傳」與「文學啓蒙」來切實發揮文學的革命效能，而這一切都歸根於左翼激進文人錯誤地理解了「大眾」的涵指。

　　1928 年 2 月，成仿吾發表了《從文學革命到革命文學》參與「革命文學」論戰，文中寫道：「我們要努力獲得階級意識，我們要使我們的媒質接近農工大眾的用語，我們要以農工大眾爲我們的對象。」〔註 36〕這裡的「大眾」顯然已帶有階級性，不同於涵指模糊的「民眾」，或者說，「大眾」這個舶來語對應的是「The masses」〔註 37〕而非「The People」。然而，1928 年 9 月 20 日，郁達夫、夏萊蒂主編的《大眾文藝》創刊時，郁達夫卻這樣解釋「大眾文藝」：

　　　　「大眾文藝」這一個名字，取自日本目下正在流行的所謂「大
　　　　眾小説」。日本的所謂「大眾小説」，是指那種低級的迎合一般社會
　　　　心理的通俗戀愛或武俠小説等而言。現在我們所借用的這個名字，
　　　　範圍可沒有把它限得那麼狹。我們的意思，以爲文藝應該是大眾的
　　　　東西，並不能如有些人之所説，應該將她局限隸屬於一個階級的。
　　　　更不能創立出一個新名詞來，向政府去登錄，而將文藝作爲一團體
　　　　或幾個人的專賣特許的商品的。因爲近來資本主義發達到了極點，
　　　　連有些文學團體，都在組織信託公司，打算壟斷專賣文藝了，我們
　　　　就覺得對此危機，有起來振作一下的必要，所以就和現代書局訂立
　　　　合同，來發印這一個月刊「大眾文藝」。我們並沒有政治上的野心，
　　　　想利用文藝來做官。我們也沒有名利上的虛榮，想轉變無常的來欺
　　　　騙青年而實收專賣的名聲和利益。我們尤其不想以裁判官，天才者，

〔註 36〕成仿吾：《從文學革命到革命文學》，《創造月刊》第 1 卷第 9 期，1928 年 2
　　　　月 1 日。

〔註 37〕如黎錦熙曾説：「現代又有拿來義譯的『舶來品』，『大眾』就相當於英文的
　　　　The masses（或譯作『群眾』）。這個原詞卻已有了階級性（故又或譯爲『平民』，
　　　　或爲『下層階級』），……最近漸用於多數集體的人民，如所謂『勞動大眾』『無
　　　　產大眾』『農民大眾』等。」黎錦熙：《「大眾語」眞詮》，《國語週刊》第 154
　　　　期，1934 年 9 月 8 日。

或個人執政者 Dictator 自居，立在高高的一個地位，以壇下的大眾作爲群愚，而來發號施令，做那些總總司令式的文章。我們只覺得文藝是大眾的，文藝是爲大眾的，文藝也須是關於大眾的。西洋人所說的：「By the people，for the people，of the people」的這句話，我們到現在也承認是眞的。〔註38〕

對於郁達夫的主張，彭康首先著文《革命文藝與大眾文藝》進行批駁，指斥「大眾文藝」只是爲了迎合一般群眾，所謂的「大眾」實際還是「從『小我』出發的『大眾』」，意在用「大眾」替換「普羅列塔利亞」，進而「用這種側面的陰消的替換法來打消普羅列塔利亞文藝」。因此，他認爲郁達夫等屬於「反動的文學陣營」，郁達夫本人也是「一個極端的個人主義者，墮落的享樂主義者」。其實，郁達夫擬想的「大眾」並非是「從『小我』出發的『大眾』」，而是最廣泛意義上的「The People」。對於郁達夫設定的「大眾」範疇，林伯修雖然清楚地認識到了，但並不贊同，稱其爲「抽象的無差別的一般大眾」：

　　普羅文學所要接近的大眾，在社會底階級構成很是複雜的現階段的中國決不是單指勞苦的工農大眾，也不是抽象的無差別的一般大眾——所謂「By The People，for the People，of the people」的 The People，而是指那由各個的工人，農民，兵士，小有產者等等所構成的各種各色的大眾層。在這裡我們應當科學地具體地去把它們詳細分析，絕對不許含糊籠統。〔註39〕

值得注意的是，郁達夫從日本借用來的「大眾」是「The People」，而非帶有階級性的「The masses」。另如郁達夫在《編輯餘談》中一再表示：「《大眾文藝》也沒有多大的野心，不過想供給一般讀者以一點近似文藝的東西而已。」〔註40〕

　　1929 年 12 月 20 日，郭沫若作《新興大眾文藝的認識》，文章首先揭批日本時興的「大眾文藝」實爲封建時代的「通俗小說」的化身，稱郁達夫等編輯的《大眾文藝》也近同於「Made in Japan」的「東洋貨」，是同「無產文藝對抗而產生的」，其所謂的「大眾」是「把無產階級除外了的大眾，是有產有

〔註38〕郁達夫：《大眾文藝釋名》，《大眾文藝》第 1 卷第 1 期，1928 年 9 月 20 日。

〔註39〕林伯修（杜國庠）：《1929 年急待解決的幾個關於文藝問題》，《海風週報》第 12 號，1929 年 3 月 23 日。

〔註40〕郁達夫：《編輯餘談》，《大眾文藝》第 1 卷第 1 期、第 4 期，1928 年 9 月 20 日、12 月 20 日。

間的大眾，是紅男綠女的大眾，是大世界新世界青蓮閣四海升平樓的老七老八的大眾！」郭沫若認為「大眾文藝」所應當面向的「大眾」，「是無產大眾，是全中國的工農大眾，是全世界的工農大眾！」〔註41〕但是，郭沫若又贊同日本當時出現的新氣象——「無產文藝的作家進展到大眾文藝的舞臺上來，在不知不覺之間正在表演著『改梁換柱』『金蟬脫殼』的一套把戲」，變換立場稱讚「這不是大眾文藝的進展，這是無產文藝的進展。換句話說，就是無產文藝的通俗化」。最後，明確表白他意念中「大眾文藝」及其「使命」：

> 所以我所希望的新的大眾文藝，就是無產文藝的通俗化！……
> 新式的「子曰詩云」是不濟事的，新式的「咬文嚼字」是不濟事的。
> 你要去教導大眾，老實不客氣的是教導大眾，教導他怎樣去履行未來社會的主人的使命。這個也就是你大眾文藝的使命，你不是大眾的文藝，你也不是為大眾的文藝，你是教導大眾的文藝！你是先生，你是導師，這層責任你要認清！在清醒的責任觀感之下，在清醒的階級理論之下，你去把被人麻醉了，被人壓迫了，被人榨取了的大眾清醒起來！所以大眾文藝的標語應該是無產文藝的通俗化。通俗到不成文藝都可以，你不要丟開大眾，你不要丟開無產大眾。始始終終要把「大眾」兩個字刻在你的頭上。〔註42〕

隨後郭沫若還提出了更為極端的主張：「我們寧可拋棄文藝，不可脫離大眾。」〔註43〕不難發現，左翼激進文人往往視「大眾」為抽象的「類」概念〔註44〕，忽略了「大眾」本是由鮮活個體組成的階級群體，故而往往機械套用認識論的推衍邏輯，以為以此就可達至改造「大眾」的目的，如成仿吾在《從文學革命到革命文學》中鼓動小資產階級，「克服自己的小資產階級的根性，把你的背對向那將奧伏赫變的階級，開步走，向那齷齪的農工大眾！」〔註45〕「奧

〔註41〕郭沫若：《新興大眾文藝的認識》，《大眾文藝》第 2 卷第 3 期，1930 年 3 月 1 日。

〔註42〕郭沫若：《新興大眾文藝的認識》，《大眾文藝》第 2 卷第 3 期，1930 年 3 月 1 日。

〔註43〕麥克昂（郭沫若）：《普羅文藝的大眾化》，《藝術月刊》第 1 卷第 1 期，1930 年 3 月 14 日。

〔註44〕參見陳建華：《「革命」的現代性——中國革命話語考論》，上海古籍出版社，2000 年，第 268 頁。

〔註45〕成仿吾：《從文學革命到革命文學》，《創造月刊》第 1 卷第 9 期，1928 年 2 月 1 日。

伏赫變」是德語「Aufheben」的音譯，原為哲學術語，意指探尋真理的辨證發展過程（黑格爾稱「肯定→否定→否定之否定」，馮友蘭稱「正→反→合」〔註46〕）。一定意義上可以說，左翼的「大眾」釋解近同於費爾巴哈界定「人的本質」，即「只能把人的本質理解為『類』，理解為一種內在的、無聲的、把許多個人純粹自然地聯繫起來的共同性」〔註47〕，「從來沒有看到真實存在著的、活動的人，而是停留在抽象的『人』上」〔註48〕。

　　結果，左翼激進文人簡單套用馬克思主義的社會更替邏輯，判定隨著「新興階級」（「普羅列塔利亞」）取替原先的「支配階級」（「布爾喬亞」），新興的「普羅列塔利亞」文學也將自然而然地取替「布爾喬亞」文學，如鄭伯奇肯定地表述道：

> 現在全世界已經成了布爾喬亞與普羅列塔利亞兩個階級對立的局面。就社會發展的過程看起來，布爾喬亞已經走到沒落的路程，普羅列塔利亞正到了抬頭的時期。這樣的時代，正是社會上發生了許多矛盾和變動的時代。這樣的時代，也正是新興階級的意德沃羅基漸漸獲得群眾的時代。這樣的時代，因而也就是新興文學公然登場的時代。普羅列塔利亞的新興文學也就是這樣產生的。沒落期的布爾喬亞，只有欺瞞和橫暴，所揭櫫的種種理想，老早喪失了騙人的魅力。這個階級的文學只有頹廢的呻吟和誇大的妄想。這更使新興文學得了很大的推動力。被壓迫階級的不平不滿，對於改造社會的堅強的意志，對於人類前途的熱烈的希望等等，這些都很有力地表現在這新興文學內面。這樣，新興文學，雖然技術方面未必能登既成文學的營壘，漸漸獲得群眾，公然可以與布爾喬亞傳統的文學相抗衡。〔註49〕

而且，參照西方的文藝復興，鄭伯奇認為「普羅列塔利亞」文學將要成功復興中國文藝，因而對「新興文學」的發展前景滿懷信心：

〔註46〕參見馮友蘭：《三松堂自序》，人民出版社，2008 年，第 318 頁。

〔註47〕〔德〕馬克思：《關於費爾巴哈的提綱》，《馬克思恩格斯選集》（第一卷），人民出版社，1972 年，第 18 頁。

〔註48〕〔德〕馬克思：《德意志意識形態》，《馬克思恩格斯選集》（第一卷），人民出版社，1972 年，第 50 頁。

〔註49〕何大白（鄭伯奇）：《中國新興文學的意義》，《大眾文藝》第 2 卷第 3 期，1930 年 3 月 1 日。

　　我們不是預言家，我們不能漫然講我們的預測；但是就歷史的
辨證法的發展看下來，我們敢大膽地主張：新興文學有很偉大的前
途。並且在中國，只有站在新興文學的立場才能有偉大的文學產生。
中國的布爾喬亞文學，一出母胎，就帶上老衰的氣象，未到成熟，
先要夭折了。承繼這個使命的只有新興文學，因此中國的新興文學
所負擔的責任是特別重大，所應活動的範圍也是特別廣闊。假使許
我說句時代錯誤的話，中國的文藝復興完全在新興文學，新興藝術，
乃至新興文化的運動之下才能夠完成的。我們應該認識清楚，而在
這種認識之下加緊努力！〔註50〕

毫無疑問，這些左翼文人倡導無產階級文學的根本目的是服務於政治鬥爭，
無論是「教化」大眾還是「爭奪」大眾，都是爲了擴大普羅階級的政治主張。
郭沫若認爲左翼作家應當「在清醒的責任觀感之下，在清醒的階級理論之
下」，「去把被人麻醉了，被人壓迫了，被人榨取了的大眾清醒起來！」〔註51〕
夏衍也曾強調：「在製作大眾化文學之前，我們先該把握明確的普洛列塔利亞
觀念形態。將這種（具有普洛列塔利亞觀念形態的）作品送進群眾裏面，從
布爾喬亞的精神麻醉中間，奪取廣大的群眾，使他們獲得階級的關心，使他
們走向階級解放的戰線。」〔註52〕錢杏邨更明確地指出：「文藝大眾化」是一
個「伴著初期的新興文學運動而產生，因著階級鬥爭的尖銳化而深入了的問
題。」〔註53〕

　　爲了服務於政治鬥爭，左翼文人基本達成了共識，認爲無產階級文學的
核心要義便是「鬥爭」。李初梨這樣界定「無產階級文學」：「無產階級文學是：
爲完成他主體階級的歷史的使命，不是以觀照的──表現的態度，而以無產
階級的階級意識，產生出來的一種鬥爭的文學。」〔註54〕馮乃超也明確提出
無產階級文學應致力於「鬥爭」：「正因爲目前的時代是『革命與戰爭』的時

〔註50〕何大白（鄭伯奇）：《中國新興文學的意義》，《大眾文藝》第 2 卷第 3 期，1930
　　　　年 3 月 1 日。
〔註51〕郭沫若：《新興大眾文藝的認識》，《大眾文藝》第 2 卷第 3 期，1930 年 3 月 1
　　　　日。
〔註52〕沈端先（夏衍）：《文學運動的幾個重要問題》，《拓荒者》第 1 卷第 3 期，1930
　　　　年 3 月 10 日。
〔註53〕錢杏邨：《大眾文藝與文藝大眾化──批評並介紹〈大眾文藝〉新興文學號》，
　　　　《拓荒者》第 1 卷第 3 期，1930 年 3 月 10 日。
〔註54〕李初梨：《怎樣地建設革命文學》，《文化批判》第 2 號，1928 年 2 月 15 日。

代，國際無產階級及殖民地民族的革命鬥爭日益加緊，文化問題就是文化領域上的階級鬥爭問題，無產階級文學運動，中國無產階級文學運動也就是廣大工農鬥爭的全部的一分野。它在文化的領域中有它嚴重的特殊任務」。〔註55〕於是在「文藝大眾化」的推進過程中，「個體」被有意地置換為「群體」，結果，「作為一個敘述動機，30年代小說中的『大眾』儘管有所變化，但其形象特徵顯示出高度的規律性。大眾首先是匿名的、無差別的：個體的臉容，個體的嗓音有時會浮現，但人物的身份只有在群眾的情境以及集團的意志之中才能確認。」〔註56〕即以小說為例，丁玲以1931年的大洪災為背景而創作的《水》受到了高度的讚賞，如馮雪峰認為「《水》的最高價值」是「首先著眼到大眾自己的力量，其次相信大眾是會轉變的地方」，並且強調「新的小說家，是一個能夠正確地理解階級鬥爭，站在工農大眾的利益上，特別是看到工農勞苦大眾的力量及其出路，具有唯物辨證法的方法的作家！這樣的作家所寫的小說，才算是新的小說」。〔註57〕錢杏邨在《一九三一年中國文壇的回顧》中也說道，一九三一年中國十六個省份的大洪災是這一年「最值得作家們抓取的主要的題材」，稱讚《水》「不僅是反映了洪水的災難的主要作品」，而且「也是左翼文藝運動一九三一年最優秀的成果」。〔註58〕

然而，這樣的「大眾」在絕大意義上是被虛構出來的，即如韓毓海所說：「與知識者從思想和行動上走向社會底層的時代潮流相伴隨，自新文學的第二個十年始，人民大眾逐漸成為文學作品中的主體或主角。既然啟蒙主義者闡釋世界的方式之核心在於對『火中鳳凰』的苦難哲學和鬥爭哲學的崇拜，而他們『走向大眾』的共同選擇中其實孕含著對於這一啟蒙主義信條的自戀性臣服——人民大眾形象在新文學史上的崛起，正意味著他們由『不幸』與『不爭』的『結合』走向『苦難』與『鬥爭』的統一與象徵，正意味著大眾自身的真實存在被掏空而淪為啟蒙主義信念的現實載體和空洞能指。因而，與其說知識者在漫長的歷史歲月中真實地體味到大眾的存在，不如說他們先

〔註55〕馮乃超：《中國無產階級文學運動及左聯產生之歷史的意義》，《新地月刊》第1卷第6期，1930年6月1日。

〔註56〕〔美〕安敏成著、姜濤譯：《現實主義的限制——革命時代的中國小說》，江蘇人民出版社，2001年，第189頁。

〔註57〕丹仁（馮雪峰）：《關於新的小說的誕生——評丁玲的〈水〉》，《北斗》第2卷第1期，1932年1月。

〔註58〕錢杏邨：《一九三一年中國文壇的回顧》，《北斗》第2卷第1期，1932年1月20日。

驗地根據一種獨特的啟蒙主義式的闡釋世界的理念虛構了一個大眾之神的形象。」〔註 59〕但問題在於，意識或理念並非生而就有的自發的存在，亦非全無依傍的自覺的存在，也更非機械地決定於生活實踐、階級出身。換言之，個體的「內世界」本身具有能動性，並非僅僅是其所處「外世界」的映像。所以，機械照搬唯物主義實踐決定意識的觀點，單單以「大眾」爲著眼點，忽略了「大眾」之群中的「個體」，往往會壓抑「個體」的主動性和積極性，反倒會削弱「大眾」的鬥爭力量。正是由於這個原因，「文藝大眾化」問題雖然一直備受重視，但實際上卻未能獲得有力的推進。

第三節　創建「生產者」的文學藝術

對於無產階級文學的「鬥爭」特性，魯迅也是認同的，曾明確指出：「無產文學，是無產階級解放鬥爭底一翼，它跟著無產階級的社會的勢力的成長而成長」，「左翼作家們正和一樣在被壓迫被殺戮的無產者負著同一的運命，惟有左翼文藝現在和無產者一同受難（Passion），將來當然也將和無產者一同起來」。〔註 60〕但是，魯迅意念中的無產階級文學，除了內蘊著「鬥爭」這一特性外，還有另外幾個特性：一是無產階級文學不同於十九世紀後半期產生的「批判現實主義文學」。1927 年 12 月 21 日，魯迅在上海暨南大學講演時，其中他講到十九世紀後半期產生的「批判現實主義文學」，肯定它和「人生問題發生密切關係」：

> 十九世紀以後的文藝，和十八世紀以前的文藝大不相同。十八世紀的英國小說，它的目的就在供給太太小姐們的消遣，所講的都是愉快風趣的話。十九世紀的後半世紀，完全變成和人生問題發生密切關係。我們看了，總覺得十二分的不舒服，可是我們還得氣也不透地看下去。這因爲以前的文藝，好像寫別一個社會，我們只要鑒賞；現在的文藝，就在寫我們自己的社會，連我們自己也寫進去；在小說裏可以發見社會，也可以發見我們自己；以前的文藝，如隔岸觀火，沒有什麼切身的關係；現在的文藝，連自己也燒在這裡

〔註 59〕韓毓海：《鎖鏈上的花環——啟蒙主義文學在中國》，時代文藝出版社，1993年，第 41 頁。

〔註 60〕魯迅：《二心集·黑暗中國的文藝界的現狀》，《魯迅全集》（第四卷），人民文學出版社，2005 年，第 295 頁。

面，自己一定深深感覺到；一到自己感覺到，一定要參加到社會去！〔註61〕

但魯迅後來認識到，那些作家描寫下層人物，「所謂客觀其實是樓上的冷眼，所謂同情也不過空虛的佈施，於無產者並無補助」〔註62〕。二是無產階級文學不同於「被壓迫民族文學」。魯迅認爲「被壓迫民族文學」離「無產者文學」還很遠，「被壓迫民族文學」大抵是「叫喚，呻吟，困窮，酸辛，至多，也不過是一點掙扎」〔註63〕。三是無產階級文學是「全人類」和「超階級」的最爲廣泛的文學。雖然贊同和支持無產階級文學運動，但魯迅並不以左翼立場狹隘地匡定「無產者文學」的範疇，在他看來，「無產者文學是爲了以自己們之力，來解放本階級並及一切階級而鬥爭的一翼，所要的是全般，不是一角的地位。」〔註64〕

可以說，在魯迅的意念中，「無產者文學」是最徹底也是最高層級的鬥爭文學，是一種需要持久努力然而漸次可即的理想，而爲了進向這樣的理想，任何具有革新意向的文學都有其自身存在的意義，換言之，「前」無產階級文學可以也應當是多種樣態的。另外，雖然魯迅曾提出，「文學有階級性，在階級社會中，文學家雖自以爲『自由』，自以爲超了階級，而無意識底地，也終受本階級的階級意識所支配，那些創作，並非別階級的文化罷了」〔註65〕，但他認爲其他階級出身的作家亦可轉變意念，創作無產階級文學，如就「左聯」提出的「作家的無產階級化」的口號，魯迅肯定其具有正確的指導意義。〔註66〕顯然，魯迅主張須有明確而堅定的無產階級革命理念作文藝的徽幟，藉以增強左翼陣營的凝聚力，避免渙散而終至於消亡的命運。一定意義上，即如有研究者所指出，處身革命和戰爭時代，魯迅和托洛茨基「兩人都不以

〔註61〕魯迅：《文藝與政治的歧途》，《新聞報·學海》第182、183期，1928年1月29日、30日。

〔註62〕魯迅：《關於小說題材的通信》，《十字街頭》第3期，1932年1月。

〔註63〕魯迅：《南腔北調集·〈豎琴〉前記》，《魯迅全集》（第四卷），人民文學出版社，2005年，第443頁。

〔註64〕參見魯迅：《「硬譯」與「文學的階級性」》，《萌芽月刊》第1卷第3期，1930年3月1日。

〔註65〕魯迅：《「硬譯」與「文學的階級性」》，《萌芽月刊》第1卷第3期，1930年3月1日。

〔註66〕魯迅：《上海文藝之一瞥》，上海《文藝新聞》第20、21期，1931年7月27日、8月3日。

素材及作家的階級屬性爲斷定是否『無產者文學』的基準，而是在全階級眞正的解放＝階級文化的確立這一地平線上來展望『無產者文學』的」〔註67〕。

　　加之，魯迅本有眞切的創作體驗，如所周知，他曾藝術地鎔鑄出了《吶喊》《彷徨》等兼具「啓蒙」與「審美」的現代小說範式，〔註68〕所以，雖然列名「左聯」，但他並未斷然否定藝術園地理應遵循的章法，反倒圍繞著「啓蒙」而一直關注藝術本身的提升。換言之，如何在革命的激進力量和文學的精神感召間獲取平衡，即如何處理「反抗」和「藝術」之間的關係，魯迅並不僅僅贊同文學是助進革命的宣傳，同時亦注重「反抗」的多向度和多重性。如在《關於小說題材的通信》中，魯迅認爲青年作家一則應當立足於本身熟悉的人事，二則應當意有所向、筆有所指，進行某種「反抗」。〔註69〕可以說，在魯迅看來，「革命」是廣泛的，不止於推翻統治階級以奪取政權，還要持續批判舊傳統來煥新精神文明，因此左翼文學也並不僅僅拘囿在「左聯」綱領所統攝的範圍內。〔註70〕毫無疑問，魯迅內心更爲看重藝術作品的「內在質量」〔註71〕，故而對一般左翼人士抱持的浮面樂觀，他懷揣的並非讚賞而是

〔註67〕〔日〕長堀祐造：《魯迅革命文學論中的托洛茨基文藝理論》，《現代中文學刊》，2011 年第 3 期。

〔註68〕有研究者曾指出，魯迅、廢名、沈從文等「五四」時期的作家，他們「對於民間的認同是一種蘊涵著理性的情感浪漫想像，其情感內容要遠比理性的認知更爲強烈，他們所發現的是民間文化形態中與其情感需要相通的某種民間精神。由這種民間的情感化價值立場所發現的民間精神，也包含著現代性的理性啓蒙精神，在他們的主體世界裏，純樸、潔淨的鄉土社會既是情感的歸宿，又是啓蒙所要達到的目的。」王光東：《民間意義的發現——五四新文學的另一種傳統》，《上海文學》，2001 年第 12 期。

〔註69〕L.S.（魯迅）：《關於小說題材的通信》，《十字街頭》第 3 期，1932 年 1 月 5 日。

〔註70〕如在左翼文學批評方面，「左翼的批評有許多典型的人物和事件。魯迅的批評就是異常豐富的，當他談及俄國文學和歐洲弱小國家民族的文學及對它們的翻譯時，分析蕭紅這種原創性鮮明又經常越出常規的作家時，魯迅並不等同於茅盾、周揚的社會功利性、反映論的批評觀念。他表現出十分寬大的、充分吸收人類優秀文化遺產，而不是局限於當時剛剛引進並受到初步解釋的馬克思主義文藝觀。」吳福輝：《中國現代文學發展史》（插圖本），北京大學出版社，2010 年，第 301 頁。

〔註71〕因爲「評價藝術作品——不論贊成與否——都不能看它與藝術家思想抱負的關係，而要看它的內在質量。現在，我們第一次可以不引起誤會地步向更深的見地：即對道德的贊許只能將我們引向外層，而在內層只有那些賦予存在意義的作品本身才至關重要。同樣，只有當認識到藝術家重要性不在於他的道德時，清晰和完整才能獲得。現在，我們可首次獲得更清楚的認識，即在

憂慮，如在《從幫忙到扯淡》等文中，他一再強調「文采」、「臆想」的重要性。

在某種程度上或許可以說，魯迅是出於顧念社會革命的大潮，所以才不刻意推崇文學的藝術性，甚至還注意將藝術質子的播散控制在有限度的範圍內，因爲中國的實際狀況是勞苦大眾基本上同文字是絕緣的。如在《俄羅斯的童話》的「譯後記」中，魯迅曾指出：「現在的有些學者說：文言白話是有歷史的。這並不錯，我們能在書本子上看到；但方言土話也有歷史——只不過沒有人寫下來。帝王卿相有家譜，的確證明著他有祖宗；然而窮人以至奴隸沒有家譜，卻不能成爲他並無祖宗的證據。筆只拿在或一類人的手裏，寫出來的東西總不免於蹩蹻，先前的文人哲士，在記載上就高雅得古怪。」〔註72〕鑑於此，魯迅一再呼籲覺醒的小資產階級知識分子應當擔負起「前驅」的使命：「我們的勞苦大眾歷來只被最劇烈的壓迫和榨取，連識字教育的佈施也得不到，惟有默默地身受著宰割和滅亡。繁難的象形字，又使他們不能有自修的機會。智識的青年們意識到自己的前驅的使命，便首先發出戰叫。這戰叫和勞苦大眾自己的反叛的叫聲一樣地使統治者恐怖……」〔註73〕而魯迅在應伊羅生之約和茅盾共同編選中國現代短篇小說時，就同意採用《草鞋腳》之名，藉以昭示世人，雖然文壇一貫由上等的「皮鞋腳」所把持，但下等的「草鞋腳」已然進入文壇，呼喚著人性的解放和階級意識的覺醒，作爲「新的嘗試，自然不免幼稚，但恐怕也可以看見它恰如壓在大石下面的植物一般，雖然並不繁榮，它卻在曲曲折折地生長」〔註74〕。不止於此，在 1934 年 5 月 2 日所作的《論「舊形式的採用」》中，魯迅更明確提出了應當創建「生產者的藝術」：

> 只是上文所舉的，亦即我們現在所能看見的，都是消費的藝術。
> 它一向獨得有力者的寵愛，所以還有許多存留。但既有消費者，必

內在的發展中，優勢和能力的自然增長屬於無愧於他藝術的藝術家」。〔德〕布伯著、蕭勇譯：《創作與存在》，劉小楓選編：《德語詩學文選》（下），華東師範大學出版社，2006 年，第 235 頁。

〔註72〕鄧當世（魯迅）：《俄羅斯的童話（三）·後記》，《譯文》第 1 卷第 3 期，1934 年 11 月 16 日。

〔註73〕L.S.（魯迅）：《中國無產階級革命文學和前驅的血》，《前哨》（「紀念戰死者專號」），1931 年 4 月 25 日。

〔註74〕魯迅：《且介亭雜文·〈草鞋腳〉小引》，《魯迅全集》（第六卷），人民文學出版社，2005 年，第 21 頁。

有生產者，所以一面有消費者的藝術，一面也必有生產者的藝術。
古代的東西，因爲無人保護，除小說的插畫以外，我們幾乎什麼也
看不見了。至於現在，卻還有市上新年的花紙，和猛克先生所指出
的連環圖畫。這些雖未必是眞正的生產者的藝術，但和高等有閒者
的藝術對立，是無疑的。但雖然如此，它還是大受消費者藝術的影
響，例如在文學上，則民歌大抵脫不開七言的範圍，在圖畫上，則
題材多是士大夫的故事，然而已經加以提煉，成爲明快，簡捷的東
西了。這也就是蛻變，一向則謂之「俗」。注意於大眾的藝術家，來
注意於這些東西，大約也未必錯，至於仍要加以提煉，那也是無須
贅說的。〔註75〕

就像人的內心是多個層次的參差交錯一樣，藝術也需要借助多種表現形式來
展現豐厚的內涵，即如席勒所言：「在眞正美的藝術作品中不能依靠內容，而
要靠形式完成一切。因爲只有形式才能作用到人的整體，而相反地內容只能
作用於個別的功能。內容不論怎樣崇高和範圍廣闊，它只是有限地作用於心
靈，而只有通過形式才能獲得眞正的審美自由。」〔註76〕當然，藝術的形式
同所表現的內容及當時的社會條件相關聯，但能否流行傳播歸根取決於社會
需要，因爲藝術中的眞善美，根本源於生活中的眞善美。在魯迅看來，爲了
使大眾能夠欣賞，並且潛移默化地獲益，「前進的藝術家的正確的任務」是要
能夠對目下社會流行的藝術「加以導引」、「加以提煉」。因此，「舊形式是採
取，必有所刪除，既有刪除，必有所增益，這結果是新形式的出現，也就是
變革」。〔註77〕除此之外，文藝（文學、圖畫等）在一定意義上還可以宣傳和
疏導反抗的苦悶，使之從自發轉向自覺，進而轉向有組織有計劃的行動，由
此避免無謂的流血犧牲。

　　後來在1934年8月16日完成的《門外文談》中，魯迅不但淺顯易懂但
又集中精到地總結了關涉「文藝大眾化」的種種問題，而且核心立意在號召
創建「生產者」的文學藝術。首先，魯迅強調「文字在人民間萌芽，後來卻
一定爲特權者所收攬」，意欲從根本上淡化長久以來文學所附著的「威權」色
彩：「因爲文字是特權者的東西，所以它就有了尊嚴性，並且有了神秘性。中

〔註75〕魯迅：《論「舊形式的採用」》，《中華日報‧動向》，1934年5月4日。
〔註76〕席勒：《美育書簡》，中國文聯出版公司，1984年，第114頁。
〔註77〕魯迅：《論「舊形式的採用」》，《中華日報‧動向》，1934年5月4日。

國的字，到現在還很尊嚴，我們在牆壁上，就常常看見掛著寫上『敬惜字紙』的簍子；至於符的驅邪治病，那是靠了它的神秘性的。文字既然含著尊嚴性，那麼，知道文字，連人也就連帶的尊嚴起來了。新的尊嚴者日出不窮，對於舊的尊嚴者就不利，而且知道文字的人們一多，也會損傷神秘性的。符的威力，就因爲這好像是字的東西，除道士以外，誰也不認識的緣故。所以，對於文字，他們一定要把持。」進而，魯迅肯定「不識字的作家雖然不及文人的細膩，但他卻剛健，清新」，但「要這樣的作品爲大家所共有，首先也就是要這作家能寫字，同時也還要讀者們能識字以至能寫字，一句話：將文字交給一切人」。接下來的問題是「這各處的大眾語文，將來究竟要它專化呢，還是普通化？」魯迅雖然承認「專化」有助於提升文章的藝術表現力，但又存有越專越窄甚至滅亡的危險，因此，他認爲較之於「專化」，倒更應當提倡「普遍化」：「大眾，是有文學，要文學的，但決不該爲文學做犧牲，要不然，他的荒謬和爲了保存漢字，要十分之八的中國人做文盲來殉難的活聖賢就並不兩樣。所以，我想，啓蒙時候用方言，但一面又要漸漸的加入普通的語法和詞彙去。先用固有的，是一地方的語文的大眾化，加入新的去，是全國的語文的大眾化。」與此同時，魯迅指出應當規避「新國粹派」和「新幫閒（派）」的做法：「讀書人常常看輕別人，以爲較新，較難的字句，自己能懂，大眾卻不能懂，所以爲大眾計，是必須徹底掃蕩的；說話作文，越俗，就越好。這意見發展開來，他就要不自覺的成爲新國粹派。或則希圖大眾語文在大眾中推行得快，主張什麼都要配大眾的胃口，甚至於說要『迎合大眾』，故意多罵幾句，以博大眾的歡心。這當然自有他的苦心孤詣，但這樣下去，可要成爲大眾的新幫閒的。」因爲不同於其他人對於「大眾」的界定，魯迅不僅在最廣泛的意義上予以解讀，而且在最根本的能力上予以肯定：

> 說起大眾來，界限寬泛得很，其中包括著各式各樣的人，但即使「目不識丁」的文盲，由我看來，其實也並不如讀書人所推想的那麼愚蠢。他們是要智識，要新的智識，要學習，能攝取的。當然，如果滿口新語法，新名詞，他們是什麼也不懂；但逐漸的檢必要的灌輸進去，他們卻會接受；那消化的力量，也許還賽過成見更多的讀書人。初生的孩子，都是文盲，但到兩歲，就懂許多話，能說許多話了，這在他，全部是新名詞，新語法。他那裡是從《馬氏文通》或《辭源》裏查來的呢，也沒有教師給他解釋，他是聽過幾回之後，

從比較而明白了意義的。大眾的會攝取新詞彙和語法，也就是這樣
子，他們會這樣的前進。

因此魯迅認為，「新國粹派的主張，雖然好像為大眾設想，實際上倒盡了拖住
的任務。不過也不能聽大眾的自然，因為有些見識，他們究竟還在覺悟的讀
書人之下，如果不給他們隨時揀選，也許會誤拿了無益的，甚而至於有害的
東西。所以，『迎合大眾』的新幫閒，是絕對的要不得的。」鑒於此，魯迅指
出「覺悟的智識者」應當持以正確的姿態勇毅地擔起「利導」的任務：「由歷
史所指示，凡有改革，最初，總是覺悟的智識者的任務。但這些智識者，卻
必須有研究，能思索，有決斷，而且有毅力。他也用權，卻不是騙人，他利導，
卻並非迎合。他不看輕自己，以為是大家的戲子，也不看輕別人，當作自己的
嘍囉。他只是大眾中的一個人，我想，這才可以做大眾的事業。」〔註78〕

由上文可見，魯迅既肯定文藝，也肯定民眾需要文藝，根本原因便是，
隨著人類社會的發展，美學經驗已然不是有教養的精英分子的特別財富，而
是一種重要而普遍的人類現象，可以在許多不同的水平上加以體驗。早先魯
迅在《儗播佈美術意見書》中就曾指出：「蓋凡有人類，能具二性：一曰受，
二曰作。受者譬如曙日出海，瑤草作華，若非白癡，莫不領會感動；既有領
會感動，則一二才士，能使再現，以成新品，是謂之作。」〔註79〕可見，在
魯迅看來，人類本身具有一種「審美共通感」〔註80〕，亦即對於美的領會感
動是本體自在的一種良知良能，因此，不管民眾有無教養，他本身都具有不
慮而知的良知和不學而能的良能。而且論及所謂的三種國魂——官魂、匪魂、
民魂，魯迅認為「惟有民魂是值得寶貴的，惟有他發揚起來，中國才有真進
步」。〔註81〕為了發揚「民魂」，魯迅將目光聚焦在了文藝上，強調「文藝是

〔註78〕華圉（魯迅）：《門外文談》，《申報・自由談》，1934 年 8 月 24 日至 9 月 10
　　　 日。

〔註79〕魯迅：《集外集拾遺補編・儗播佈美術意見書》，《魯迅全集》（第八卷），人民
　　　 文學出版社，2005 年，第 50 頁。

〔註80〕尤西林曾指出：「審美共通感，其實就是一種不執著於分別對象化的心體豐盈
　　　 共通感對五官感知的融通狀態。這表現出心體的自由。更為重要而深刻的是，
　　　 審美共通感可以將個體帶入現代化缺失的共同體存在感。一種共同體存在感
　　　 當然是公共社會的心理資源。審美共通感作為共通感的現代性保留地，從而
　　　 具有了特殊重要的公共文化乃至政治文化意義。」尤西林：《審美共通感與現
　　　 代社會》，《文藝研究》，2008 年第 3 期。

〔註81〕魯迅：《學界的三魂》，《語絲》週刊第 64 期，1926 年 2 月 1 日。

國民精神所發的火光，同時也是引導國民精神的前途的燈火」〔註82〕。懷著這樣的期想，魯迅擇取藝術的根本原則是大眾是否需要，或者說藝術是否有益於大眾，如他曾對理惠拉的藝術觀表示贊同：「理惠拉以爲壁畫最能盡社會的責任。因爲這和寶藏在公侯邸宅內的繪畫不同，是在公共建築的壁上，屬於大眾的。因此也可知倘還在傾向沙龍（Salon）繪畫，正是現代藝術中的最壞的傾向。」〔註83〕顯然，創建「生產者」的文學藝術，藉以發揚「民魂」，助使底層民眾消除身受的悲苦酸辛，這無疑是魯迅關切的重心所在。〔註84〕

綜括而言，「文藝大眾化」就是以「群眾鬥爭」爲旨歸而展開的文學啓蒙、宣傳、鼓動運動，亦即怎樣將無產階級的革命理念轉化爲普通大眾的意念。事實上，從「五四」新文化運動始，「新文學」就努力追索「大眾化」，「左聯」成立後「大眾化」尤受重視，在最根本的意義上甚至可以說，「大眾化」體現了從20世紀初葉起，中國知識分子重構民族精神生態的期想和提升民族精神境界的努力。但因爲當時的鬥爭需要和認識局限，「左聯」採用近乎「政黨」式的強制方式予以推進，而且，當時左翼文人多聚居於上海，並不知悉工農大眾的實際狀況，加之外在政治環境極其惡劣，所以，「文藝大眾化」及其相關運動的開展，大多停留在言語論說的層面，實際成效遠遠低於主觀預期。或許可以說，大革命失敗的社會政治變革雖然催生了「文藝大眾化」，但眞正落實的歷史時機尚未到來。直到「七七事變」爆發後，高漲的抗日浪潮才有力地推進了「文藝大眾化」深入現實、深入民眾。〔註85〕雖然如此，但魯迅

〔註82〕魯迅：《論睜了眼看》，《語絲》週刊第38期，1925年8月3日。

〔註83〕魯迅：《貧人之夜》，《北斗》月刊第1卷第2期，1931年10月20日。未署名。

〔註84〕這也即如孫郁所說：「魯迅走進左翼隊伍，其背景與周圍的任何一個人都不同的。他內心深處一直有著一種自覺的文化承擔。他瞭解中國的古文明，懂得域外的一些新型藝術，所以無論環境怎麼變化，先生內心的一個基本東西沒有變。左聯時期，他在譯介域外文藝與整理舊的遺產方面做的工作，比任何人都多。因爲他在計劃著一個預想，通過對舊有文藝的改造，創建一種新型的屬於民眾的眞的藝術。」孫郁：《魯迅與陳獨秀》，貴州人民出版社，2009年，第220頁。

〔註85〕如抗戰爆發後，周揚曾說：「文藝大眾化，舊形式利用的問題已成了抗戰期文藝上的重要問題。戰爭不但使文藝更深入了現實，同時也使它和大家更靠攏了。」周揚：《我們的態度》，《文藝戰線》創刊號，1939年2月16日；另如茅盾也遵從文化藝術的法則，從「形式問題」和「內容問題」本就合一的角度切入，用「包舉內容與形式」的「大眾化」來替代以往僅「限於形式」的「通俗化」。茅盾：《通俗化，大眾化與中國化》，《反帝戰線》第3卷第5號，1940年3月1日。

在推進文藝「大眾化」方面的努力業已匯聚爲一股精神感召力，如抗戰爆發後，1938 年 11 月 14 日，馮雪峰在「藝術大眾化」運動中以魯迅先生爲例，高度強調應當繼承和發揚「先進的革命藝術之與大眾藝術運動的匯合及在匯合中的改造」的「革命藝術的傳統」，並將魯迅轉向參與左翼的「文藝大眾化」運動贊爲一種「魯迅精神」。〔註 86〕

〔註 86〕馮雪峰：《關於「藝術大眾化」——答大風社》，《雪峰文集》（第二卷），人民文學出版社，1983 年，第 39～40 頁。

第六章　魯迅與「復興文言」思想的交鋒

　　適值國家危亡之秋，國民黨當局非但不積極抵抗帝國主義的侵略，卻還推行復古風潮，混淆民眾的視聽，但遺老遺少們仍然追求所謂的「古雅」，有意無意袒護國民黨的統治。有鑒於此，魯迅堅決抵制各種復古傾向，特別是「復興文言」這種思想。在魯迅看來，不應當沉迷於從古書中學習「描寫的本領」，而應當推倒「古訓」的高牆，用「有生命的字彙」來表說「真的聲音」。因爲較之於文辭乾癟，意識落後的問題更爲堪憂，而況積久積重的封建思想意識難以在朝夕間蕩然根除，所以，魯迅在堅決支持政治變革的同時，也自覺地擔負起沉重繁冗的文化革新使命，著意清理傳統文化基底，滌新民族精神生態。

第一節　《莊子》《文選》與「現代的詞藻」

　　在 1933 年 10 月 1 日出版的《申報‧自由談》上，魯迅發文《感舊》，文章稱：「有些新青年，境遇正和『老新黨』相反，八股毒是絲毫沒有染過的，出身又是學校，也並非國學的專家，但是，學起篆字來了，填起詞來了，勸人看《莊子》《文選》了，信封也有自刻的印板了，新詩也寫成方塊了，除掉做新詩的嗜好之外，簡直就如光緒初年的雅人一樣，所不同者，缺少辮子和有時穿穿洋服而已。」〔註1〕在魯迅看來，處身當時那種生死存亡的境況，卻

〔註1〕　豐之餘（魯迅）：《感舊》，《申報‧自由談》，1933 年 10 月 6 日。

幻想追求所謂的「古雅」，其實是逃避現實危機的苟且做法，故而魯迅在文末指出：「排滿久已成功，五四早經過去，於是篆字，詞，《莊子》，《文選》，古式信封，方塊新詩，現在是我們又有了新的企圖，要以『古雅』立足於天地之間了。假使真能立足，那倒是給『生存競爭』添一條新例的。」〔註2〕

因為魯迅在《感舊》一文中提及《莊子》和《文選》，施蟄存便「不覺有點神經過敏起來」，以為魯迅是衝著他來的，原因是 9 月 29 日的《大晚報》上曾刊登過他推薦給青年的書目，其中就有《莊子》和《文選》。於是，施蟄存在 10 月 8 日的《申報·自由談》上發文《〈莊子〉與〈文選〉》，希圖藉此為自己作一個「解釋」：1933 年 9 月，上海《大晚報》的編輯發函請他填寫一個表格，包括兩項內容：（一）目下在讀什麼書，（二）要介紹給青年的書。在第二項中，他填寫了《莊子》和《文選》，並附加了一句注腳：「為青年文學修養之用」。他之所以希望青年人讀《莊子》和《文選》，是因為感覺到青年人的文章「太拙直」、「字彙太少」，認為青年人「從這兩部書中可以參悟一點做文章的方法，同時也可以擴大一點字彙（雖然其中有許多字是已死了的）」。〔註3〕對於施蟄存的「解釋」，魯迅在 10 月 15 日發表的《「感舊」以後（上）》中給予回駁：

> 我願意有幾句聲明：那篇《感舊》，是並非為施先生而作的，然而可以有施先生在裏面。
>
> 倘使專對個人而發的話，照現在的摩登文例，應該調查了對手的籍貫，出身，相貌，甚而至於他家鄉有什麼出產，他老子開過什麼鋪子，映像他幾句才算合式。我的那一篇裏可是毫沒有這些的。內中所指，是一大隊遺少群的風氣，並不指定著誰和誰；但也因為所指的是一群，所以被觸著的當然也不會少，即使不是整個，也是那裡的一肢一節，即使並不永遠屬於那一隊，但有時是屬於那一隊的。現在施先生自說了勸過青年去讀《莊子》與《文選》，「為文學修養之助」，就自然和我所指謫的有點相關，但以為這文為他而作，卻誠然是「神經過敏」，我實在並沒有這意思。〔註4〕

〔註2〕 豐之餘（魯迅）：《感舊》，《申報·自由談》，1933 年 10 月 6 日。

〔註3〕 參見施蟄存：《〈莊子〉與〈文選〉》，《申報·自由談》，1933 年 10 月 8 日。

〔註4〕 豐之餘（魯迅）：《「感舊」以後（上）》，《申報·自由談》，1933 年 10 月 15 日。

可見，魯迅意在表明他所攻擊的是「公敵」。當然，魯迅亦不滿施蟄存勸導有志於文學的青年看《莊子》與《文選》，認為「從這樣的書裏去找活字彙，簡直是胡塗蟲」。〔註5〕

　　眾所周知，魯迅一直主張文藝應當植根於現實生活，強調世人的焦點應當圍繞著目下的生存和發展，因此，魯迅「感舊」的根本用意是希望世人能沿著「五四」開創的革命道路繼續前進，而不是不思進取、重回故道，如其在10月16日發表的《「感舊」以後（下）》中回顧道：

　　　　當時的白話運動是勝利了，有些戰士，還因此爬了上去，但也因為爬了上去，就不但不再為白話戰鬥，並且將它踏在腳下，拿出古字來嘲笑後進的青年了。因為還正在用古書古字來笑人，有些青年便又以看古書為必不可省的工夫，以常用文言的作者為應該模做的格式，不再從新的道路上去企圖發展，打出新的局面來了。〔註6〕

但是，《大晚報》的編者崔萬秋欲藉此在副刊《火炬》上發起公開討論，得到的最早回應是，施蟄存10月18日作10月19日即見載於《大晚報‧火炬》的來信——《推薦者的立場——〈莊子〉與〈文選〉之論爭》，施蟄存開篇寫道：

　　　　我在貴報向青年推薦了兩部舊書，不幸引起了豐之餘先生的訓誨，把我派做「遺少中的一肢一節」。自從讀了他老人家的《感舊以後》（上）一文後，我就不想再寫什麼，因為據我想起來，勸新青年看新書自然比勸他們看舊書能夠多獲得一些群眾。豐之餘先生畢竟是老當益壯，足為青年人的領導者。至於我呢，雖然不敢自認為遺少，但的確已消失了少年的活力，在這萬象皆秋的環境中，即使豐之餘先生那樣的新精神，亦已不夠振拔我的中年之感了。所以，我想借貴報一角篇幅，將我在九月二十九日貴報上發表的推薦給青年的書目改一下：我想把《莊子》與《文選》改為魯迅先生的《華蓋集》正續編及《偽自由書》。我想，魯迅先生為當代「文壇老將」，他的著作裏是有著很廣大的活字彙的，而且據豐之餘先生告訴我，

〔註5〕　參見豐之餘（魯迅）：《「感舊」以後（上）》，《申報‧自由談》，1933年10月15日。

〔註6〕　豐之餘（魯迅）：《「感舊」以後（下）》，《申報‧自由談》，1933年10月16日。

> 魯迅先生文章裏的確也有一些從《莊子》與《文選》裏出來的字眼，
> 譬如「之乎者也」之類。這樣，我想對於青年人的效果也是一樣的。
> 本來我還想推薦一二部豐之餘先生的著作，可惜坊間只有豐子愷先
> 生的書，而沒有豐之餘先生的書，說不定他是像魯迅先生印珂羅版
> 木刻圖一樣的是私人精印本，屬於罕見書之列，我很慚愧我的孤陋
> 寡聞，未能推薦矣。〔註7〕

看見施文後，魯迅於 10 月 20 日作文《撲空》，駁斥施蟄存的諷刺：「勸青年
看新書的，並非爲了青年，倒是爲自己要多獲些群眾」；「我之反對推薦《莊
子》與《文選》，是因爲恨他沒有推薦《華蓋集》正續編與《僞自由書》的緣
故」；「我之反對推薦《莊子》與《文選》，是因爲恨他沒有推薦我的書，然而
我又並無書，然而恨他不推薦」。〔註8〕在文末，魯迅憤慨地表示：

> 但他竟毫不提主張看《莊子》與《文選》的較堅實的理由，毫
> 不指出我那《感舊》與《感舊以後》（上）兩篇中間的錯誤，他只有
> 無端的誣賴，自己的猜測，撒嬌，裝傻。幾部古書的名目一撕下，「遺
> 少」的肢節也就跟著渺渺茫茫，到底是現出本相：明明白白的變了
> 「洋場惡少」了。〔註9〕

本想就此停止論爭，但魯迅在 10 月 20 日的《申報·自由談》上又看到了施
蟄存 19 日致《自由談》編者黎烈文的信，文章就魯迅的《感舊》（上）又發
出了三點意見，並稱：「我不想使自己不由自主地被捲入漩渦，所以我不再說
什麼話了」，最後表態說：「此亦一是非，彼亦一是非，唯無是非觀，庶幾免
是非。」〔註10〕

鑑於此，10 月 21 日，魯迅作《答「兼示」》一文，逐一批駁了施蟄存提
出的三點意見，隨後說明他作《感舊》的本意：

> 其實，施先生說當他填寫那書目的時候，並不如我所推測那樣
> 的嚴肅，我看這話倒是眞實的。我們試想一想，假如眞有這樣的一
> 個青年後學，奉命惟謹，下過一番苦功之後，用了《莊子》的文法，
> 《文選》的語彙，來寫發揮《論語》《孟子》和《顏氏家訓》的道德

〔註7〕 施蟄存：《推薦者的立場——〈莊子〉與〈文選〉之論爭》，《大晚報·火炬》，
　　　　 1933 年 10 月 19 日。
〔註8〕 豐之餘（魯迅）：《撲空》，《申報·自由談》，1933 年 10 月 23 日。
〔註9〕 豐之餘（魯迅）：《撲空》，《申報·自由談》，1933 年 10 月 23 日。
〔註10〕 施蟄存：《致黎烈文先生書》，《申報·自由談》，1933 年 10 月 20 日。

的文章，「這豈不是太滑稽嗎」？

> 然而我的那篇《懷舊》（引者注：即《感舊》）是嚴肅的。我並
> 非爲要「多獲群眾」，也不是因爲恨施先生沒有推薦《華蓋集》正續
> 編及《僞自由書》；更不是別有「動機」，例如因爲做學生時少得了
> 分數，或投稿時被沒收了稿子，現在就藉此來報私怨。〔註11〕

10 月 26 日，《答「兼示」》刊載於《申報·自由談》，接著，施蟄存 10 月 27
日作文《突圍》進行反駁：

> 我以前對於豐先生，雖然文字上有點太鬧意氣，但的確還是表
> 示尊敬的，但看到《撲空》這一篇，他竟罵我爲「洋場惡少」了，
> 切齒之聲儼若可聞，我雖「惡」，卻也不敢再惡到以相當的惡聲相報
> 了。我呢，套一句現成詩：「十年一覺文壇夢，贏得洋場惡少名」原
> 是無足輕重，但對於豐先生，我想該是會得後悔的。今天讀到《〈撲
> 空〉正誤》，則又覺得豐先生所謂「無端的誣賴，自己的猜測，撒嬌，
> 裝傻」，又正好留給自己「寫照」了。〔註12〕

11 月 24 日，魯迅在《選本》一文中回顧青年是否應該看《莊子》與《文選》
來輔進文學修養的論爭，認爲這類論辯最終是沒有什麼結果的：「往復幾回之
後，有一面一定拉出『動機論』來，不是說反對者『別有用心』，便是『譁眾
取寵』；客氣一點，也就是『彼亦一是非，此亦一是非』，而問題於是嗚呼哀
哉了了。」

　　施蟄存提議青年人學習《莊子》和《文選》，並非執意於提倡「文言」，
而是嘗試進行傳統語言的現代轉化。如在《我與文言文》中，施蟄存贊同現
代派詩人爲了表達一個意義，一種情緒，甚至是完成一個音節，而「在他們
的詩中採用一些比較生疏的古字」。爲了反駁《文學》第 3 卷第 1 號署名「惠」
的讀者的批評，施蟄存甚至反對把「上代的文學」稱作「文學的遺產」，以爲
「它並沒有死去過」，所以他呼籲：「並世諸作家自己反省一下，在他現在所
著的文學作品中，能說完全沒有上代文學的影響或遺蹟嗎？無論在思想、辭
華，及技巧各方面？」〔註13〕另如在《又關於本刊中詩》中，施蟄存說：「《現
代》中的詩是詩，而且是純熟的現代詩。它們是現代人在現代生活中所感受

〔註11〕 豐之餘（魯迅）：《答「兼示」》，《申報·自由談》，1933 年 10 月 26 日。
〔註12〕 施蟄存：《突圍》，《申報·自由談》，1933 年 11 月 1 日。
〔註13〕 施蟄存：《我與文言文》，《現代》第 4 卷第 1 期，1933 年 11 月 1 日。

到的現代的情緒，用現代的詞藻排列成的現代的詩形。」具體何謂「現代的詞藻」，施蟄存解釋說：「《現代》中有許多詩的作者曾在他們的詩篇中採用一些比較生疏的古字，或甚至是所謂『文言文』中的虛字，但他們並不是有意地『搜揚古董』。對於這些字，他們沒有『古』的或『文言』的觀念。只要適宜於表達一個意義，一種情緒，或甚至是完成一個音節，他們就採用了這些字。所以我說他們是現代的詞藻。」〔註14〕不過，魯迅認爲選家之出「選本」，「借古人的文章，寓自己的意見」，卻使讀者在不知不覺中被選家「縮小了眼界」。〔註15〕

第二節　「描寫的本領」和「眞的聲音」

值得注意的是，在1933年7月19日所作的《官話而已》中，魯迅已將「第三種人」和「民族主義文藝者」相提並論，〔註16〕所以順延著這樣的思想理路，魯迅對施蟄存推薦《莊子》《文選》的批駁就很容易越出施蟄存的意見本身，而難免認爲施蟄存的發言表意不過是爲國民黨當局出謀劃策，如1933年11月5日他在致姚克的信中寫道：

> 前幾天，這裡的官和出版家及書店編輯，開了一個宴會，先由官訓示應該不出反動書籍，次由施蟄存說出仿檢查新聞例，先檢雜誌稿，次又由趙景深補足可仿日本例，加以刪改，或用××代之。他們也知道禁絕左傾刊物，書店只好關門，所以左翼作家的東西，還是要出的，而拔去骨格，但以漁利。有些官原是書店股東，所以設了這圈套，這方法我看是要實行的，則此後出板物之情形可以推見。大約施、趙諸君，此外還要聯合所謂第三種人，發表一種反對檢查出版物的宣言，這是欺騙讀者，以掩其獻策的秘密的。

> 我和施蟄存的筆墨官司，眞是無聊得很，五四運動時候早已鬧過的了，而現在又來這一套，非倒退而何。我看施君也未必眞研究過《文選》，不過以此取悅當道，假使眞有研究，決不會勸青年到那裡面去尋新字彙的。此君蓋出自商家，偶見古書，遂視爲奇寶，正

〔註14〕施蟄存：《又關於本刊中詩》，《現代》第4卷第1期，1933年11月1日。
〔註15〕唐俟（魯迅）：《選本》，北平《文學季刊》創刊號，1934年1月。
〔註16〕參見何家幹（魯迅）：《不通兩種·附錄·官話而已》，《申報·自由談》，1933年2月11日。

如暴發戶之偏喜擺士人架子一樣，試看他的文章，何嘗有一些「《莊
子》與《文選》」氣。〔註17〕

所以，在魯迅的眼中，施蟄存提倡《莊子》《文選》，不過是藉以「取悅當道」。
其實，施蟄存的本意是覺得青年人的文章直白乾癟，故而勸導青年可以通過
讀《文選》和《莊子》來提高文學修養。魯迅並不否認這一點，早先他也曾
說過舊文可以補助「語言的窮乏欠缺」：「至於對於現在人民的語言的窮乏欠
缺，如何救濟，使他豐富起來，那也是一個很大的問題，或者也須在舊文中
取得若干資料，以供使役」〔註18〕；在論爭之前所作的《關於翻譯（上）》
中，魯迅明確肯定古典作品本身蘊含著一定的藝術價值，認為可以從中學習
「描寫的本領」：「凡作者，和讀者因緣愈遠的，那作品就於讀者愈無害。古
典的，反動的，觀念形態已經很不相同的作品，大抵即不能打動新的青年的
心（但自然也要有正確的指示），倒反可以從中學學描寫的本領，作者的努
力。」〔註19〕

　　但較之於作品的技巧手法，魯迅更看重作品的思想品格。早先魯迅就反
對「白話要做得好，仍須看古書」的主張，1926 年 11 月，朱光潛撰文《《雨
天的書》》，其中寫道：「想做好白話文，讀若干上品的文言文或且十分必要。
現在白話文作者當推胡適之、吳稚暉、周作人、魯迅諸先生，而這幾位先生
的白話文都有得力於古文的處所（他們自己也許不承認）。」〔註20〕對此，魯
迅回應稱：「新近看見一種上海出版的期刊，也說起要做好白話須讀好古文，
而舉例為證的人名中，其一卻是我。這實在使我打了一個寒噤。別人我不論，
若是自己，則曾經看過許多舊書，是的確的，為了教書，至今也還在看。因
此耳濡目染，影響到所做的白話上，常不免流露出它的字句，體格來。但自
己卻正苦於背了這些古老的鬼魂，擺脫不開，時常感到一種使人氣悶的沉重。
就是思想上，也何嘗不中些莊周韓非的毒，時而很隨便，時而很峻急。孔孟
的書我讀得最早，最熟，然而倒似乎和我不相干。」而魯迅認為：「以文字論，
就不必更在舊書裏討生活，卻將活人的唇舌作為源泉，使文章更加接近語言，

〔註17〕魯迅：《書信・331105・致姚克》，《魯迅全集》（第十二卷），人民文學出版社，
　　　　2005 年，第 477 頁。
〔註18〕魯迅：《寫在〈墳〉後面》，《語絲》週刊第 108 期，1926 年 12 月 4 日。
〔註19〕魯迅：《準風月談・關於翻譯（上）》，《魯迅全集》（第五卷），人民文學出版
　　　　社，2005 年，第 313 頁。
〔註20〕明石（朱光潛）：《《雨天的書》》，《一般》月刊第 1 卷第 3 號，1926 年 11 月。

更加有生氣。」〔註21〕1927 年 3 月 1 日，在中山大學開學典禮上演講時，魯迅仍然表示：「說，革命是要有經驗的，所以要讀書。但這可很難說了。念書固可以念得革命，使他有清晰的，廿世紀的新見解。但，也可以念成不革命，念成反革命，因爲所念的多屬於這一類的東西，尤其是在中國念古書的特別多。」〔註22〕可見，魯迅認爲古書培植著舊思想，而創作建基於各人的遭際，首要問題在於「眞」，1927 年 2 月 18 日，魯迅在香港青年會做了題爲《無聲的中國》的講演，爲了避免文化創造淪至虛空的境地，他呼籲青年正視中國的實際狀況，敢於發出「眞的聲音」：

> 青年們先可以將中國變成一個有聲的中國。大膽地說話，勇敢地進行，忘掉了一切利害，推開了古人，將自己的眞心的話發表出來。——眞，自然是不容易的。譬如態度，就不容易眞，講演時候就不是我的眞態度，因爲我對朋友，孩子說話時候的態度是不這樣的。——但總可以說些較眞的話，發些較眞的聲音。只有眞的聲音，才能感動中國的人和世界的人；必須有了眞的聲音，才能和世界的人同在世界上生活。〔註23〕

顯然，魯迅主張應當眞切地體悟生活，然後以自家言語表述自己的感觸，否則，不顧現實生活而往古書中尋找活字彙，那麼結果不過是成爲新的拘墟之儒，因而，他堅持強調從《莊子》《文選》中找尋「活字彙」的主張無論是在學理上還是在實踐上均行不通。1933 年 11 月 5 日，魯迅在致姚克的信中曾指出：「其實，在古書中找活字彙，是欺人之談。例如我們翻開《文選》，何以定其字之死活？所謂『活』者，不外是自己一看就懂的字。但何以一看就懂呢？這一定是原已在別處見過，或聽過的，既經先已聞見，就可知此等字別處已有，何必《文選》？」〔註24〕加之如茅盾所說，在當時那樣的境況下，施蟄存等人雖不反對白話，卻有意無意間會助長了國民黨當局所推行的「復興文言」和「尊孔讀經」的風潮。〔註25〕

〔註21〕魯迅：《寫在〈墳〉後面》，《語絲》週刊第 108 期，1926 年 12 月 4 日。

〔註22〕魯迅：《讀書與革命》，《廣東青年》第 3 期，1927 年 4 月 1 日。

〔註23〕魯迅：《三閒集·無聲的中國》，《魯迅全集》（第四卷），人民文學出版社，2005 年，第 15 頁。

〔註24〕魯迅：《書信·331105·致姚克》，《魯迅全集》（第十二卷），人民文學出版社，2005 年，第 478 頁。

〔註25〕茅盾：《對於所謂「文言復興運動」的估價》，《文學》第 3 卷第 2 號，1934 年 8 月 1 日。

然而，中國社會的很多方面都太古舊，急需多方面多層次的改革來蕩除腐舊的一切，譬如就文章而言，魯迅就曾指出，較之於蘇俄或者歐美，「中國的文章是最沒有變化的，調子是最老的，裏面的思想是最舊的。但是，很奇怪，卻和別國不一樣。那些老調子，還是沒有唱完」。〔註26〕可以說，魯迅既看到了「古已有之」的歷史循環，也看到了這種循環背後的自足自大和不思進取或者不假外求，因而依如丸山升所言：「魯迅反對施蟄存向青年們推薦《莊子》《文選》，也可以說是對該推薦的好書另有很多，卻偏偏選擇《莊子》《文選》這一中國文人精神上的因循守舊表現出的焦慮。」〔註27〕而據魯迅的比較觀察，近代以來的中國文化儼然落後於世界的步伐，鑒於此，他倡導並力行文化上的「拿來主義」。尤其是近代以來，一切社會思想或制度的變遷，都不能循著一國內部的線索而展開討論，中西互照是必然的結果。新文化運動時期，胡適曾提出了「中西結合」論，而後此論一直被中國主流學界奉為圭臬。不可否認，「中西結合」是主觀預設的美好理想，然而中國的現實狀況儼然是落後的，對此魯迅有著清醒的認知。1918 年，魯迅就曾稱他對於「中國人要從『世界人』中擠出」有著「大恐懼」，認為「想在現今的世界上，協同生長，掙一地位，即須有相當的進步的智識，道德，品格，思想，才能夠站得住腳」，也覺察到流傳經久的種種「國粹」會阻擋中國人的前行。〔註28〕近十年後，魯迅更加確定自己的判斷，倘使中國人依然唱著「國粹」等「老調子」，那麼也將唱完中國人自己的前途：

> 倘照這樣下去，中國的前途怎樣呢？別的地方我不知道，只好用上海來類推。上海是：最有權勢的是一群外國人，接近他們的是一圈中國的商人和所謂讀書的人，圈子外面是許多中國的苦人，就是下等奴才。將來呢，倘使還要唱著老調子，那麼，上海的情狀會擴大到全國，苦人會多起來。因為現在是不像元朝清朝時候，我們可以靠著老調子將他們唱完，只好反而唱完自己了。這就因為，現在的外國人，不比蒙古人和滿洲人一樣，他們的文化並不在我們之下。〔註29〕

〔註26〕魯迅：《老調子已經唱完》，廣州《國民新聞‧新時代》，1927 年 3 月。
〔註27〕〔日〕丸山升著、王俊文譯：《圍繞施蟄存與魯迅的論爭》，《魯迅‧革命‧歷史：丸山升現代中國文學論集》，北京大學出版社，2005 年，第 315 頁。
〔註28〕俟（魯迅）：《隨感錄三十六》，《新青年》第 5 卷第 5 號，1918 年 11 月 15 日。
〔註29〕魯迅：《集外集拾遺‧老調子已經唱完》，《魯迅全集》（第七卷），人民文學出

顯然，在魯迅看來，外國的文化本身有許多方面值得國人學習。1929 年 5 月 22 日，在燕京大學國文會講演時，魯迅更明確講道：「中國的文化，便是怎樣的愛國者，恐怕也大概不能不承認是有些落後。新的事物，都是從外面侵入的。新的勢力來到了，大多數的人們還是莫名其妙。」〔註30〕因此，面對中國社會落後、文明敗落的狀況，魯迅慣來主張必須積極引入域外文化來革新中國的文明，如在 1925 年 2 月 9 日所作的《看鏡有感》中，魯迅曾感歎漢唐盛世之時，「凡取用外來事物的時候，就如將彼俘一樣，自由驅使，絕不介懷」〔註31〕；在 1927 年 10 月 25 日講演《關於知識階級》時，魯迅又說道：「雖是西洋文明罷，我們能吸收時，就是西洋文明也變成我們自己的了」〔註32〕；1934 年 6 月 7 日，魯迅發文《拿來主義》，更將文化上的積極借鑒提升到「主義」的高度：「沒有拿來的，人不能自成為新人，沒有拿來的，文藝不能自成為新文藝」〔註33〕；1934 年 8 月 7 日，在《從孩子的照相說起》中，魯迅仍然強調：「即使並非中國所固有的罷，只要是優點，我們也應該學習。即使那老師是我們的仇敵罷，我們也應該向他學習。」〔註34〕顯然，不同於「中西結合」論者，魯迅認為著力之處當在向西方借照，「拿來」比「送去」更重要，而且凡有助於生命自然合理發展的一切人類文明成果，都應當大膽取來，不必懼憚外來文化的衝擊或影響，因為只有在較為深厚的素養的基礎上，文藝才有進行創造性綜合乃至於創新的可能，換言之，就中國文化前進的總體歷程而言，「衝擊」或者「影響」都有助於促進中國文化的有機再生。〔註35〕

版社，2005 年，第 324～325 頁。

〔註30〕 魯迅：《現今的新文學的概觀》，北平《未名》半月刊第 2 卷第 8 期，1929 年 5 月 25 日。

〔註31〕 魯迅：《看鏡有感》，《語絲》週刊第 16 期，1925 年 3 月 2 日。

〔註32〕 魯迅：《關於知識階級》，上海《國立勞動大學週刊》第 5 期，1927 年 11 月 13 日。

〔註33〕 霍沖（魯迅）：《拿來主義》，《中華日報·動向》，1934 年 6 月 7 日。

〔註34〕 孺牛（魯迅）：《從孩子的照相說起》，《新語林》半月刊第 4 期，1934 年 8 月 20 日。

〔註35〕 劉禾曾言：「殖民化和自我殖民化之間有區別嗎？如果有的話，這種區別在多大程度上能使我們瞭解主體的作用？它又如何幫助我們理解中國人所陷入的深深的困境呢？這種困境的實質在於中國人利用非中國的或中國之外的東西來建構自己的同一性，使自己從矛盾的生存狀態中解脫出來」。劉禾：《跨語際實踐：文學，民族文化與被譯介的現代性（中國，1900～1937）》（修訂譯本），宋偉傑等譯，北京三聯書店，2008 年，第 326 頁。但正如意念的「真實」不簡單等同於現實的「存在」，精神的「壁壘」也不全然同構於現實的「隔閡」，

而且，魯迅本人明白他的創作就獲益於外國的作家，如 1933 年 8 月 13 日，魯迅在致董永舒的信中曾言：「如要創作，第一須觀察，第二是要看別人的作品，但不可專看一個人的作品，以防被他束縛住，必須博探眾家，取其所長，這才後來能夠獨立。我所取法的，大抵是外國的作家。」〔註36〕故而基於這種切身的體驗，魯迅不但強調「拿來」，還倡導進一步翻譯播佈，在他看來，「注重翻譯，以作借鏡，其實也就是催進和鼓勵著創作」，〔註37〕除此之外，「多看外國書」還有助於攻破思想的壁障，避免「由聾而啞」以至淪為「末人」。〔註38〕正是出於這樣的考慮，魯迅多次強調翻譯是不容緩待的急務，如 1935 年 10 月 29 日，魯迅在致蕭軍的信中寫道：「中國作家的新作，實在稀薄得很，多看並沒有好處，其病根：一是對事物不太注意，二是還因為沒有好遺產。對於後一層，可見翻譯之不可緩。」〔註39〕另如，1936 年 4 月 30 日，魯迅在《「中國傑作小說」小引》中又指出：「一般說，目前的作者，創作上的不自由且不說，連處境也著實困難。第一，新文學是在外國文學潮流的推動下發生的，從中國古代文學方面，幾乎一點遺產也沒攝取。第二，外國文學的翻譯極其有限，連全集或傑作也沒有，所謂可資『他山之石』的東西實在太貧乏。」〔註40〕

如前所述，魯迅對中國實際和當時的世界大潮有著深切的認知，他知道這二者之間存在著極大的差距，因而特別不滿於新文化運動前驅的「落伍」，他的這種態度從其對劉半農的愛憎中便可窺一斑。在新文化運動時，劉半農很激進，是《新青年》裏的一個戰士，「活潑，勇敢，很打了幾次大仗」，如答覆王敬軒的雙簧信，創造「她」和「牠」。〔註41〕但劉半農後來不斷退化，標點重印《何典》時，魯迅知道其實有種種無奈，所以應邀作了一則短短的

文化上的「拿來」並不能被斷定為主動地「自我殖民化」。

〔註36〕魯迅：《書信·330813·致董永舒》，《魯迅全集》（第十二卷），人民文學出版社，2005 年，第 434 頁。

〔註37〕魯迅：《關於翻譯》，《現代》第 3 卷第 5 期，1933 年 9 月 1 日。

〔註38〕魯迅：《由聾而啞》，《申報·自由談》，1933 年 9 月 8 日。

〔註39〕魯迅：《書信·351029·致蕭軍》，《魯迅全集》（第十三卷），人民文學出版社，2005 年，第 570 頁。

〔註40〕魯迅：《「中國傑作小說」小引》，日本《改造》月刊第 18 卷第 6 號，1936 年 6 月 1 日。原為日文，無標題。

〔註41〕參見魯迅：《憶劉半農君》，上海《青年界》月刊第 6 卷第 3 期，1934 年 10 月。

《〈何典〉題記》後，曾說此事「使我回憶從前，念及幾個朋友，並感到自己的依然無力而已」。〔註42〕儘管魯迅對《何典》本身頗不以為然，以為「附印無聊之校勘如《何典》者，太『小家子』相，萬不可學者也。」〔註43〕而到了 1933 年至 1934 年間，劉半農在《論語》《人間世》等刊物上發表《桐花芝豆堂詩集》和《雙鳳凰磚齋小品文》等文，甘願「落伍」。對於老友的前後的不同姿態，魯迅明言道出他的愛憎：「我愛十年前的半農，而憎惡他的近幾年。這憎惡是朋友的憎惡，因為我希望他常是十年前的半農，他的為戰士，即使『淺』罷，卻於中國更為有益。」〔註44〕因此，正如丸山升所說：「魯迅在這個時期感到的，是包括劉半農這些《新青年》時期的盟友，整個文化界所彌漫的保守化、老化的傾向。他對施蟄存推薦《莊子》、《文選》的不滿，便來自於此，問題並不在讀那些古書好還是不好。」〔註45〕可以說，較之於文辭乾癟，魯迅更憂慮意識落後的問題，他本人在 1935 年創作《起死》時，就「自始至終以故意排除文學性的語言來加以嘲諷」〔註46〕。

第三節　「古訓」的高牆與「有生命的字彙」

事實上，曹聚仁曾告誡施蟄存，在國民黨鼓動復古風潮的氛圍中推崇《莊子》和《文選》並不適宜。但施蟄存不認為會產生多麼大的危害，所以他在致曹聚仁的公開信中回覆道：「至於你（曹聚仁）在《濤聲》七十六期及八十期中所說的因為當局者正在運動這反動潮流，故對於我在這時候介紹這兩部書表示不滿，這意見我是誠心接受的。但是我想倘然見理明白一點的青年能瞭解我的看古書的態度與方法，我想是未必會有害處的。」〔註47〕客觀地說，施蟄存的意見也不無道理，但需要注意的是，魯迅批駁的重心並不限於施蟄

〔註42〕魯迅：《為半農題記〈何典〉後，作》，《語絲》週刊第 82 期，1926 年 6 月 7 日。

〔註43〕魯迅：《書信・270728・致章廷謙》，《魯迅全集》（第十二卷），人民文學出版社，2005 年，第 55～56 頁。

〔註44〕魯迅：《憶劉半農君》，上海《青年界》月刊第 6 卷第 3 期，1934 年 10 月。

〔註45〕〔日〕丸山升著、王俊文譯：《圍繞施蟄存與魯迅的論爭》，《魯迅・革命・歷史：丸山升現代中國文學論集》，北京大學出版社，2005 年，第 53 頁。

〔註46〕〔日〕木山英雄著、趙京華編譯：《莊周韓非的毒》，《文學復古與文學革命：木山英雄中國現代文學思想論集》，北京大學出版社，2004 年，第 102 頁。

〔註47〕施蟄存：《關於圍剿》，《濤聲》第 2 卷第 46 期，1933 年 11 月 25 日。

存之提倡《莊子》《文選》本身，而在這一主張所可能輻射出的負面影響。因為當政的國民黨像歷來剝削制度下的統治階級一樣，不但無視底層民眾的苦痛酸辛，還用了包括文藝在內的種種方法和工具灌輸和推行統治階級的意識形態。但對統治階級禁錮和奴役人心的做法，知識階級仍然常常有意無意地予以祖護。所以對於那些妄圖禁錮民眾思想意識的文藝，魯迅是堅決反對的。他在《英譯本〈短篇小說選集〉自序》中曾揭批道：「中國的詩歌中，有時也說些下層社會的苦痛。但繪畫和小說卻相反，大抵將它們寫得十分幸福，……中國的勞苦大眾，從知識階級看來，是和花鳥為一類的。」〔註48〕在魯迅看來，要反抗階級壓迫和專制統治，不可迴避的核心問題之一，便是覺醒的知識階級應當努力重塑民族精神生態，導引勞苦大眾勇敢地「發出戰叫」。

　　早先在創作《故鄉》《阿Q正傳》等作品時，魯迅就覺察到人與人之間存在巨大的裂隙〔註49〕，如在《故鄉》中曾描寫過這樣一個片段：

　　　　「阿！閏土哥，——你來了？……」

　　　　……

　　　　他站住了，臉上現出歡喜和淒涼的神情；動著嘴唇，卻沒有作聲。他的態度終於恭敬起來了，分明的叫道：

　　　　「老爺！……」

　　　　我似乎打了一個寒噤；我就知道，我們之間已經隔了一層可悲的厚障壁了。我也說不出話。〔註50〕

由這個片段可知，魯迅是非常憤懣於「古訓」的高牆將人與人上下隔離開，在小說末尾再次感歎道：「我只覺得我四面有看不見的高牆，將我隔成孤身，使我非常氣悶；那西瓜地上的銀項圈的小英雄的影像，我本來十分清楚，現

〔註48〕　魯迅：《集外集拾遺・英譯本〈短篇小說選集〉自序》，《魯迅全集》（第七卷），人民文學出版社，2005年，第411頁。

〔註49〕　無獨有偶，李大釗在其政論中也批駁了這種社會現象：「我們覺得人間一切生活上的不安不快，都是因為用了許多制度、習慣把人間相互的好意隔絕，使社會成了一個精神孤立的社會，在這個社會裏，個人的生活無一處不感孤獨的悲哀、苦痛；什麼國，什麼家，什麼禮防，什麼制度，都是束縛各個人精神上自由活動的東西，都是隔絕各個人間相互表示好意、同情、愛慕的東西。人類活潑潑的生活，受慣了這些積久的束縛、隔絕，自然漸成一種猜忌、嫉妒、仇視、怨恨的心理。這種病的心理，更反映到社會制度上，越顛加一層黑暗、障蔽，……」而在他看來，要改變這種狀況，首要之務在「精神解放」。孤松（李大釗）：《精神解放》，《新生活》第25期，1920年2月8日。

〔註50〕　魯迅：《故鄉》，《新青年》第9卷第1號，1921年5月。

在卻忽地模糊了，又使我非常的悲哀」。〔註51〕後來在《俄文譯本〈阿Q正傳〉序及著者自敘傳略》中，魯迅又一次表白自己的憤懣，「總彷彿覺得我們人人之間各有一道高牆，將各個分離，使大家的心無從相印」。而在魯迅看來，人與人之間的「高牆」乃是由聖人和聖人之徒所宣揚的「古訓」人為地構築起來的，加上漢字本身的繁難可怕，使得底層民眾不能說更不敢想，結果「所能聽到的不過是幾個聖人之徒的意見和道理，為了他們自己；至於百姓，卻就默默的生長，萎黃，枯死了，像壓在大石底下的草一樣，已經有四千年！」因此在創作《阿Q正傳》等作品時，魯迅就感到「要畫出這樣沉默的國民的魂靈來，在中國實在算一件難事……我雖然竭力想摸索人們的魂靈，但時時總自憾有些隔膜」，但他相信「在將來，圍在高牆裏面的一切人眾，該會自己覺醒，走出，都來開口的罷」。〔註52〕

為了助使民眾能開口「發出戰叫」，魯迅一直有意衝破「古訓」所築成的精神的高牆。在《漢文學史綱要》的第一章中，魯迅揭批倉頡造字的鬼話，開宗明義地揭示出勞動人民創造文字、創造文學的歷史奧秘：「文字成就，所當綿歷歲時，且由眾手，全群共喻，乃得流行，誰為作者，殊難確指，歸功一聖，亦憑臆之說也」；「原始之民，其居群中，……心志鬱于內，則任情而歌呼，天地變於外，則祗畏以頌祝，踊躍吟歎，時越儕輩，為眾所賞，默識不忘，口耳相傳，或逮後世」。〔註53〕1926年12月12日，魯迅在對廈門平民學校學生講話時更給予熱情的鼓勵：「因為這個學校是平民的學校，所以我就不能不來，而且不能不說幾句話。你們都是工人農民的子女，你們因為窮苦，所以失學，所以須到這樣的學校來讀書。但是，你們窮的是金錢，而不是聰明與智慧。你們貧民的子弟一樣是聰明的，你們貧民的子弟一樣是有智慧的。你們能夠下決心，你們能夠奮鬥，一定會成功，一定有前途。沒有什麼人有這樣的大權力：能夠叫你們永遠被奴役；沒有什麼命運注定：要你們一輩子做窮人。」〔註54〕

〔註51〕魯迅：《故鄉》，《新青年》第9卷第1號，1921年5月。

〔註52〕魯迅：《俄文譯本〈阿Q正傳〉序及著者自敘傳略》，《語絲》第31期，1925年6月15日。

〔註53〕魯迅：《漢文學史綱要》，《魯迅全集》（第九卷），人民文學出版社，2005年，第353、354頁。

〔註54〕轉引自李淑美口述、洪法玉記錄：《魯迅支持廈大平民學校》，魯迅研究室編：《魯迅研究資料》（第二輯），文物出版社，1977年。第297頁。

　　從魯迅的憤懣和鼓勵可知，勞苦大眾要「發出戰叫」面臨著兩大不可迴避的障礙，其一是作爲表達媒介卻難以學習的古文。1931 年 4 月 25 日，魯迅發文《中國無產階級革命文學和前驅的血》，指出「我們的勞苦大眾歷來只被最劇烈的壓迫和榨取，連識字教育的佈施也得不到，惟有默默地身受著宰割和滅亡。繁難的象形字，又使他們不能有自修的機會。」〔註 55〕在此前後，魯迅在《黑暗中國的文藝界的現狀》中又寫道：「所可惜的，是左翼作家之中，還沒有農工出身的作家。一者，因爲農工歷來只被迫壓，榨取，沒有略受教育的機會；二者，因爲中國的象形——現在是早已變得連形也不像了——的方塊字，使農工雖是讀書十年，也還不能任意寫出自己的意見。」〔註 56〕1935年 4 月 2 日，魯迅在《人生識字胡塗始》中又一次指出：「人們學話，從高等華人以至下等華人，只要不是聾子或啞子，學不會的是幾乎沒有的，一到學文，就不同了，學會的恐怕不過極少數，就是所謂學會了的人們之中，……大約仍然胡胡塗塗的還是很不少。這自然是古文作怪。」〔註 57〕其二是作爲「禮」之載體而禁錮著世人心的古訓，如劉勰在《文心雕龍・序誌》中言：「唯文章之用，實經典枝條，五禮資之以成文，六典因之致用，君臣所以炳煥，軍國所以昭明，詳其本源，莫非經典。」不難發現，劉勰推闡「文心」的根本用意也是爲了「敷贊聖旨」。鑒於此，魯迅一則反對迷戀障礙物似的古文，強調應當從「活人的嘴上」吸取「有生命的詞彙」〔註 58〕；二則指明「在中國，君臨的是『禮』」〔註 59〕，並著意將種種「禮」的制定者和維繫者從高壇上降下來。

　　爲了克服這兩大障礙，魯迅支持拉丁化的提議，在《中國語文的新生》中曾指出，若以中國最大多數人爲評判根據，「中國現在等於並沒有文字」，然而現實狀況是，「單在沒有文字這一點上，智識者是早就感到模糊的不安的。清末的辦白話報，五四時候的叫『文學革命』，就爲此。但還只知道了文章難，沒有悟出中國等於並沒有文字。今年的提倡復興文言文，也爲此」，「和

〔註 55〕L.S.（魯迅）：《中國無產階級革命文學和前驅的血》，《前哨》「紀念戰死者專號」，1931 年 4 月 25 日。

〔註 56〕魯迅：《二心集・黑暗中國的文藝界的現狀》，《魯迅全集》（第四卷），人民文學出版社，2005 年，第 295 頁。

〔註 57〕庚（魯迅）：《人生識字胡塗始》，《文學》月刊第 4 卷第 5 號，1935 年 5 月。

〔註 58〕庚（魯迅）：《人生識字胡塗始》，《文學》月刊第 4 卷第 5 號，1935 年 5 月。

〔註 59〕魯迅：《陀思妥夫斯基的事》，同刊於《青年界》月刊第 9 卷第 2 期和《海燕》月刊第 2 期，1936 年 2 月。

提倡文言文的開倒車相反,是目前的大眾語文的提倡,但也還沒有碰到根本的問題:中國等於並沒有文字。待到拉丁化的提議出現,這才抓住了解決問題的緊要關鍵」。〔註60〕後來甚至認為「由只識拉丁化字的人們寫起創作來,才是中國文學的新生,才是現代中國的新文學,因為他們是沒有中一點什麼《莊子》和《文選》之類的毒的。」〔註61〕在接受《救亡情報》記者採訪時,魯迅仍然說道:「漢字的艱深,使全國大多數的人民,永遠和前進的文化隔離,中國的人民,決不會聰明起來,理解自身所遭受的壓榨,整個民族的危機……雖然我們的政治當局,已經也在嚴厲禁止新文字的推行,他們恐怕中國人民會聰明起來,會獲得這個有效的求知新武器,但這終然是不中用的!我想,新文字運動應當和當前的民族解放運動,配合起來同時進行,而進行新文字,也該是每一個前進文化人應當肩負起來的任務。」〔註62〕此外,魯迅堅持在翻譯時儘量地忠於原文,也是希望通過較為嚴密的語言組織來逐漸改換中國人不嚴密的思維結構。如在同瞿秋白關於翻譯問題的通信中,魯迅曾就譯文不完全中國化問題解釋道:「為什麼不完全中國化,給讀者省些力氣呢?這樣費解,怎樣還可以稱為翻譯呢?我的答案是:這也是譯本。這樣的譯本,不但在輸入新的內容,也在輸入新的表現法。中國的文或話,法子實在太不精密了,作文的秘訣,是在避去熟字,刪掉虛字,就是好文章,講話的時候,也時時要辭不達意,這就是話不夠用,所以教員講書,也必須借助於粉筆。這語法的不精密,就在證明思路的不精密,換一句話,就是腦筋有些胡塗。倘若永遠用著胡塗的話,即使讀的時候,滔滔而下,但歸根結蒂,所得的還是一個胡塗的影子。要醫這病,我以為只好陸續吃一點苦,裝進異樣的句法去,古的,外省外府的,外國的,後來便可以據為己有。」〔註63〕可見,魯迅所主張的「有生命的字彙」是將鮮活的文字和縝密的組織融為一體,同時又能映像現實的真切有效的文字。

綜上可見,施蟄存提倡《莊子》《文選》的本意,不過是希望文辭乾癟的青年能從中參悟作文之法、擴充字彙儲備,亦即學習魯迅所謂的「描寫的本領」。魯迅對此也並不否認,不過國民黨當局為了禁錮人心而推行復古風潮,

〔註60〕 魯迅:《且介亭雜文・中國語文的新生》,《魯迅全集》(第六卷),人民文學出版社,2005年,第118～119頁。

〔註61〕 旅隼(魯迅):《論新文字》,《時事新報・每週文學》,1936年1月11日。

〔註62〕 芬君:《前進思想家魯迅訪問記》,上海《救亡情報》,1936年5月30日。

〔註63〕 魯迅:《論翻譯——答J.K.論翻譯》,《文學月報》第1卷第1號,1932年6月。

所以「復興文言」之類的主張在客觀上難免會助長國民黨的反動氣焰，加之魯迅認爲施蟄存本人近同於國民黨的御用文人，所以堅決反對迷戀障礙物似的古文。因爲在魯迅看來，較之於文辭乾癟，意識落後更堪憂慮。所以，爲了助使民眾能勇敢地發出「眞的聲音」，魯迅一直有意衝破「古訓」所築成的精神高牆，強調應當從「活人的嘴上」吸取「有生命的詞彙」。

第七章　魯迅對「歸隱派」的「詛咒」

　　魯迅和林語堂、周作人早先同為《語絲》的撰稿人，曾一道同黑暗戰鬥，進行過「文明批評」和「社會批評」。然而，隨著時光的流變，林語堂、周作人等從「戰士」蛻變為「隱士」，從主張「趨時」到轉向「復古」，非但不去抗擊國民黨的專制統治，反而自覺不自覺地變相地轉為國民黨政府的「幫閒」。雖說在當時那樣一個備受壓制的社會環境中，魯迅也感到縱筆文壇的艱難，但他認為無論怎樣，總不應該置身事外、不辨是非。因而，他既不滿於林語堂等那些昔日的「戰士」為求苟安而拋卻大世界、退回小天地，也憤慨於「五四」一代知識分子為了名利而分化墮落。雖然苦悶、寂寞甚至於憤怒地看著先前的「戰士」隨著成熟或老化而歸向傳統，但魯迅卻「荷戟獨彷徨」，繼續著自己的戰鬥。

第一節　反感「欲作飄逸開放」的小品

　　魯迅和林語堂、周作人曾同為《語絲》的撰稿人，他對北京時期的《語絲》總體上是認同的，認為該刊「在不意中顯了一種特色，是任意而談，無所顧忌」。〔註1〕相形之下，魯迅對「語絲派」後來的流變卻極其不以為然。1930 年 2 月 22 日，魯迅在致章廷謙的信中寫道：「語絲派的人，先前確曾和黑暗戰鬥，但他們自己一有地位，本身又便變成黑暗了，一聲不響，專用小

〔註1〕魯迅：《我和〈語絲〉的始終》，《萌芽月刊》第 1 卷第 2 期，1930 年 2 月 1 日。

玩意，來抖抖的把守飯碗。」〔註2〕不過當林語堂在《論語》上提倡幽默時〔註3〕，魯迅沒有明言反對，在《從諷刺到幽默》中還曾寫道：「倘不死絕，肚子裏總還有半口悶氣，要借著笑的幌子，哈哈的吐他出來。笑笑既不至於得罪別人，現在的法律上也尚無國民必須哭喪著臉的規定，並非『非法』，蓋可斷言的。」因此，在林語堂的邀請下，魯迅給《論語》撰寫了多篇文章，如《由中國女人的腳，推定中國人之非中庸，又由此推定孔夫子有胃病（「學匪」派考古學之一）》《學生與玉佛》《誰的矛盾》等。然而，魯迅對林語堂的觀點其實是頗有微詞的，他認為「雖幽默也就免不了改變樣子了，非傾於對社會的諷刺，即墮入傳統的『說笑話』和『討便宜』。」〔註4〕

　　1933 年 6 月 18 日，中國民權保障同盟總幹事楊杏佛被國民黨特務殺害，6 月 20 日，魯迅前往送殮，當時林語堂和魯迅均為中國民權保障同盟的執行委員，而林語堂當日並未前往弔唁。〔註5〕當夜魯迅致信林語堂時，筆端流露著難抑的悲憤之情：「前函令打油，至今未有，蓋打油亦須能有打油之心情，而今何如者。重重迫壓，令人已不能喘氣，除呻吟叫號而外，能有他乎？不准人開一開口，則《論語》雖專談蟲二，恐亦難，蓋蟲二亦有談得討厭與否之別也。天王已無一枝筆，僅有手槍，則凡執筆人，自屬全是眼中之釘，難乎免於今之世矣。」〔註6〕送殮後的第二日，魯迅作一詩追悼楊杏佛：「豈有豪情似舊時，花開花落兩由之。何期淚灑江南雨，又為斯民哭健兒。」可見，魯迅對林語堂等人的前後變化殊為憤慨，對《人間世》之飄然塵外也甚為不滿。在 8 月 23 日所作的《「論語一年」》中，魯迅坦率地表說了他對林語堂的反對態度：「老實說罷，他所提倡的東西，我是常常反對的。先前，是對於『費

〔註2〕　魯迅：《書信‧300222‧致章廷謙》，《魯迅全集》（第十二卷），人民文學出版社，2005 年，第 223 頁。
〔註3〕　林語堂曾特意強調：「本刊的主旨是幽默，不是諷刺，至少也不要以諷刺為主。」林語堂：《編輯後記——論語的格調》，《論語》第 6 期，1932 年 12 月 1 日。
〔註4〕　何家幹（魯迅）：《從諷刺到幽默》，《申報‧自由談》，1933 年 3 月 7 日。
〔註5〕　關於此事，許壽裳回憶說：「一九三三年，『民權保障同盟會』成立，舉蔡先生、孫夫人為正副會長，魯迅和楊杏佛、林語堂等為執行委員。六月，杏佛被刺，時盛傳魯迅亦將不免之說。他對我說，實在應該去送殮的。我想了一想，答道：『那麼我們同去。』……是日語堂沒有到，魯迅事後對我說：『語堂太小心了。』」許壽裳：《上海生活——後五年》，《亡友魯迅印象記‧許壽裳回憶魯迅全編》，上海文化出版社，2006 年，第 81 頁。
〔註6〕　魯迅：《書信‧330620‧致林語堂》，《魯迅全集》（第十二卷），人民文學出版社，2005 年，第 407～408 頁。

厄潑賴』，現在呢，就是幽默。」〔註7〕究其原因，即如胡風所指出的那樣，林語堂在當時的社會境況中提倡幽默完全是不合時宜的：「第一是，如果離開了『社會的關心』，無論是傻笑冷笑以至什麼會心的微笑，都會轉移人們底注意中心，變成某種心理的或生理的愉快，『爲笑笑而笑笑』，要被『禮拜六派』認作後生可畏的『弟弟』。第二是，就是眞正的幽默罷，但那地盤也是非常小的。子彈呼呼叫的地方的人們無暇幽默，赤地千里流離失所的人們無暇幽默，彳亍在街頭巷尾的失業的人們也無暇幽默。他們無暇來談談心靈健全不健全的問題。」〔註8〕

　　然而，爲了躲避社會政治風浪，林語堂更爲鮮明地轉向強調「閒適」的作文態度。如在《論小品文筆調》中，林語堂明言小品文的筆調就是「閒適筆調」、「娓語筆調」。〔註9〕另如在《論談話》中，林語堂認爲，「談話與小品文最雷同之點是在其格調之閒適，無論題目是多麼嚴重，多麼重要，牽涉到祖國的慘變和動亂，或文明在瘋狂政治思想的洪流中毀滅，使人類失掉了自由、尊嚴，甚至於幸福的目標，或甚至於牽涉到眞理和正義的重要問題，這種觀念依然是可以用一種不經意的、悠閒的、親切的態度表示出來」，因爲「有閒的社會，才會產生談話的藝術」，「談話的藝術產生，才有好的小品文」。〔註10〕魯迅原本以爲小品文之風行只是一時之現象，亦無大礙於全局，可任其自行消滅，但在林語堂等人的倡導下，脫開現實「欲作飄逸閒放」的小品文卻「過事張揚」，〔註11〕魯迅對此極爲反感，他在致鄭振鐸的信中曾言：「此地之小品風潮，也眞眞可厭，一切期刊，都小品化，既小品矣，而又嘮叨，又無思想，乏味之至。語堂學聖歎一流之文，似日見陷沒，然頗沾沾自喜，病亦難治也。」〔註12〕魯迅之所以覺得林語堂等人刊載的小品文可厭，乃是因爲在他看來，那些「文學上的小擺設」，「靠著低訴或微吟，將粗獷的人心，磨得漸漸的平滑」，於是有意無意地又退回到了附庸風雅的老路上去了：

〔註7〕　魯迅：《「論語一年」》，《論語》第 25 期，1933 年 9 月 16 日。
〔註8〕　胡風：《林語堂論》，《胡風評論集》（上），人民文學出版社，1984 年，第 20 頁。
〔註9〕　林語堂：《論小品文筆調》，《人間世》第 6 期，1934 年 6 月 20 日。
〔註10〕　林語堂：《論談話》，《人間世》第 2 期，1934 年 4 月 20 日。
〔註11〕　魯迅：《書信·340602·致鄭振鐸》，《魯迅全集》（第十三卷），人民文學出版社，2005 年，第 134 頁。
〔註12〕　魯迅：《書信·340621·致鄭振鐸》，《魯迅全集》（第十三卷），人民文學出版社，2005 年，第 158 頁。

　　「小擺設」當然不會有大發展。到五四運動的時候，才又來了一個展開，散文小品的成功，幾乎在小說戲曲和詩歌之上。這之中，自然含著掙扎和戰鬥，但因為常常取法於英國的隨筆（Essay），所以也帶一點幽默和雍容；寫法也有漂亮和縝密的，這是為了對於舊文學的示威，在表示舊文學之自以為特長者，白話文學也並非做不到。以後的路，本來明明是更分明的掙扎和戰鬥，因為這原是萌芽於「文學革命」以至「思想革命」的。但現在的趨勢，卻在特別提倡那和舊文章相合之點，雍容，漂亮，縝密，就是要它成為「小擺設」，供雅人的摩挲，並且想青年摩挲了這「小擺設」，由粗暴而變為風雅了。

然而，當時中國社會狀況的緊迫度遠遠勝過「五四」之時，「已經被世界的險惡的潮流沖得七顛八倒，像狂濤中的小船似的了」。置身於如此的境地，魯迅認為「只用得著掙扎和戰鬥」，「麻醉性的作品，是將與麻醉者和被麻醉者同歸於盡的。生存的小品文，必須是匕首，是投槍，能和讀者一同殺出一條生存的血路的東西」。〔註13〕

　　但遺憾的是，魯迅的意見並不為時人所理解。繼林語堂之後，施蟄存、康嗣群也創辦了《文飯小品》，執意繼續播佈「文學上的小擺設」，康嗣群在《創刊釋名》中解釋說：「這一二年來，小品文似乎在文壇上抬了頭。因為抬了頭，於是招了許多誹謗。有的說小品文是清談，而清談是足以亡國的。有的說小品文是小擺設，而小擺設是玩物喪志的東西。有的說小品文不是偉大的作品，而我們這個時代卻需要偉大的作品。這種種的誹謗，其實都不是小品文本身招來的。而是『小品』這個名字招來的，倘若當初不把這種文字稱為『小品』，而稱之為散文或隨筆，我想一定不至於受到這許多似是而非的攻擊的。因為品不品倒沒有關係，人們要的是『偉大』，當偉大狂盛之年，而有人來抬出『小品文』這個名稱，又從而提倡之，這當然幽默得要使一些偉大的人物感到不自然了。」而在康嗣群看來，「『小品』也許是清談，但不負亡國之責；也許是擺設，但你如果因此喪志，與我無涉。」〔註14〕邵洵美也極為讚賞周作人、林語堂等人提倡小品文：「我們不得不佩服周作人先生，尤其是林語堂先生；他們至少使我們領會了明末諸文人作品的風趣。他們的工作

〔註13〕魯迅：《小品文的危機》，《現代》第3卷第6期，1933年10月1日。
〔註14〕康嗣群：《創刊釋名》，《文飯小品》創刊號，1935年2月5日。

能立刻發生影響，乃是必然的現象。新文學運動到現在已這許多年，留學國外專事研究文學批評的也有這許多人，但是我們始終沒有一個對舊文學的系統的研究，及透徹的欣賞，真是新文學界一個最大的羞恥。所以，我覺得，新文學的出路是一方面深入民間去發現活辭句及新字彙；一方面又得去研究舊文學以欣賞他們的技巧、神趣及工具。我們要補足新文學運動者所跳越過的一段工作：我們要造一個『文學的過渡時代』。」〔註15〕除了這些抵制左翼文學、主張研習舊文學的主張外，施蟄存還例舉伏爾泰來影射魯迅的「戰鬥的小品文」：「服爾泰當時那種小冊子，目的雖然是在於鼓吹自由，宣傳正義，但因為多是對準了時事發的話，一定不免有許多悻悻然的氣概。這種文章，在當時的讀者群中的確很有效力，但如果傳給後世人看起來，讀者所處的社會環境既不相同，文字的感應力一定也會得兩樣了，那時服爾泰的文章的好處一定沒有人能感受到，而其壞處卻必然會在異代的讀者面前格外分明。」〔註16〕

　　實際上，像並不全然否定幽默一樣，魯迅也並不全然否定「文學上的小擺設」一類的小品文，以為「只要並不是靠這來解決國政，布置戰爭，在朋友之間，說幾句幽默，彼此莞爾而笑」，也是「無關大體的」。〔註17〕不過，魯迅認為在當時那樣的境況中播佈瀟灑雅致的小品文，實則是逃避現實的自欺欺人：「撒一點小謊，可以解無聊，也可以消悶氣；到後來，忘卻了真，相信了謊。也就心安理得，天趣盎然了起來。」〔註18〕所以，魯迅反對「文學上的小擺設」僅僅拘囿於玩笑娛樂的小天地，強調「篇幅短並不是小品文的特徵」，關鍵在於有沒有「骨力」：「一條幾何定理不過數十字，一部《老子》只有五千言，都不能說是小品。這該像佛經的小乘似的，先看內容，然後講篇幅。講小道理，或沒道理，而又不是長篇的，才可謂之小品。至於有骨力的文章，恐不如謂之『短文』，短當然不及長，寥寥幾句，也說不盡森羅萬象，然而它並不『小』。」〔註19〕顯然，魯迅意在強調，文章無論篇幅長短，都不

〔註15〕邵洵美：《文學的過渡時代》，《人言週刊》第 3 卷第 3 期，1936 年 3 月。

〔註16〕施蟄存：《服爾泰》，《文飯小品》第 3 期，1935 年 4 月 5 日。

〔註17〕曼雪（魯迅）：《一思而行》，《申報‧自由談》，1934 年 5 月 17 日。

〔註18〕魯迅：《且介亭雜文‧病後雜談》，《魯迅全集》（第六卷），人民文學出版社，2005 年，第 175 頁。

〔註19〕旅隼（魯迅）：《雜談小品文》，上海《時事新報‧每週文學》，1935 年 12 月 7 日。

能缺乏應有的「骨力」。

第二節　道破「幫閒」的眞實情形

當時一提到小品文，周作人和林語堂便會被同時抬出，當然，這二人是並不盡同的，依照錢杏邨的說法，若說林語堂是「幽默主義」的代表，周作人就是「逃避主義」的代表，而與這二者不同，魯迅則是「打硬仗主義」的代表。〔註20〕需要補充的是，魯迅同周作人先前在「革命文學」等問題上的看法是一致的，而「革命文學家」當時也將筆鋒指向一己之外的整個文壇，例如成仿吾曾這樣諷刺周作人：

> 景象蕭條的白都，連學校的門都是緊閉著的，城外的戰雲是密佈著，城內的居民是僵屍般的呆望著，這時候我們的周作人先生帶了他的 Cycle 悠然而來，揚著十目所視的手兒高叫道：
>
> 「做小詩吧！俳句罷！
>
> 使心靈去冒險罷！
>
> 讀古事記罷！徒然草罷！
>
> …………
>
> …………」〔註21〕

對於「革命文學家」的階級劃分及「革命文學」稱謂，周作人是不以爲然的。在中法大學講演時，周作人曾指出，依照思想意識的差別，「大致在中國可分兩種階級：一是 Bourgeois 階級，內中包含著第三及第四兩階級；二是反Bourgeois 階級」，他認爲前者所期望的不外乎富貴功名，後者所創作的才是眞

〔註20〕錢杏邨分析指出：「在一個社會的變革期中，由於黑暗現實的壓迫，文學家大概有三種路可走。一種是『打硬仗主義』，對著黑暗的現實迎頭痛擊，不把任何危險放在心頭。在新文學中，魯迅可算是這一派的代表。……二是『逃避主義』，這一班作家因爲對現實的失望，感覺著事無可爲，事不可說，倒不如『沉默』起來，『閉戶讀書』，即使肚裏也有憤慨，這一派可以『草木蟲魚』時代的周作人作代表。……第三種，就是『幽默主義』了，這些作家，打硬仗既沒有這樣的勇敢，實行逃避又心所不甘，諷刺未免露骨，說無意思的笑話會感到無聊，其結果，就走向了『幽默』一途。此種文學的流行，也可說是『不得已而爲之』。」阿英（錢杏邨）編校：《林語堂小品序》，《無花的薔薇——現代十六家小品》，河北人民出版社，1991 年，第 350 頁。

〔註21〕成仿吾：《完成我們的文學革命》，《洪水》第 3 卷第 25 期，1927 年 1 月 16 日。

正的文學，而「古代求神仙歸隱的文學」更是「中國所說的貴族文學」。因而在周作人看來，「中國的文學只產生在反 Bourgeois 階級上」，根本無所謂的「第三階級文學」、「第四階級文學」，因為文學僅僅是單純的表現，所以文學家必須跳出任何一種階級，而那些宣講「革命文學」的「革命文學家」，不過是「拿了文學來達到他政治活動的一種工具，手段在宣傳，目的在成功」。〔註22〕此後不久，1928 年 2 月 15 日，周作人在《爆竹》一文中又予以批駁。周作人認為中國民眾雖然在生活上可分為「有產」和「無產」兩類，但在思想上並無差別，因為無論是「有產者」還是「無產者」，所企求的均是「陞官發財」，因而，他認為若不破除這種思想迷戀，「只生吞活剝地號叫『第四階級』，即使是真心地運動，結果民眾政治還就是資產階級專政，革命文學亦無異於無聊文士的應制，更不必說投機家的運動了」。要之，在周作人的眼中，運動家假借「民眾」之名推行激進的社會運動也只是為了追逐「陞官發財」而已。〔註23〕1928 年 11 月 22 日，周作人在《燕知草跋》中還寫道：「我常想，文學即是不革命，能革命就不必需要文學及其他種種藝術或宗教，因為他已有了他的世界了」，繼而更明確地指出：「實在我只想說明，文學是不革命，然而原來是反抗的：這在明朝的小品文是如此，在現代的新散文亦是如此。」〔註24〕

　　不難發現，周作人的這些言論其實是對「革命文學家」的潛在回應，而其所謂的「文學」是「反抗」亦即是廣義上的「革命」這一觀點，同魯迅當時的看法是近同的。因而，即如木山英雄所說：

　　　　一邊與本國的現實相抗爭，一邊切實地錘鍊著表現方法的周氏兄弟，分別在「3‧18 流血事件」和北伐導致的國民革命的昂揚，最終因「4‧12 政變」引起的分裂、混亂這樣一種政治動盪之中，使自己的文學觀獲得了決定性的闡明。「革命文學」論的登場造成了契機，因「革命文學」派對《語絲》的攻擊使雙方發生了衝突。……雖說不問政治的意識比較強烈，然而他們仍然是從自己的立場上對國民革命的進展始終表示了真切的關注和連帶的感情，故正是在這種抵抗中所確立起基礎的他們的文學，絕不會因為革命的一句口號

〔註22〕周作人：《文學的貴族性》，《晨報副刊》，1928 年 1 月 5 日。
〔註23〕豈明（周作人）：《隨感錄九七‧爆竹》，《語絲》第 4 卷第 9 期，1928 年 2 月 27 日。
〔註24〕周作人：《燕知草跋》，周作人著、止菴校訂：《苦雨齋序跋文》，河北教育出版社，2002 年，第 124 頁。

而產生什麼動搖。而構成「革命文學」派主體的「創造社」、「太陽社」方面，也存在著對中國革命本身的認識上的輕率及宗派性的殘餘要素。《語絲》派呢，從一開始便沒有謳歌過也沒有要求過足以稱為「派」的那種思想上的團結，而周氏兄弟兩人的抵抗姿態及革命觀，也見出明顯的本質上的距離。但我們不能忽視，儘管如此，在兄弟倆對「革命文學」論所作反應的根底裏仍然有某種重要的一致性存在著。所謂的一致，是指兩人都將革命與文學的關係置換為實力與文章乃至語言的關係，而鄙視那種誇誇其談的議論。因而，他們首先得出了否定性的結論。〔註25〕

這裡木山英雄提到，周氏兄弟「雖說不問政治的意識比較強烈，然而他們仍然是從自己的立場上對國民革命的進展始終表示了真切的關注和連帶的感情」，與此相對，丸山升卻說：「確實至少到 1920 年代中期之前，離開這一『寂寞』將無法討論魯迅的文學，但是，重要的是寂寞也罷、絕望也罷，一切都無法片刻離開中國革命、中國的變革這一課題，中國革命這一問題始終在魯迅的根源之處，而且這一『革命』不是對他身外的組織、政治勢力的距離、忠誠問題，而正是他自身的問題。一言以蔽之，魯迅原本就處於政治的場中，所有問題都與政治課題相聯結；或者可以進一步說，所有問題的存在方式本身都處於政治的場中，『革命』問題作為一條經線貫穿魯迅的全部。」〔註26〕其實，木山和丸山二者的論說都指出了魯迅的一個面向，但立論的重點不同，而癥結就在「革命」具有廣義和狹義兩種不同的涵指。可以說，對於狹義的政治運動，魯迅保持著距離，對於廣義的進化革新，魯迅則從未放棄思考。遭到「革命文學家」攻擊後，魯迅決意探明關涉無產階級文學的諸多問題，投注大量精力閱讀馬列主義論著，並最終由懷疑轉為確信，轉而支持左翼文藝運動。

但對於魯迅加盟左翼文藝陣營，周作人是不以為然的，他在《〈蛙〉的教訓》中曾諷刺說：「其實叫老年跟了青年跑這是一件很不聰明的事。野蠻民族裏老人的處分方法有二，一是殺了煮來吃，一是幫同婦稚留守山寨，在壯士

〔註25〕〔日〕木山英雄著、趙京華編譯：《實力與文章的關係》，《文學復古與文學革命：木山英雄中國現代文學思想論集》，北京大學出版社，2004 年，第 78～79 頁。

〔註26〕〔日〕丸山升著、王俊文譯：《辛亥革命與其挫摺》，《魯迅·革命·歷史：丸山升現代中國文學論集》，北京大學出版社，2005 年，第 29 頁。

出去戰征的時候。叫他們同青年一起跑，結果是氣喘吁吁地兩條老腿不聽命，反遲誤青年的路程，抬了走做傀儡呢，也只好嚇唬鄉下小孩，總之都非所以『敬老』之道。老年人自有他的時光與地位，讓他去坐在門口太陽下，搓繩打草鞋，看管小雞鴨小兒，風雅的還可以看版畫寫魏碑，不要硬叫子媳孝敬以妨礙他們的工作，那就好了。有些本來能夠寫寫小說戲曲的，當初不要名利所以可以自由說話，後來把握住了一種主義，文藝的理論與政策弄得頭頭是道了，創作便永遠再也寫不出來，這是常見的事實，也是一個很可怕的教訓。」〔註27〕另外，在周作人看來，左翼文學不過是一種「八股文」。1930年3月，北平《新晨報副刊》登載了黎錦明《致周作人先生函》，無意中將周作人推到了左翼文學批評的風口上，隨後周作人作《論八股文》，表述了他對左翼文學的看法：「吳稚暉公說過，中國有土八股，有洋八股，有黨八股，我們在這裡覺得未可以人廢言。」〔註28〕

　　就周作人對左翼文學的看法，廢名不但予以贊同，還發文《知堂先生》提出了「文學不是宣傳」的文學觀：「古今一切的藝術，無論高能的低能的，總而言之都是道德的，因此也就是宣傳的，……當下我很有點悶窒，大有呼吸新鮮空氣之必要。這個新鮮空氣，大約就是科學的。」〔註29〕對於廢名的這種文學觀，1935年1月，魯迅作文《勢所必至，理有固然》，點名批評「文學不是宣傳」的文學觀其實是「廢物或寄生蟲的文學觀」，認為持有此種文學觀的文人，不願因名目失去靠山，結果「只好說要『棄文就武』了」，因此「分明的顯出了主張『為文學而文學』者後來一定要走的道路來——事實如此，前例也如此」。〔註30〕值得注意的是，魯迅在這裡既批評了廢名，又批評了周作人。1935年1月6日，周作人發文《棄文就武》，其中說：「我自己有過一個時候想弄文學，不但喜讀而且還喜談，差不多開了一間稻香村的文學小鋪，一混幾年，不惑之年倏焉已至，忽然覺得不懂文學，趕快下匾歇業，預備棄文就武。」〔註31〕顯而易見，儘管魯迅沒有點周作人之名，但他既否定了周

〔註27〕周作人：《〈蛙〉的教訓》，周作人著、止菴校訂：《苦茶隨筆》，河北教育出版社，2002年，第185～186頁。

〔註28〕豈明（周作人）：《論八股文》，《駱駝草》第2期，1930年5月19日。

〔註29〕廢名：《知堂先生》，《人間世》第13期，1934年10月5日。

〔註30〕直入（魯迅）：《集外集拾遺補編·勢所必至，理有固然》，《魯迅全集》（第八卷），人民文學出版社，2005年，第425頁。

〔註31〕知堂（周作人）：《棄文就武》，《獨立評論》第134期，1935年1月6日。

作人的「棄文就武」說，而且認爲周作人、廢名等人將會重蹈「第三種人」的舊轍，因爲「雖在所謂爲藝術的藝術的理論，統馭不移，藝術家一看好像不顧和社會底利害略有關係的一切事物的時代，文學也還在表現著支配那社會的階級的趣味，見解和欲求」〔註32〕，所以，「被壓迫者對於壓迫者，不是奴隸，就是敵人，決不能成爲朋友」〔註33〕。

事實上，1932 年 11 月 22 日，魯迅在北京大學講演時就曾指出：「現在做文章的人們幾乎都是幫閒幫忙的人物。有人說文學家是很高尚的，我卻不相信與吃飯問題無關，不過我又以爲文學與吃飯問題有關也不打緊，只要能比較的不幫忙不幫閒就好。」〔註34〕而在魯迅看來，「文學者」和「道德家」的「打諢」都在幫閒之列，遮掩了實存的危險，此外，種種徒爲幽默和閒適的消遣文字也是一種「幫閒」。〔註35〕雖然林語堂等人聲稱「無心隱居，迫成隱士，……靜極思動，頗想在人世上建點事業」〔註36〕，但魯迅明白他們「讚頌悠閒，鼓吹煙茗」的用意，不過是爲了謀求「噉飯之道」，而變作了「掙扎得隱藏一些」的「歸隱」，〔註37〕但在當時那樣的境況下，迴避現實矛盾就等於變相地做了國民黨政府的「幫閒」。對此，1935 年 6 月 6 日，魯迅作了一篇《從幫忙到扯淡》投給《文學論壇》，此作被國民黨檢察官全篇禁止。據魯迅在《且介亭雜文二集‧後記》中的相關敘述，此文「原在指那些唱（倡）導什麼兒童年，婦女年，讀經救國，敬老正俗，中國本位文化，第三種人文藝等等的一大批政客豪商，文人學士」，「已經不會幫忙，只能扯淡」。〔註38〕統觀此篇，魯迅開篇提出：「『幫閒文學』曾經算是一個惡毒的貶辭，——但其實是誤解的。」繼而魯迅分析指出，前此的「幫閒文學」之所以仍舊流傳於世，原因就在作品本身「究竟有文采」；權門的清客還應具備相當的本領，「雖

〔註32〕 〔俄〕G.V.蒲力汗諾夫著、魯迅譯：《車勒芮綏夫斯基的文學觀》，《文藝研究》季刊第 1 卷第 1 期，1930 年 2 月 15 日。

〔註33〕 魯迅：《且介亭雜文二集‧後記》，《魯迅全集》（第六卷），人民文學出版社，2005 年，第 466 頁。

〔註34〕 魯迅：《集外集拾遺‧幫忙文學與幫閒文學》，《魯迅全集》（第七卷），人民文學出版社，2005 年，第 406 頁。

〔註35〕 參見桃椎（魯迅）：《幫閒法發隱》，《申報‧自由談》，1933 年 9 月 5 日。

〔註36〕 《〈論語〉緣起》，《論語》創刊號，1932 年 9 月 16 日。

〔註37〕 長庚（魯迅）：《隱士》，《太白》半月刊第 1 卷第 11 期，1935 年 2 月 20 日。

〔註38〕 魯迅：《且介亭雜文二集‧後記》，《魯迅全集》（第六卷），人民文學出版社，2005 年，第 463 頁。

然是有骨氣者所不屑爲，卻又非搭空架者所能企及」。因此在魯迅看來，「必須有幫閒之志，又有幫閒之才，這才是眞正的幫閒。如果有其志而無其才，亂點古書，重抄笑話，吹拍名士，拉扯趣聞，而居然不顧臉皮，大擺架子，反自以爲得意，──自然也還有人以爲有趣，──但按其實，卻不過『扯淡』而已。」最後，魯迅一語道破「幫閒」的眞實情形：「幫閒的盛世是幫忙，到末代就只剩了這扯淡」。〔註39〕不難發現，此文的批判方向顯然集中在提倡選本、翻印「珍本」、標點古文、推崇小品等做法。〔註40〕

第三節　點出「很邏輯的登龍之道」

　　面對國民黨的文化壓制，出版界戰戰兢兢，編刊者聊以塞責。儘管魯迅也感到縱筆文壇的艱難，但他認爲「無論古今中外，文壇上是總歸有些混亂」，而世間「一定會有明明白白的是非之別」，所以「歷史決不倒退，文壇是無須悲觀的」，個人不應當置身事外，不辨是非。〔註41〕秉持著這樣的認識，魯迅既不滿於林語堂等那些曾經的「戰士」爲求苟安而拋卻大世界、退回小天地，也憤慨於「五四」一代知識分子爲了名利而分化墮落。如在沈從文和蘇汶的京海之爭中，魯迅就曾表白過此類看法。1933 年 10 月，沈從文發文《文學者的態度》，以家中勤謹謙遜的「大司務老景」爲參照，批評一些作家的「玩票白相的神氣」，認爲要產生「偉大的作品」，唯一的方法就是文學者應當誠實地踐行其本業：

　　　　偉大作品的產生，不在作家如何聰明，如何驕傲，如何自以爲偉大，與如何善於標榜成名，只有一個方法，就是作家誠實的去做。作家的態度，若皆能夠同我家大司務態度一樣，一切規規矩矩，凡

〔註39〕魯迅：《從幫忙到扯淡》，《雜文》月刊第 3 號，1935 年 9 月。
〔註40〕木山英雄曾指出，從 1930 年代初開始，新文學界一部分人中流行一個「思潮」，即「將孔子從孟子至唐代韓愈那一路排除異端的儒教主義分離開來，而通過《論語》對孔子重新加以肯定」，而「提倡『幽默小品文』的林語堂等率先推進了這個思潮」，原因大抵在於，「國民黨對於魯迅等人的左翼作家聯盟的彈壓政策和御用的『民族主義文學』之登場，進而被稱爲『第三種人論爭』的中間派知識分子對左聯的攻擊，爲躲避這些文學界的風浪而保身的小市民情緒使得舊式文人的趣味重新蘇醒」。參見〔日〕木山英雄著、趙京華編譯：《莊周韓非的毒》，《文學復古與文學革命：木山英雄中國現代文學思想論集》，北京大學出版社，2004 年，第 106～107 頁。
〔註41〕旅隼（魯迅）：《悲觀無用論》，《申報・自由談》，1933 年 8 月 14 日。

屬他應明白的社會上事情，都把它弄明白，同時那一個問題因爲空
間而發生的兩地價值相差處，得失互異處，他也看得極其清楚，此
外「道德」，「社會思想」，「政治傾向」，「戀愛觀念」，凡屬於這一類
名詞，在各個階級，各種時間，各種環境裏，它的伸縮性，也必需
瞭解而且承認它。著手寫作時，又同我家中那大司務一樣，不大在
乎讀者的毀譽，做得好並不自滿驕人，做差了又仍然照著本分繼續
工作下去。必須要有這種精神，就是帶他到偉大里去的精神！〔註42〕

沈從文所謂的「海派」是一個廣義上的概念，幾乎涵納了文壇上所有不正當
的做法（他稱之爲「海派風氣」），但他在字裏行間又流露出贊同北方作家、
貶抑上海文人的態度傾向，於是招致了蘇汶的《文人在上海》的回駁。針對
蘇汶的批評，沈從文於 1934 年 1 月 7 日又作了《論「海派」》一文予以回應。
若將沈從文的這二文連帶起來看，不難發現，他意欲闡說的核心問題是文學
者應當端正自己的態度，同時掃除「海派風氣」之類的惡習，即其所謂的「一
面固需作者的誠實和樸質，從自己作品上立下一個較高標準，同時一面也就
應當在各種嚴厲批評中，指出錯誤的、不適宜繼續存在的現象」。〔註43〕

　　對於沈從文所倡言的「文學者的態度」，魯迅在很大程度上應當是認同
的，如沈從文所論及的「海派風氣」，其中無疑可納入魯迅所批評的「洋場惡
少」、「空頭文學家」等精神投機者。但對沈從文言語間所流露的揚「京派」
而抑「海派」的態度，魯迅是並不贊同的。其實在魯迅看來，中國當時的文
壇，無論京海還是南北，都沒有認清社會的眞實狀況，也都未能擔負起所應
擔負的歷史使命，而且甚至於相互攀援著一道沉落，所以，他在 1934 年 1 月
30 日寫作的《「京派」與「海派」》中指出：

　　　　而北京學界，前此固亦有其光榮，這就是五四運動的策動。現
　　在雖然還有歷史上的光輝，但當時的戰士，卻「功成，名遂，身退」
　　者有之，「身隱」者有之，「身升」者更有之，好好的一場惡鬥，幾
　　乎令人有「若要官，殺人放火受招安」之感。〔註44〕

兩個多月後，魯迅在致臺靜農的信中又一次感歎道：「北平諸公，眞令人齒冷，
或則媚上，或則取容，回憶五四時，殊有隔世之感。《人間世》我眞不解何苦

〔註42〕沈從文：《文學者的態度》，天津《大公報·文藝副刊》，1933 年 10 月 18 日。
〔註43〕沈從文：《論「海派」》，天津《大公報·文藝副刊》，1934 年 1 月 10 日。
〔註44〕樂廷石（魯迅）：《「京派」與「海派」》，《申報·自由談》，1934 年 2 月 3 日。

爲此，大約未必能久，倘有被麻醉者，亦不足惜也。」〔註45〕顯而易見，魯迅認爲曾經一起戰鬥過的北京學界實際上已經相當的倒退了。

　　事實上，在當時那樣不便言說的境況中，魯迅認爲林語堂憑藉其自身的才能，若搞翻譯則不會於己有害，而且能擴充中國文壇的視界，於中國的未來有益，1934 年 8 月 13 日，他在致曹聚仁的信中就曾述及這番用心：

> 　　語堂是我的老朋友，我應以朋友待之，當《人間世》還未出世，《論語》已很無聊時，曾經竭了我的誠意，寫一封信，勸他放棄這玩意兒，我並不主張他去革命，拼死，只勸他譯些英國文學名作，以他的英文程度，不但譯本於今有用，在將來恐怕也有用的。他回我的信是説，這些事等他老了再説。這時我才悟到我的意見，在語堂看來是暮氣，但我至今還自信是良言，要他於中國有益，要他在中國存留，並非要他消滅。他能更急進，那當然很好，但我看是決不會的，我決不出難題給別人做。不過另外也無話可説了。〔註46〕

所以，對於林語堂退回小園地而作無益於文化進步的小品文，魯迅是不予贊同的。除了魯迅之外，廖沫沙也批駁林語堂：「主編《論語》而有『幽默大師』之稱的林語堂先生，近來好像還謀了一個兼差，先前是幽默，而現在繼之以小品文，因而出版了以提倡小品文相標榜的《人間世》。有了專載小品文的刊物，自然不能不有小品文『大師』，這是很邏輯的登龍之道吧。」〔註47〕聶紺弩則認爲林語堂的轉變是從一個戰士蛻變爲「敵人底精神的俘虜」，即從戰鬥中沒有得到什麼光榮的戰績，只得到失敗的創傷，「這創傷，在正在戰鬥的時候，是不會覺得的，一到離開了戰鬥，才深深地感到，才淒婉地用自己曾經戰鬥過的手去撫摸。這時候，如果不是一個意志十分堅強的人，他就容易傷感地想到在戰鬥中所受的犧牲無謂，想到早知今日，倒不如根本不戰鬥的好，而回轉頭去羨慕在戰鬥以前那一付鋼筋鐵骨一樣的健康的身體，這樣的心情，只要有一點兒，也就容易發榮滋長起來，使他回復到戰鬥以前的自己而成爲敵人底精神的俘虜。」〔註48〕沈從文也不滿林語堂的小品文：「要人迷信

〔註45〕魯迅：《書信‧340506‧致臺靜農》，《魯迅全集》（第十三卷），人民文學出版社，2005 年，第 92 頁。

〔註46〕魯迅：《書信‧340813‧致曹聚仁》，《魯迅全集》（第十三卷），人民文學出版社，2005 年，第 198 頁。

〔註47〕野容（廖沫沙）：《人間何世》，《申報‧自由談》，1934 年 4 月 14 日。

〔註48〕悍膂（聶紺弩）：《再談野叟曝言》，《太白》第 2 卷第 1 期，1935 年 3 月。

『性靈』，尊重『袁中郎』，且承認小品文比任何東西還要重。眞是一個幽默的打算！編者的興味『窄』，因此所登載的文章，慢慢地便會轉入『遊戲』的方面去。作者『性靈』雖存在，試想想，二十來歲的讀者，活到目前這個國家裏，那裡還能有這種瀟灑情趣，那裡還宜於培養這種情趣？這類刊物似乎是爲作者而辦，不是爲讀者而辦的。」〔註49〕

但在林語堂看來，魯迅等人支持左翼文藝不過是一種「趨時」。1934 年 7 月 20 日，林語堂發文《時代與人》，其中譏諷進步人士「趨時」：「所以趨時雖然要緊，保持人的本位也一樣要緊」。〔註50〕1934 年 8 月 13 日，魯迅在《趨時與復古》一文中援引了林語堂的「趨時」一詞，但意不在強調「保持人的本位」，而是從劉半農去世後各報章雜誌競相「趨時」的熱鬧表象中，窺到了一種先前「趨時」而後來卻「復古」的文化難題。如其所指出，康有爲、嚴復、章太炎等曾因「趨時」而成名的前驅，後來卻往往被守舊的勢力所利用，轉而成爲「復古」的招牌：

> 後來「時」也「趨」了過來，他們就成爲活的純正的先賢。但是，晦氣也夾屁股跟到，康有爲永定爲復辟的祖師，袁皇帝要嚴復勸進，孫傳芳大帥也來請太炎先生投壺了。原是拉車前進的好身手，腿肚大，臂膊也粗，這回還是請他拉，拉還是拉，然而是拉車屁股向後，這裡只好用古文，「嗚呼哀哉，尚饗」了。〔註51〕

值得注意的是，「復古」是國民黨當局大力倡導的一種禁錮人心的策略。1934 年 2 月，蔣介石在南昌宣講《新生活運動之要義》，強制推行以「四維」（禮義廉恥）、「八德」（忠孝仁愛信義和平）等封建道德爲準則的「新生活運動」，倡導尊孔讀經，掀起了全國性的復古逆流，如湖南、廣東等省的教育當局即強令中小學讀經。1934 年 5 月 4 日，時爲南京國民政府教育學會專家會員的汪懋祖，在國民黨所辦的南京《時代公論》週刊上發文《禁習文言與強令讀經》，鼓吹「復興文言」，提倡「尊孔讀經」，從文化思想上配合蔣介石推行的「新生活運動」。〔註52〕6 月 1 日，汪懋祖又發文《中小學文言運動》，不但認爲「讀經並非惡事」，而且稱主張尊孔讀經的何陳（按：何指湖南省主席何鍵、

〔註49〕沈從文：《談談上海的刊物》，天津《大公報》，1935 年 8 月 18 日。

〔註50〕林語堂：《時代與文》，《人間世》第 8 期，1934 年 7 月 20 日。

〔註51〕康伯度（魯迅）：《趨時和復古》，《申報·自由談》，1934 年 8 月 15 日。

〔註52〕汪懋祖：《禁習文言與強令讀經》，南京《時代公論》週刊第 110 號，1934 年 5 月 4 日。

陳指廣東省主席陳濟棠）輩爲「豪傑之士」。〔註53〕此外，許夢因等人撰文支
持「復興文言」，讚譽文言乃「治學之利器」，倡言「從前失此器，故所治一
無所成，今復尋得之，則一切學術，皆不難迎刃而解」。〔註54〕

　　然而就在國民黨倡導「復古」的風潮中，1934 年 4 月 20 日，周作人卻在
《人間世》上發文強調希臘古典文化的重要性，雖然他的看法具有借鑒意義，
但是參照標準卻是儒家的綱常倫理：

> 　　希臘的古典文化，對於中國的學術上的重要的原因，由於希臘
> 文化是西洋文學之祖，無論是科學和文學。並且希臘文化之探討，
> 比印度、阿剌伯容易瞭解，因爲他和中國的儒家思想相同很多。「蘇
> 格拉底，即中國之孔子」一語，實是。他們一樣的追求生活之舒適，
> 注重現在，取中庸態度，自然中看出人生。他們同樣叫「過猶不及」，
> 「滿招損」的口號。這樣類同的思想，東風的中國，決計容易瞭解。
> 　　希臘的文學，是世界上偉大的東西。〔註55〕

實際上，魯迅對孔子本身也是給予肯定的，如他在致山本初枝的信中曾言：「君
子閒居則爲不善。孔夫子一生四處漫遊，而且跟隨了很多弟子，所以除了有
兩三點可疑之外，大體可以」。〔註56〕但是對於周作人在當時那樣的語境中贊
同孔子，魯迅顯然是反對的。1926 年 2 月 27 日，魯迅就曾指出，孔丘、釋迦、
耶穌基督等偉大的人物，生時「每爲故國所不容，也每受同時人的迫害」，而
故去後卻像「傀儡」一樣被利己主義者利用。〔註57〕1935 年 4 月 29 日，魯迅
在《在現代中國的孔夫子》一文中，更爲明確地揭破了孔夫子被變相利用的
事實，即在孔夫子死後，「種種的權勢者便用種種的白粉給他來化妝」，所以，
「孔夫子之在中國，是權勢者們捧起來的，是那些權勢者或想做權勢者們的
聖人，和一般的民眾並無什麼關係」，因而，「中國的一般的民眾，尤其是所
謂愚民，雖稱孔子爲聖人，卻不覺得他是聖人；對於他，是恭謹的，卻不親
密」，根本原因在於孔子本身的「缺點」，即他所提倡的忠恕之道、治國之法

〔註53〕汪懋祖：《中小學文言運動》，南京《時代公論》週刊第 114 號，1934 年 6 月
　　　　1 日。
〔註54〕許夢因：《文言復興之自然性與必然性》，《中央日報》，1934 年 6 月 1 日。
〔註55〕周作人：《略談中西文化》，《人間世》第 1 期，1934 年 4 月 20 日。
〔註56〕魯迅：《書信・350607・致山本初枝》，魯迅研究室編：《魯迅研究資料》（第
　　　　二輯），文物出版社，1977 年，第 105 頁。魯迅日記中沒有記載此信，《魯迅
　　　　全集》也未收錄此信。
〔註57〕魯迅：《無花的薔薇》，《語絲》週刊第 69 期，1926 年 3 月 8 日。

等,「都是為了治民眾者,即權勢者設想的方法,為民眾本身的,卻一點也沒有」。〔註58〕

平心而論,魯迅對孔子的解讀不無道理。孔子創立中庸主義,一者強調「仁」,勸告統治者多施仁政,不要使民眾控訴「苛政猛於虎」,而民眾只要覺得眼下的生活尚無太大困難,那麼也就安於現政,不會怨氣衝天以致於鬧氣暴亂;二者強調「義」,勸諭民眾要克己復禮、正名定分,即使有憤怒不平,也要「發而皆中節」,要而言之,就是為了確保政權的穩固,統治者要注意實行人道主義,而被統治的民眾要安分守己。但周作人更甚於林語堂,他在《老人的胡鬧》一文中援引孔子「及其老也戒之在得」以及日本兼好法師在《徒然草》中的相關論說,嘲諷魯迅不恪守老人的格言,為了名利而「投機趨時」支持左翼文藝:「只可惜老人不大能遵守,往往名位既尊,患得患失,遇有新興佔勢力的意見,不問新舊左右,輒靡然從之,此正病在私欲深,世味濃,貪戀前途之故也。雖曰不自愛惜羽毛,也原是個人的自由,但他既然戴了老醜的鬼臉躍出戲臺來,則自亦難禁有人看了欲嘔耳。這裡可注意的是,老人的胡鬧並不一定是在守舊,實在卻是在維新。蓋老不安分重在投機趨時,不管所擁戴的是新舊左右,若只因其新興有勢力而擁戴之,則等是投機趨時,一樣的可笑。」〔註59〕

毋庸諱言,周作人、林語堂等人顯然是持比較「反動的思想」〔註60〕來批評魯迅及左翼文藝。錢理群就曾指出,周作人的「批評自由論」中就包含

〔註58〕 魯迅:《且介亭雜文二集·在現代中國的孔夫子》,《魯迅全集》(第六卷),人民文學出版社,2005年,第327、329頁。

〔註59〕 周作人:《老人的胡鬧》,周作人著、止菴校訂:《瓜豆集》,河北教育出版社,2002年,第194~195頁。

〔註60〕 霍布斯鮑姆注意到,處身大變動的時代,文人本身又比較敏感複雜,甚至於持有「極端反動的思想」:「政治上的使命,當然並不僅限於向左看齊──雖然在激烈的藝術愛好者眼裏,尤其當他們依然年少之際,的確很難接受創造性天才竟然不與進步性思想同步同途的事實。然而現實的狀況不然,尤其以文學界為最,極端反動的思想──有時更化為法西斯的實際手段──在西歐也屢見不鮮。不論是身在國內或流亡在外的英國詩人艾略特和龐德、愛爾蘭詩人葉芝、挪威小說家漢姆生(Kunt Hamsun,1859~1952)──漢姆生是納粹的狂熱支持者──英國小說家勞倫斯,以及法國小說家塞利納(Louis Ferdinand Celine,1884~1961)等等,其實都是這一類文學人士的突出者。」〔英〕霍布斯鮑姆著、鄭明萱譯:《極端的年代》(上),江蘇人民出版社,1998年,第278~279頁。

了「若干資產階級的階級偏見」，且「偏見」不在周作人「從文學藝術、批評發展規律出發提出的自由原則本身」，而在周氏本人對其所提倡的「批評自由」原則的「自覺不自覺的背離」：「周作人曾一再表示反對文學的階級功利主義，以爲這必然導致『文藝的自由與生命』的『喪失』；正如魯迅所說，『生在有階級的社會裏而要做超階級的作家』，這不過是『一個心造的幻影』，其在現實中不斷碰壁乃是必然的。在開始時期，周作人還能夠對主張階級功利主義的左翼文學表示或一程度的『寬容』，聲稱『社會問題以至階級意識，都可以放進文藝裏去』；隨著無產階級文學運動的日益發展壯大，周作人出於本能的疑懼，就把批判鋒芒越來越指向左翼文壇，罵其爲『咒語』，視其爲文藝『自由』的大敵，一點兒也不『寬容』了。在左翼作家『還在受封建的資本主義社會的法律的壓迫，禁錮，殺戮』，『左翼刊物，全被摧殘』的情況下，周作人不向國民黨法西斯統治者要自由，而打著『自由』旗幟向著左翼文壇大加撻伐，正是對他自己所宣揚的『批評自由』原則的根本踐踏與否定。」〔註61〕

　　綜上所述，誕生了十多年的「新文學」，非但沒有成長得更爲堅強穩固，而先前的「新文學者」卻不斷分化和倒退，這使得魯迅很感失望和痛惜。但是雖然苦悶、寂寞甚至於憤怒地看著「五四」一代隨著成熟或老化而歸向傳統，魯迅卻依舊進行著「韌」性的戰鬥，即如夏濟安所言的那樣：「當周作人、林語堂等人正在力圖重新發現一個更爲可愛的寧靜的傳統中國時，過去，在魯迅看來仍然是可詛咒的，儘管它以它的全部醜惡顯得很迷人。」〔註62〕

〔註61〕 錢理群：《周作人的文藝批評》，《周作人研究二十一講》，中華書局，2004年，第112頁。

〔註62〕 〔美〕夏濟安著、樂黛雲譯：《魯迅作品的黑暗面》，樂黛雲編：《國外魯迅研究論集》，北京大學出版社，1981年，第380頁。

第八章　魯迅與「兩個口號」論爭

對於魯迅在「兩個口號」論爭中的思想和態度的評價，一直是個具有政治爭議性的問題，如在「文革」中，魯迅的批評一度被當作批判周揚所代表的 30 年代「文藝黑線」的根據，而這事實上是對魯迅話語的歪曲利用，同魯迅本人的思想毫無關係。那麼在對「文革」進行了撥亂反正尤其是諸多文獻記錄業已大白天下的今日，我們如何進一步去除附著在魯迅身上的政治和歷史迷霧？筆者以為，最合適的路徑便是盡量回到三十年代的歷史現場和時代氛圍之中，具體分析魯迅在「兩個口號」論爭前前後後的言論，客觀追溯他的生命足跡和思想脈絡。

第一節　「文學話語」背後的「政治訴求」

1935 年 7 月 25 日至 8 月 2 日，共產國際第七次代表大會在莫斯科召開，王明和中共駐赤色職工國際代表林育英等人參加。會議期間，共產國際總書記季米特洛夫報告指出：「必須著手建立統一戰線，在各國企業，各個區、各個省、各個國家以及全世界確立工人的統一行動」；「在所有殖民地和半殖民地國家，反帝統一戰線問題乃具有特別重要的意義」。〔註1〕事實上，1920 年代初期，共產國際曾指示各國共產黨同各國資產階級政黨合作，如要求中國

〔註1〕　參見季米特洛夫：《關於法西斯的進攻以及共產國際在爭取工人階級團結起來反對法西斯的鬥爭中的任務》，中國社會科學院近代史研究所翻譯室編：《共產國際有關中國革命的文獻資料》（第 2 輯），中國社會科學出版社，1982 年，第 383～391 頁。參見陶里亞蒂：《論共產國際在帝國主義者準備新的世界大戰的情況下的任務》，同上書，第 443～445 頁。

共產黨與中國國民黨合作進行「資產階級國民革命」，但是各國最終都遭到了類似中國 1927 年「清黨」的大失敗，於是在接下來的「第三階段」（1929 至 1934 年），共產國際主張進行世界範圍內的階級鬥爭，推翻各國的資產階級執政黨政府。〔註2〕但是如林育英所說，後來國際形勢變動，特別是希特勒的崛起，迫使共產國際改變了政策，號召各國共產黨與其他反法西斯蒂的政黨和人民聯合組成「反法西斯蒂的統一戰線」（又名「人民戰線」）。鑑於中國當時正遭受日本的嚴重侵略，於是共產國際提出中共應當聯絡全國人民，包括抗日的資產階級各軍隊各政黨，來共同建立抗日民族統一戰線，即認為中共當時的任務不是「打倒蔣介石」，也不是「反蔣抗日」，而是「聯蔣抗日」。〔註3〕

為了響應共產國際「七大」的新策略〔註4〕，在會議進行期間，中共代表團在王明的主持下，於 8 月 1 日討論形成了《中國蘇維埃政府、中國共產黨中央委員會為抗日救國告全體同胞書》（簡稱《八一宣言》），向全體同胞呼籲：「無論各黨派間在過去和現在有任何歧見和利害的不同，無論各界同胞間有任何意見上或利益上的差異，無論各軍隊間過去和現在有任何敵對行動，大家都應該有『兄弟鬩於牆外禦其侮』的真誠覺悟，首先大家都應該停止內戰，以便集中一切國力（人力、物力、財力、武力等）去為抗日救國的神聖事業而奮鬥」；並鄭重宣言：「只要國民黨軍隊停止進攻紅軍的行動，只要任何部隊實行對日抗戰，不管過去和現在他們與紅軍之間有任何舊仇宿怨，不管他

〔註2〕 E.H Carr，*The Twilight of Comintern*, 1930-1935, London: Macmillan Press Ltd., 1982, p.4.

〔註3〕 參見張國燾：《我的回憶》，東方出版社，2004 年，第 441～443 頁。

〔註4〕 竹內實曾指出，關於「統一戰線」，在共產國際「七大」會議上已經出現兩種說法：一種是季米特洛夫，另一種是陶里亞蒂。前者所設想的「統一戰線」是：「工人階級是在社會民主主義的工人黨、改良主義的工會的領導下。因此要建立統一戰線，共產黨員必須首先與社會民主黨員形成行動的核心，吸收在社會民主黨影響下的工人階級來參加。」後者則主張：「群眾不僅指在社會民主主義的工人黨下面的人，此外還應包括一切憎惡戰爭、渴望和平的人，具有和平主義傾向的人民大眾、婦女、兒童、士兵、少數民族等等，即一切反對戰爭（這一戰爭是由法西斯發起）的因素。共產黨應該把這些因素視為同一的性質，在建立統一戰線的當初，就要不加區別地讓他們一齊加入。尊重群眾的自發性，由群眾直接選舉委員會，並通過這個委員會開展活動。」而「王明的理解，可能把季米特洛夫與陶里亞蒂的意見混合在了一起，沒能弄清楚他們的不同」。參見〔日〕竹內實著、程麻譯：《中國二十世紀三十年代的文藝統一戰線問題》，《中國現代文學評說》，中國文聯出版社，2002 年，第 345～351 頁。

們與紅軍之間在對內問題上有任何分歧，紅軍不僅立刻對之停止敵對行爲，而且願意與之親密攜手共同救國」。〔註5〕該宣言最初發表在 1935 年 10 月出版的巴黎《救國報》上，當此之際，中共中央和中央紅軍正在長征中遭受圍追堵截，同共產國際的聯繫業已中斷，爲了及時傳達共產國際「七大」會議精神和《八一宣言》的內容，林育英匆匆離開莫斯科，於 1935 年 11 月下旬到達陝北。

　　1935 年秋，周揚在上海租界一家德國書店「Zeitgeist」（「時代精神」）買到了一本共產國際的機關刊物《國際通訊》（英文版），上面刊有「共產國際第七次代表大會」的文件，其中有共產國際負責人季米特洛夫的總報告和中共駐共產國際代表團團長王明的發言《論反帝統一戰線和中國民族解放運動》。不久，周揚又在《救國時報》（在巴黎出的中文版）上看到了共產黨中央的《八一宣言》。由於當時「文委」同長征後的中央紅軍失去了聯繫〔註6〕，周揚等人便把「共產國際」看作是黨的最高領導和最大權威。〔註7〕爲了響應《八一宣言》所提出的成立「國防政府」的號召，作爲「文委」書記的周揚便於 1936 年 2 月正式提出了「國防文學」的口號，主張以此口號爲中心來宣傳抗日民族統一戰線，曾明確強調道：

　　　　國防文學就是配合目前這個形勢而提出的一個文學上的口號。
　　它要號召一切站在民族戰線上的作家，不問他們所屬的階層，他們
　　的思想和流派，都來創造抗敵救國的藝術作品，把文學上反帝反封
　　建的運動集中到抗敵反漢奸的總流。〔註8〕

如其所言，周揚的「國防文學」口號所要召喚的對象是「一切站在民族戰線上的作家」，所以作家所屬的「階層」、「思想」、「流派」都無礙其創作「國防

〔註5〕　中央統戰部、中央檔案館編：《爲抗日救國告全體同胞書（八一宣言）》，《中
　　　　共中央抗日民族統一戰線文件選編》（中），檔案出版社，1985 年，第 15～16
　　　　頁。
〔註6〕　1978 年 4 月，周揚在一次訪問中曾談到當時的情況：「那時候只知道毛主席是
　　　　位革命領袖，但對毛主席的思想不但根本不懂，在上海也看不到，特別在上
　　　　海的黨組織被破壞以後，更不容易看到根據地和毛主席的東西。所以只是看
　　　　蘇聯，看共產國際。那時蘇聯和共產國際的材料在上海可以找到。」趙浩生：
　　　　《周揚笑談歷史功過》，《新文學史料》叢刊編輯組：《新文學史料》（第 2 輯），
　　　　人民文學出版社，1979 年，第 232 頁。
〔註7〕　參見徐慶全整理：《周揚關於三十年代「兩個口號」論爭給中央的上書》，《魯
　　　　迅研究月刊》，2004 年第 10 期。
〔註8〕　周揚：《現階段的文學》，《光明》第 1 卷第 2 號，1936 年 6 月 25 日。

文學」。顯然，周揚完全遵照王明及共產國際的精神指示來展開活動，關於此，茅盾的回憶和王明的斷言都可資參證。茅盾曾回憶說：「我曾聽到夏衍講，『國防文學』的口號是根據當時黨駐第三國際的代表王明在《救國時報》上寫的一篇文章和第三國際出版的《國際時事通訊》上的文章而提出的。我問周揚是不是這樣，周揚說是的，上海地下黨與中央失掉了聯繫，所以這個口號是根據第三國際一些刊物上提出的口號照搬過來的。」〔註9〕王明曾明確指出：「周揚以及中國共產黨左翼作家聯盟黨團中的其他一些人，1936年初提出『國防文學』口號的根據，是1935年8月1日為進一步發展抗日民族統一戰線而發表的中共中央和中華蘇維埃共和國中央政府《為抗日救國告全體同胞書》（《八一宣言》）。其中宣佈了組織『全中國統一的國防政府』和『全中國統一的抗日聯軍』的口號。」〔註10〕

實際上，在對待國民黨和統一戰線的領導權問題上，王明及共產國際同毛澤東及當時的黨中央是存有分歧的，而王明問題也不是一件已經了結了的歷史公案。中共中央六屆四中全會（1931年1月13日在上海召開）之後，以王明為首的二十八個布爾什維克同擁有龐大軍隊的毛澤東，在中國共產黨領導權問題上就開始了日漸明顯的鬥爭。當時共產國際支持二十八個布爾什維克一方，把中共中央六屆四中全會譽為中共布爾什維克化的一個里程碑，米夫和共產國際讚揚二十八個布爾什維克是真正的列寧主義者。〔註11〕但由於中國紅軍正遭受蔣介石軍隊接二連三的圍剿，而毛澤東帶領中央蘇區紅軍成功地打破了蔣介石的前四次圍剿，所以在蔣介石軍隊集中了大約一百萬兵力向各蘇區發起第五次圍剿之際，為了保存紅軍力量起見，共產國際才主張政治爭論不應當干預軍事決策，二十八個布爾什維克也應當尊重毛澤東對於軍

〔註9〕 茅盾：《「左聯」的解散和兩個口號的論爭》，《我走過的道路》（下），人民文學出版社，1997年，第52頁。

〔註10〕 王明：《中共50年》，東方出版社，2004年，第274頁。

〔註11〕 1925年，陳紹禹（王明）往莫斯科中山大學讀書，不久成為副校長米夫的親信。1927年，在中山大學的反托派運動中，陳紹禹「脫穎而出」，後來經過了反「江浙同鄉會」、反「旅莫支部殘餘」以及合併東大，成為中國留俄學生的領導。事實上，「斯大林及其直系如米夫等人，想在中國留莫學生中找一理想對象，且欲扶植之成為自己的忠實代理人，可謂蓄心久矣；至少在一九二七年底，陳紹禹被選中為斯大林主義的兒皇帝，大致已是定局了。所以一九三一年的六屆四中全會，實際是斯大林通過了米夫直接指導陳紹禹們演出的。」參見王凡西：《雙山回憶錄》，東方出版社，1980年，第167頁。

事問題的見解，最終在「遵義會議」上毛澤東被確立為中央的新領導。〔註12〕
然而，在蔣介石軍隊的圍追堵截下，第五次圍剿持續了幾乎整整一年，共產
黨因此遭到了重創。〔註13〕

　　雖然王明在主持擬定《八一宣言》時呼籲「大家起來！衝破日寇蔣賊的
萬重壓迫」〔註14〕，以及在共產國際「七大」會議上作報告時，堅持相信世
界各國的共產黨參加反帝統一戰線，有助於鞏固和增強共產黨在革命鬥爭中
的領導權，如其認為就中國而言，在「這樣一部分領土內已經存在著蘇維埃
政權的國家中，正確應用反帝人民戰線底策略，不僅不會削弱共產黨鞏固無
產階級領導權和爭取蘇維埃革命繼續勝利的鬥爭，恰恰相反，它加強共產黨
在這種革命鬥爭中的威信和陣地」〔註15〕。然而事實上，當得知中國共產黨
在第五次反「圍剿」中遭受重創，被迫放棄根據地進行長征後，王明的「反
蔣抗日」策略便發生了轉變。8月25日，中共代表團在莫斯科開會時，王明
便有意強調「紅軍和蘇區本身存在的弱點」，認為「僅僅靠紅軍的力量，還不
能戰勝日本帝國主義及其走狗」，卻同時指出「從政治趨向的觀點看來，還有
很大的部分（分）人民還沒有脫離其他政權和其他黨派的影響，他們今天還
不擁護蘇維埃，而在其他政黨中，國民黨在當時則是一個最大和最有影響的
黨」。〔註16〕

　　但當時王明的勢力如日中天，他的態度不但左右著中共駐共產國際代表
在巴黎出版的《救國報》，而且影響著上海文藝界。例如，「新文化社」同人
信奉「文化運動是政治運動的一種反映」，他們在發刊詞的開篇先轉述王明的
講演：「去年八月中國工人階級優秀的政治家王明在莫斯科共產國際第七次代

〔註12〕鄭超麟在其回憶錄中曾寫道：「我認為中國共產黨歷屆領導人敢於懷疑國際路
　　　　線，抵制國際路線，而實行自己路線的，首推毛澤東。毛澤東不理會莫斯科
　　　　來的那一套。他根據革命需要，不惜推翻那個忠實執行國際路線的王明派領
　　　　導，而勝利完成了長征。」鄭超麟：《黨史三講》，《懷舊集》，東方出版社，
　　　　1995年，第116頁。
〔註13〕參見〔美〕盛岳著、奚博銓等譯：《莫斯科中山大學和中國革命》，東方出版
　　　　社，2004年，第246～266頁。
〔註14〕中央統戰部、中央檔案館編：《為抗日救國告全體同胞書（八一宣言）》，《中
　　　　共中央抗日民族統一戰線文件選編》（中），檔案出版社，1985年，第16頁。
〔註15〕王明：《論反帝統一戰線問題》，余子道、黃美真編：《王明言論選輯》，人民
　　　　出版社，1982年，第458頁。
〔註16〕參見向青：《共產國際和中國共產黨關於建立抗日民族統一戰線的策略》，《共
　　　　產國際與中國革命關係論文集》，上海人民出版社，1985年，第185頁。

表大會上的講演，無疑地給了中國工人階級的政治運動以莫大的衝動。在他的講演裏他指出了目前的中國革命的主要內容乃是抗日反蔣民族自衛的神聖鬥爭，在這一鬥爭裏中國覺悟的工人應該聯合一切不願意做奴隸的人們起來組織抗日聯軍和國防政府。」在他們看來，王明的講演「不但教給了中國工人階級應該怎樣正確的運用統一戰線來達到自己的同時也不能不是全民族的解放，而且也正面的粉碎了日本帝國主義和它的一切爪牙們所製造的下流的俗譚」，因此，為了響應「抗日聯軍」和「國防政府」的指示，他們認為迫切需要建立「文化上的統一戰線」，發展「走向社會主義的普羅列塔文化」，並堅持認為只有這種文化才是「真正的抗日反蔣的中國新文化」。〔註17〕

　　此外，由於亡國滅種危機的加劇，「國防文學」口號在文藝界引起了強烈的反響。如力生在《文藝界的統一國防戰線》中，持以非「國防文藝」即「漢奸文藝」的二元對立態度，尖銳地指出：「中國的現實形勢發展到現在，已經把全國大眾在一條戰線上統一起來了，這戰線就是救亡的民族革命戰線。同時，今後中國文藝的動向，也被現實形勢決定得更統一更分明了。這就是，國防文藝的發展。從今以後，文藝界的各種複雜派別都要消滅了，剩下的至多只有兩派：一派是國防文藝，一派是漢奸文藝。從今以後，文藝界上的各種繁多的問題，有了一種裁判的法律了，那就是國防文藝的標準。從今以後，『文人相輕』的條件，變成簡單了，那就是誰不參加救國運動，誰就可『輕』。」〔註18〕周楞伽亦曾言：「在這民族危機到了空前未有的嚴重程度的現在，只要不是甘心媚外的漢奸，誰都不能不提出『國防』的要求。文學是時代的反映，為了響應大眾反帝的怒潮，爭取全民族的解放起見，『國防文學』的提出，正是針對這時代的一味最對症的藥劑。」〔註19〕隨之，一時間研討「國防文學」的主旨、性質、文學樣式、創作方法等文章紛紛問世，論者通常認為，不同於「民族主義文學」所推崇的「民族主義」，在「國防」的「非常時期」，「國防文學」激發出了廣泛的「愛國主義」。於是，魯迅和胡風等對「國防文學」的冷淡態度，遭到了各種直接間接的批評。何家槐曾批評說：「一般青年作家都表示極熱心；但是有批作家——特別是資格較老的作家們——卻冷淡得

〔註17〕新文化社同人：《新文化需要統一戰線》，《新文化》創刊號，1936 年 2 月 1日。

〔註18〕力生：《文藝界的統一國防戰線》，《生活知識》第 1 卷第 11 期，1936 年 3 月20 日。

〔註19〕周楞伽：《一個疑問》，《文學青年》創刊號，1936 年 4 月 5 日。

很，漠不關心的樣子。」〔註20〕周揚也含沙射影地指責：「一部分『左』的宗派主義者，他們對於國防文學雖然到現在還是保持著超然的沉默的態度，但是他們的宗派主義對於文藝上的統一戰線或多或少地發生了阻礙的力量。」〔註21〕

　　面對日益嚴重的民族危機和逐漸高漲的救亡運動，迫切需要正確分析「九‧一八」事變以來的國內形勢，糾正「左」傾錯誤，重新制定政策和策略，爲此，根據共產國際「七大」的決議和響應《八一宣言》的呼吁，中共中央於 1935 年 12 月 17 日至 25 日在陝北瓦窯堡召開了政治局擴大會議（「瓦窯堡會議」），通過了張聞天起草的《關於目前政治形勢與黨的任務決議》，提出建立「最廣泛的反日民族統一戰線」，認爲「國防政府與抗日聯軍的組織，不但是可以的，而且是必要的」，主張「用比較過去寬大的政策對待民族工商業資本家」，但是仍然堅持：「當前主要的敵人：日本帝國主義與賣國賊頭子蔣介石」，亦即將反日與反蔣等同視之。〔註22〕中共「反蔣抗日」的決策顯然不符合共產國際「聯蔣抗日」的指示，但當時中央紅軍尚未擺脫國民黨軍隊的「圍剿」，因此「反蔣抗日」是唯一的選擇。會後，毛澤東根據「瓦窯堡會議」的決議精神，在 12 月 27 日黨的活動分子會議上作了《論反對日本帝國主義的策略》的報告，在分析中國社會現實和黨的策略任務的基礎上，提出組建「廣泛的民族革命統一戰線」，與此同時，毛澤東吸收此前大革命時「缺乏革命中心力量招致革命失敗的血的教訓」，強調已經有了根據地的共產黨和紅軍，必須掌控革命的領導權：「共產黨和紅軍不但在現在充當著抗日民族統一戰線的發起人，而且在將來的抗日政府和抗日軍隊中必然要成爲堅強的臺柱子，使日本帝國主義者和蔣介石對於抗日民族統一戰線所使用的拆臺政策，不能達到最後的目的。」〔註23〕

　　1936 年初，中央紅軍組成了以毛澤東爲總政委、彭德懷爲總司令的「中

〔註20〕何家槐等：《國防文學問題——〈文學青年〉文藝座談會第一回》，《文學青年》創刊號，1936 年 4 月 5 日。

〔註21〕周揚：《關於國防文學——略評徐行先生的國防文學反對論》，《文學界》創刊號，1936 年 6 月 5 日。

〔註22〕張聞天：《中央關於目前政治形勢與黨的任務決議》，中央統戰部、中央檔案館編：《中共中央抗日民族統一戰線文件選編》（中），檔案出版社，1985 年，第 45 頁。

〔註23〕毛澤東：《論反對日本帝國主義的策略》，《毛澤東選集》（第一卷），人民出版社，1991 年，第 157 頁。

國人民紅軍抗日先鋒軍」,「爲實現抗日,渡河東征」。此外,爲了組建全國範圍內的「反蔣抗日」統一戰線,中共中央選派馮雪峰到上海開展工作。1936年4月20日,馮雪峰作爲中共中央特派員由瓦窯堡來到上海,臨行前中央安排給他四項主要任務,其中第四項是「對文藝界工作也附帶管一管,首先是傳達毛主席和黨中央的抗日民族統一戰線政策」〔註24〕。馮雪峰到達上海後,最初兩個星期住在魯迅家裏,胡風獲悉後,即往求見。關於他們會見談話的情況,馮雪峰回憶說:

> 我即下去引他上三樓談話。胡風談了不少當時文藝界情況,談到周揚等的更多。他當時是同周揚對立得很厲害的。於是談到「國防文學」口號,胡風說,很多人不贊成,魯迅也反對。我說,魯迅反對,我已知道,這個口號沒有階級立場,可以再提一個有明白立場的左翼文學的口號。胡風說,「一・二八」時瞿秋白和你(指我)都寫過文章,提過民族革命戰爭文學,可否就提「民族革命戰爭文學」。我說,無需從「一・二八」時找根據,那時寫的文章都有錯誤。現在應該根據毛主席提出的抗日民族統一戰線政策的精神來提。接著,我又說,「民族革命戰爭」這名詞已經有階級立場,如果再加「大眾文學」,則立場就更鮮明;這可以作爲左翼作家的創作口號提出。胡風表示同意,卻認爲字句太長一點。我和他當即到二樓同魯迅商量,魯迅認爲新提出一個左翼作家的口號是應該的,並說「大眾」兩字很必要,作爲口號也不算太長,長一點也沒什麼。〔註25〕

由馮雪峰的回憶可知,「民族革命戰爭的大眾文學」這一口號,經由他與胡風磋商,最終由魯迅拍板敲定。〔註26〕如前所述,在馮雪峰未到上海之前,周

〔註24〕馮雪峰:《有關一九三六年周揚等人的行動以及魯迅提出「民族革命戰爭的大眾文學」口號的經過》,《新文學史料》(第二輯),人民文學出版社,1979年2月。

〔註25〕馮雪峰:《有關一九三六年周揚等人的行動以及魯迅提出「民族革命戰爭的大眾文學」口號的經過》,《新文學史料》(第二輯),人民文學出版社,1979年2月。

〔註26〕關於誰爲「民族革命戰爭的大眾文學」的提出者,存有這樣幾種不同的說法:從最早發表文章的角度看,胡風無疑是最早的提出者;但魯迅在《答徐懋庸並關於抗日統一戰線問題》一文中特意說明「這口號不是胡風提的」;據吳奚如在《文學的新要求》中的記述,馮雪峰曾稱他提出了這個口號;馮雪峰後來稱這個口號的最終決定者爲魯迅,認爲「這口號是魯迅提出來的」。

揚已經提出了「國防文學」口號，那麼爲何要重提一個口號，顯然是因爲在馮雪峰看來，一則「國防文學」口號沒有「階級立場」；二則「應該根據毛主席提出的抗日民族統一戰線政策的精神來提」新的口號。換言之，新的口號應當遵循「瓦窰堡會議」的「反蔣抗日」的決議。

在 1936 年 6 月 1 日出版的《文學叢報》第 3 期上，胡風發文《人民大眾向文學要求什麼？》，提出了「民族革命戰爭的大眾文學」這一口號。〔註27〕雖然胡風避而未談「民族革命戰爭的大眾文學」同「國防文學」兩個口號之間的關聯，但因爲胡風同周揚等人的關係已經惡化〔註28〕，所以在周揚等看來，胡風重提一個口號，顯然意在分裂統一戰線。徐懋庸首先發文反駁：「胡風先生是注意口號，自己提出著口號的人，那麼爲什麼對於已有的號召同一運動的口號，不予批評，甚至隻字不提的呢？『國防文學』這口號，在胡風先生看來，是不是正確的呢？倘是正確的，爲什麼胡風先生要另提新口號呢？倘若胡風先生以爲確有另提新口號之必要，那麼定然因爲『國防文學』這口號有點缺點，胡風先生就應該予以批評。不予批評而另提關於同一運動的新口號，這在胡風先生，是不是故意標新立異，要混淆大眾的視聽，分化整個新文藝運動的路線呢？……胡風先生所說的『民族革命戰爭』這一句話，籠統，空洞，不足以表示目前的現實，不足以對太平天國運動之類的戰爭表示分別。但當××帝國主義實行破壞我們的國防，併吞我們的疆土的時候，我

〔註27〕胡風：《人民大眾向文學要求什麼？》，《文學叢報》第 3 期，1936 年 6 月 1 日。

〔註28〕「儘管後來人們說胡風與周揚對立，破壞左翼文藝陣營的團結，但必須強調的是，在胡風回國之初，他與周揚是很接近的。胡風回國後不久，周揚曾經親自去看他。在他回國後還不滿一個月，周揚便委派他擔任『左聯』的宣傳部長一職；跟著，茅盾在 10 月辭去了『左聯』書記的職位後，周揚也找胡風來擔任這個重要的位置。在這段期間，胡風和周揚可是說是緊密合作的，胡風當『左聯』宣傳部長時，周揚是『左聯』的組織部長及黨團書記；胡風當『左聯』書記時，周揚則任宣傳部長以及主理黨團的工作。他們時常一起在胡風的家開會，而胡風也知道周揚的住址，也去過他家不止一次。這點很重要，因爲在當時來說，保密的工作事關緊要，盟員的住址是不輕易告訴別人的，由此可以證明周揚和胡風在當時是友好和互相信任的。」（王宏志：《魯迅與胡風》，新星出版社，2006 年，第 265～266 頁。）然而，1934 年初，胡風在「左聯」常委會上經常表示不同意周揚的意見，而他在向魯迅彙報工作時常常帶入自己的意見，有些就明顯與周揚不同。（參見參見任白戈：《我在「左聯」工作的時候》，中國社會科學院文學研究所《左聯回憶錄》編輯組編：《左聯回憶錄》（上），中國社會科學出版社，1982 年，第 372 頁。）

們的民族革命戰爭所應取的主要的戰爭，乃是國防戰爭。所以我們需要一個國防政府，所以，我們的文化工作，需要發揮國防作用，那麼，文學之應為『國防文學』，也是當然的事實了。」〔註29〕艾思奇也就胡風所提的「大眾」而質疑道：「提出這口號的胡風先生，是把著眼點完全放在『勞苦大眾』上面，而忽視了在新的形勢下，抗敵的可能力量不只是『勞苦大眾』，就是一部分民族資產階級，鄉村富農，小地主以及小資產階級，都有走到抗敵陣線上來的可能性。」〔註30〕他們二人的觀點反映了「國防文學」論者責難「民族革命戰爭的大眾文學」的主要原因：一是「民族革命戰爭」未能指明抗戰救亡的特定現實；二是「大眾文學」中的所謂「大眾」主要是指「普羅大眾」，因而影響了統一戰線的廣泛性。對於種種責難，「民族革命戰爭的大眾文學」的擁護者也給予了回擊。綜觀雙方的爭論，問題主要凸顯在以下兩個方面：

其一，關於「兩個口號」本身的提法。聶紺弩指出，「國防文學」作為一個「創作口號」，簡練、適用，在文藝界產生了不小的影響，「不應該忽視，抹煞，或輕率地作字句上的吹求」，但是相形之下，「民族革命戰爭的大眾文學」「卻更明確地更不含糊地指出了現階段文學底內容底特質；更明確地更不含糊地指出現階段的作家所應該努力的方向；一切的誤會，曲解和野心底利用都不容易加到它底頭上來」。〔註31〕因為在聶紺弩看來，「國防文學」口號的缺陷在於：「所謂『國防』，我們知道是指半殖民地反抗帝國主義侵略說的；可是，在另外的場合，例如社會主義國家在被帝國主義進攻的場合（蘇聯就有過和這一樣的口號），帝國主義國家之間互相衝突乃至帝國主義國家侵略殖民地半殖民地的場合（據徐懋庸先生說：「目前是連『友邦』政府也在喊『國防』的口號」──見《光明》創刊號），豈不都可以應用的麼？」〔註32〕辛人認為：「民族革命戰爭的大眾文學這口號，就是指出『大眾』是民族革命戰爭的重心的口號」，「民族革命戰爭的大眾文學，就是表現民族革命戰爭的現實，加強文學的大眾性，努力文學的大眾化的文學，這文學是把『新現實主義』

〔註29〕徐懋庸：《「人民大眾向文學要求什麼？」》，《光明》創刊號，1936 年 6 月 10 日。

〔註30〕艾思奇：《新的形勢和文學的任務》，《文學界》第 1 卷第 2 號，1936 年 7 月 10 日。

〔註31〕紺弩（聶紺弩）：《創作口號和聯合問題》，《夜鶯》第 1 卷第 4 期，1936 年 6 月 15 日。

〔註32〕耳耶（聶紺弩）：《創作活動的路標》，《現實文學》第 1 號，1936 年 7 月 1 日。

文學的大眾性昂揚到一個新的更廣泛的因而是更鞏固的階段，同時把過去『文藝大眾化』的任務昂揚到更高的一個階段」。〔註33〕

但是，周揚等人不但獨尊「國防文學」這一口號，而且一再強調「國防」不僅是戰線統一的原則，同時還是文學創作的主題：

> 國防文學運動就是要號召各種階層，各種派別的作家都站在民
> 族的統一戰線上，爲製作與民族革命有關的藝術作品而共同努力。
> 國防的主題應當成爲漢奸以外的一切作家的作品之最中心的主題。
> 〔註34〕

> 把一切作家引到國防的主題，有的人就要懷疑，這不是將要使
> 文學的題材單調化了嗎？不，相反地，這不但沒有縮小主題的範圍，
> 反而使之擴大了。在這個主題裏面無限多樣地包藏了革命文學的其
> 他一切主題。在社會發展的主流上把握廣大現象和複雜情形，不局
> 限於民族革命戰爭的激化的場面，而觸及在帝國主義漢奸壓迫下的
> 一切民眾的日常生活和鬥爭，這就是國防文學的內容的境界。在這
> 普遍全國的民族革命的高潮之中，人民的無際限制的多角形的生活
> 現實將要和國防主題趨於一致。〔註35〕

陳荒煤更明確主張「國防文學」是一個「創作口號」，他說：「總之，國防文學無疑地是一個創作的口號，現在主要的問題是應該如何去應用，如何在作品方面去實現，我希望贊成國防文學的每一個作家把這一運動擴張起來，以作品去打碎那些對於國防文學污蔑的冷嘲的理論！」〔註36〕辛人嘲諷寫景抒情詩《宿北大東齋》《五月》，稱：「像這樣的詩，和我們有什麼關係呢？在這些詩中有一點現實的眞實嗎？爆發了偉大的學生救國運動的策源地，在這裡變成一座深山裏的古刹；悲壯的五月，在這裡變成一串灰色的無聊日子。」〔註37〕

〔註33〕辛人：《論當前文學運動的諸問題》，《現實文學》第 1 卷第 2 期，1936 年 8 月 1 日。

〔註34〕周揚：《關於國防文學——略評徐行先生的國防文學反對論》，《文學界》創刊號，1936 年 6 月 5 日。

〔註35〕周揚：《現階段的文學》，《光明》第 1 卷第 2 號，1936 年 6 月 25 日。

〔註36〕荒煤：《國防文學是不是創作口號》，《文學界》第 1 卷第 3 號，1936 年 8 月 10 日。

〔註37〕辛人：《論當前文學運動底諸問題》，《現實文學》第 1 卷第 2 期，1936 年 8 月 1 日。

　　其二，「民族革命戰爭的大眾文學」的支持者普遍堅持這一新口號的歷史承繼性。事實上，徐行在「兩個口號」論爭之前，就曾一針見血地擊中了「國防文學」倡導者的理論要害：「顯然，『國防文學』的『理論家』完全丟開了這些；他們完全否認了一九二五年──二七年間的血的教訓，把些被歷史車輪軋碎了的廢物說得儼然是同路人了，不，而且是『兄弟』了；他們完全否認一九二七年後我們在文化上的新的作用和成功，把保持這種作用和成功的鬥爭稱作『意氣的爭執』；他們處在一九三六年還在發出一九二五──二七年前的『全民』的『不問派別，階層，團體，個人，宗教，信仰』的夢囈。」〔註38〕論爭開始後，胡風曾稱：「從現實的生活要求產生的『民族革命戰爭的大眾文學』，一方面也是繼承了『五四』的革命文學的傳統，尤其是綜合了『九一八』以後的創作成果的。」〔註39〕吳奚也強調：「新的文學的基點，絕對不是推翻過去的成績而存在的。不然的話，我們只有走上飄搖無主的路，甚至自己取消了自己。所以，我們對於有些沒有中心執著的人，喊出什麼『全民族的文學』，應該給以糾正。因為那是形而上學的，不從發展的具體的本質上去看的錯誤，和抹煞了廣大而且主導力量的作用。」〔註40〕聶紺弩也認為：「『民族革命戰爭的大眾文學』絕不是今日以前的文學底全盤否定，倒是『五四』以來的新文學運動底高度發展。這一點是有些在文壇上提出和響應一個創作口號的論者所常常忽視了的。」〔註41〕

　　與此相對，「國防文學」論者忽略了「國防文學」與「五四」新文學及普羅文學的內在關聯，而且自身也難以含納並統攝民族革命戰爭時期各種文學的特殊期求。周揚認為徐行的話語不過是「胡言」、「夢囈」，堅持以《八一宣言》及共產國際某些文件精神為理論根據，強調道：「國防文學就是配合目前這個形勢而提出的一個文學上的口號，它要號召一切站在民族戰線上的作家，不問他們所屬的階層，他的思想和流派，都來創造抗敵救國的藝術作品，把文學上的反帝反封建的運動集中到抗敵反漢奸的總流」；「全民族救亡的統

〔註38〕徐行：《我們現在需要什麼文學》，《新東方》第 2 號，1936 年 5 月。

〔註39〕胡風：《人民大眾向文學要求什麼？》，《文學叢報》第 3 期，1936 年 6 月 1 日。

〔註40〕奚如（吳奚如）：《文學的新要求》，《夜鶯》第 1 卷第 4 期，1936 年 6 月 15 日。

〔註41〕紺弩（聶紺弩）：《創作口號和聯合問題》，《夜鶯》第 1 卷第 4 期，1936 年 6 月 15 日。

一戰線正以巨大的規模伸展到一切的領域內去，文學藝術的領域自然也不能例外」；「實際文學上的統一戰線的形成，已經不只是一種可能，而是一種存在。……文藝界已有了新的大團結。這是中國新文學運動史上值得大書特書的事件」。〔註 42〕要之，「國防文學」就是「文學上的統一戰線的口號」。〔註 43〕可見，周揚等將抗日民族統一戰線視爲評價當時文學主張的一個界標：「國防文學的反對論者的錯誤的中心就是不瞭解民族革命統一戰線的重要意義。」〔註 44〕自然而然，這一界標也成爲「國防文學」論者攻擊「民族革命戰爭的大眾文學」口號的主要武器，藉此周揚駁斥胡風：「胡風先生在他的《人民大眾向文學要求什麼》裏面對於民族革命的形勢的估計不夠。他認爲民族革命戰爭只在『失去了的土地』上『存在』和『奮起』，而忘記了民族革命戰爭的主力在全國範圍內不平衡的發展和它的巨人般的存在。他也沒有認識促進全民族革命戰爭之實現的是人民救亡陣線的實際活動，而決不只是象他所說那樣的空空洞洞的『熱情』，『希望』等等，他抹殺了目前彌漫全國的救亡統一戰線的鐵的事實，所以對於『統一戰線』，『國防文學』一字不提，在理論家的胡風先生，如果不是一種有意的抹殺，就不能不說是一個嚴重的基本認識的錯誤。」〔註 45〕此外如「新文化」社同人等，受王明指示的影響，認爲文化界的工作重心在瞻顧新文化的走向，而相對忽略了應當立足於現實根基，在繼承和發展無產階級革命文學傳統的基礎上來培育和發展新文化。

第二節　「總的口號」與「具體的口號」

1936 年 2 月，當魯迅得知紅軍勝利到達陝北，於是便想發篇電文予以祝賀和聲援。魯迅向茅盾談過這個想法，茅盾回憶說：「關於毛主席率領紅軍長征的勝利，國民黨是封鎖消息的，上海人一般人直到很晚才知道。一天我到魯迅那裡談別的事，臨告別時，魯迅說史沫特萊昨來告知，紅軍長征勝利，並建議拍一個電報到陝北祝賀。我當時說這很好，卻因爲還有約會，只問電報如何發出去。魯迅說，我交給史沫特萊，讓她去辦就是了；又說電文只要

〔註 42〕　周揚：《現階段的文學》，《光明》第 1 卷第 2 號，1936 年 6 月 25 日。

〔註 43〕　周揚：《與茅盾先生論國防文學的口號》，《文學界》第 1 卷第 3 號，1936 年 8 月 10 日。

〔註 44〕　周揚：《現階段的文學》，《光明》第 1 卷第 2 號，1936 年 6 月 25 日。

〔註 45〕　周揚：《現階段的文學》，《光明》第 1 卷第 2 號，1936 年 6 月 25 日。

短短幾句話。」〔註46〕隨後，魯迅擬定了電文，讓史沫特萊託人轉道巴黎傳送給陝北中央。無論魯迅轉發給紅軍的是「賀電」還是「賀信」〔註47〕，毋庸置疑的是，他對工農紅軍的長征勝利感到由衷的喜悅，對紅軍革命寄予熱烈的期望和堅決的支持。此外，馮雪峰也對魯迅講述過紅軍的英勇事蹟和陝北中共的路線政策，〔註48〕所以，魯迅不但支持和擁護紅軍的革命鬥爭和陝北中央的抗日統一戰線政策，而且希望左翼文藝戰線也能切實地發揮戰鬥效力，聲援和助進紅軍的革命鬥爭。1936年6月10日，魯迅在病中答訪問者時表述了對於當時文學運動的意見：其一，強調「民族革命戰爭的大眾文學」是「左聯」所領導的「無產階級革命文學」的新發展：「民族革命戰爭的大眾文學」不但承繼著左翼革命文學傳統，而且要更進一步加重和放大階級鬥爭的領導責任，促使歷來的「反對法西（斯）主義」和「反對一切反動者的血的鬥爭」匯入「抗日反漢奸」的總流。換言之，要將「階級的立場」和「民族的立場」統一起來，促使全民族「不分階級和黨派，一致去對外」。〔註49〕

〔註46〕 茅盾：《我和魯迅的接觸》，魯迅研究資料編輯部編：《魯迅研究資料》（第一輯），文物出版社，1976年，第73頁。

〔註47〕 1936年4月17日，中共中央西北局機關刊物《鬥爭》第95期（油印）曾刊載《中國文化界領袖××××來信》；1936年10月28日，延安《紅色中華》「追悼魯迅的紀念專版」（油印）又以《祝賀紅軍長征勝利信件片斷》為題轉載：「英勇的紅軍將領們和士兵們！你們的勇敢的鬥爭，你們的偉大勝利，是中華民族解放史上最光榮的一頁！全國民眾期待你們的更大勝利。全國民眾正在努力奮鬥，為你們的後盾，為你們的聲援！你們的每一步前進將遇到熱烈的擁護和歡迎！」；1947年7月《新華日報》（太行版）刊登的《大事記》一文曾載：「一九三六、二、二十：紅軍東渡黃河抗日討逆。這一行動得到全國廣大群眾的擁護，魯迅先生曾寫信慶賀紅軍。」但這封賀信是否出於魯迅的手筆，學界意見不一：閻愈新斷言此乃魯迅祝賀紅軍長征勝利的賀信；丁爾綱對閻的判斷提出質疑，認為此信並非魯迅所作，且目的不是祝賀「長征」而是聲援「東征」；倪墨炎覺得「賀信」實為他人代筆，並且是在魯迅、茅盾都不知情的情況下發表的；孫郁明言「魯迅一生中沒有寫過任何與長征有關的文章」，「所有關於『魯迅給長征賀信』的觀點都是誤論」。此外周海嬰、周令飛根據現有的資料，也不能給出明確的答案，雖然他們認為魯迅在精神層面上毫無疑問是肯定和支持長征的。

〔註48〕 如馮雪峰回憶，1936年到上海後，初見魯迅的當晚，他就把「紅軍長征經過以及毛主席提出的抗日民族統一戰線等」，照他所知道和所理解的講給魯迅聽，魯迅聽得很興奮，很認真。參見馮雪峰：《有關一九三六年周揚等人的行動以及魯迅提出「民族革命戰爭的大眾文學」口號的經過》，《新文學史料》（第二輯），人民文學出版社，1979年2月。

〔註49〕 應當指出的是，反帝統一戰線和階級鬥爭二者孰輕孰重，並不是所謂「非常

其二，認爲「民族革命戰爭的大眾文學」和「國防文學」兩個口號可以「並存」：「民族革命戰爭的大眾文學」是一個「總的口號」，「國防文學」、「救亡文學」、「抗日文藝」等是「隨時應變的具體的口號」，而且，諸此「具體的口號」「不但沒有礙，並且是有益的，需要的」。其三，指明「民族革命戰爭的大眾文學」的廣闊範疇和核心問題：「民族革命戰爭的大眾文學」並不是「只局限於寫義勇軍打仗，學生請願示威……等等的作品」，而是要廣泛含納描寫當時中國「各種生活和鬥爭的意識的一切文學」；然而，當時中國所面臨的「最大的問題」、「人人所共的問題」是「民族生存的問題」，這一問題決定了當時中國「唯一的出路」是「全國一致對日的民族革命戰爭」，因此，只要作家明晰這個核心問題，那麼「觀察生活，處理材料，就如理絲有緒」，「寫出來都可以成爲民族革命戰爭的大眾文學」。〔註50〕顯然，魯迅的看法並非表面上的口號的爭執，而是一種基於複雜歷史認知的深切提醒。

　　對於魯迅在《論現在我們的文學運動》所表述的看法，茅盾持贊同的態度，並致信《文學界》編者（徐懋庸），力薦其轉載魯迅的《論現在我們的文學運動》以及《答托洛斯基派的信》。〔註51〕在信中，茅盾分析胡風提出新口號和引致非難的原因，認爲胡風「只把這概括的總的口號葫蘆提了出來，而並沒有指明，爲了要和現階段的民族救亡運動的要求相配合，還應當有更具體的口號——『國防文學』，此外，胡風的文章「顯然還有以『民族革命戰爭的大眾文學』一口號來代替『國防文學』一口號的目的」。加之，當時因爲

時期」的新問題，事實上，至少是從 1927 年以後就存在的關涉中國革命生死存亡的重大問題。譬如，1927 年 7 月 13 日，國民革命軍總政治部主任鄧演達在武漢發表聲明，稱國民黨和馮玉祥已經背叛三民主義，因此他也要辭去自身的職務。鄧演達辭職後於 8 月間抵達莫斯科，到後他曾給莫斯科中山大學的同學報告了國內的政變情況。9 月間，莫斯科中山大學遂組織學生就此展開討論，中心問題便是「國民革命同階級鬥爭之間的關係——當時中國革命生死攸關的問題。有人主張，一切中國人應當結成反帝統一戰線，而不應忙於階級鬥爭。另一些人主張，反帝的國民革命必須以工農爲基礎」。參見〔美〕盛岳著、奚博銓等譯：《莫斯科中山大學和中國革命》，東方出版社，2004 年，第 152～153 頁。

〔註50〕參見魯迅口述、O.V.（馮雪峰）筆錄：《論現在我們的文學運動》，同刊於《現實文學》月刊第 1 期和《文學界》月刊第 1 卷第 2 號，1936 年 7 月。

〔註51〕據茅盾回憶，魯迅的這兩篇文章是爲了補救胡風《人民大眾向文學要求什麼》所可能引致的不良影響而寫的。茅盾：《「左聯」的解散和兩個口號的論爭》，《我走過的道路》（下），人民文學出版社，1997 年，第 64～65 頁。

《夜鶯》第 1 卷第 4 期專闢「民族革命戰爭的大眾文學」特輯欄目，同時登出了數篇文章，很引文藝青年的注意，然而也隨帶著難以免除的疑問：胡風在救亡運動等問題上的看法其實同「國防文學」倡導者並無二致，那麼重提一個新口號的意義何在？就青年的疑問，茅盾極為贊同魯迅在《論現在我們的文學運動》中的論述：「我認為魯迅先生現在這篇文章裏的解釋——對於『民族革命戰爭的大眾文學』與『國防文學』二口號之非對立的而為相輔的，——對於『國防文學』一口號之正確的認識（隨時應變的具體的口號），正是適當其時，即糾正了胡風及《夜鶯》「特輯」之錯誤，並又廓清了青年方面由於此二口號之糾紛所惹起的疑惑！」〔註52〕

雖然茅盾力薦《文學界》編者轉載魯迅的《論現在我們的文學運動》和《答托洛斯基派的信》，然而在 1936 年 7 月 10 日出版的《文學界》第 1 卷第 2 號上，編者稱因為「環境關係」故而只轉載《論現在我們的文學運動》，並在《論現在我們的文學運動》前添加了一段別具寓意的按語：

> 魯迅先生和茅盾先生的意見，我們可以舉出一點來證明，譬如「大眾」兩字，在向來是被解釋作「工農大眾」的。工農大眾當然是「全體大眾」的「主體」，但在現階段的救亡運動中，既如魯迅先生所說，應該「要使全民族，不分階級和黨派」，一致參加，當然不限於工農大眾，那麼「民族革命戰爭的大眾文學」這口號，是不是能夠表現現階段的意義，是一個值得討論的問題。〔註53〕

不難發現，此「按語」闡明「大眾」即「工農大眾」，並不等同於「全民大眾」或「全民族」，隨即含蓄地質疑「民族革命戰爭的大眾文學」這一口號的統攝力和涵蓋面。不久，徐懋庸在《理論以外的事實——致耳耶先生的公開信》中對魯迅的觀點提出質疑：

> 據我所知，「國防文學」是現階段的文藝界統一戰線的口號，並不單是左翼革命文學的現階段的口號。在這裡，我覺得魯迅先生最近所發表的《論現在我們的文學運動》一文裏的話，是應該注意的。
>
> 魯迅先生說：「民族革命戰爭的大眾文學，是無產階層革命文學的一

〔註52〕茅盾：《關於〈論現在我們的文學運動〉》，《文學界》第 1 卷第 2 號，1936 年 7 月 10 日。

〔註53〕《關於〈論我們現在的文學運動〉——給本刊的信·附記》，《文學界》第 1 卷第 2 號，1936 年 7 月 10 日。

發展，是無產階層文學在現在時候的眞實的更廣大的內容。」魯迅先生的指示倘是眞實的，那麼「民族革命戰爭的大眾文學」這口號，僅是現階段的無產階層革命文學的口號，而不是統一戰線的口號（對於魯迅先生的主張，我還有另外的一點意見，暫且保留）。所以胡風先生企圖把這口號來代替「國防文學」而作爲統一戰線的口號，是不行的。〔註54〕

8月1日，徐懋庸在給魯迅的信中更直接、更鮮明地批評道：

現在的統一戰線——中國的和全世界的都一樣——固然是以普洛爲主體的，但其成爲主體，並不由於它的名義，它的特殊地位和歷史，而是由於它的把握現實的正確和鬥爭能力的巨大。所以在客觀上，普洛之爲主體，是當然的。但在主觀上，普洛不應該掛起明顯的徽章，不以工作，只以特殊的資格去要求領導權，以至嚇跑別的階層的戰友。所以，在目前的時候，到聯合戰線中提出左翼的口號來，是錯誤的，是危害聯合戰線的。〔註55〕

不可否認，徐懋庸的上述言論點出了「民族革命戰爭的大眾文學」這個口號的要義所在，即強調普羅大眾在聯合戰線中居於「主體性」的位置，以及突出代表普羅大眾的左翼作家執掌著聯合戰線的「領導權」。〔註56〕但在徐懋庸

〔註54〕 徐懋庸：《理論以外的事實——致耳耶先生的公開信》，《光明》第1卷第4號，1936年7月25日。

〔註55〕 轉引自魯迅：《答徐懋庸並關於抗日統一戰線問題》，《作家》月刊第1卷第5期，1936年8月。

〔註56〕 對於統一戰線中「無產階級領導權」的重要性，嚴家炎在《魯迅對〈救亡情報〉記者談話考釋》一文中特地給予了肯定。對此丸山升認爲，雖然可以從廣泛意義上一般性地理解魯迅的談話注意強調「無產階級的領導權」，但他認爲若簡單地用這一概念把握魯迅的思想，可能會「遺漏了魯迅思想中原有的重要因素，或者相反，強加給魯迅思想中沒有的東西，至少過分強調了它在魯迅思想中的比重」。於是丸山升提出：「向來一直被視爲魯迅本人重視『無產階級領導權』的證據的，是魯迅反對解散『左聯』以及在《關於現在我們的文學運動》一文中所表現出來的對『左翼文學運動』無可替代的作用的強調；但魯迅所考慮的與馮雪峰所理解的內容之間，難道不曾存在微妙的、然而今天看來卻不容忽視的差別嗎？」在丸山升看來，魯迅與馮雪峰之間的差異是：「在馮雪峰那裡，堅持無產階級領導權是理應指導一切運動的無產階級乃至共產黨的光榮任務，因而這種指導力量也是本來具備的；與此相對，魯迅則基於對『左翼文學』整體的力量還很弱小的自覺來認識無產階級領導權問題。魯迅非常擔心即使在平常狀態下已顯得幼稚弱小的左翼作家們會在與奸猾的已成名作家和出版社的競爭與衝突中潰不成軍，進而，他還擔心著誕

看來，這種提法「是錯誤的，是危害聯合戰線的」。一定意義上，這裡折射出了「兩個口號」論爭的一個焦點問題，即在抗日救亡的歷史語境中是否應當淡化普羅階級的「主體性」。在當時，徐懋庸的看法其實具有一定的普泛性，如王任叔就認為，在當時的境況中，「反帝抗 X」是資產階級作家和大眾作家所共有的一種傾向，因此為了「不使這聯合戰線一下子就起裂痕，而削弱『反帝抗 X』的力量」，就不應該「徒在形式上強調了大眾的主導作用」，亦即沒必要「一定要顯明地揭出大眾的立場」。〔註57〕

　　8月2日，魯迅收到徐懋庸的來信，很是惱火。當日下午馮雪峰去看望他時，他一邊把徐信遞給馮雪峰，一邊說：「真的打上門來了！他們明明知道我有病！這是挑戰。過一兩天我來答覆！」但馮雪峰看大病後的魯迅身體遠沒有康復，所以自己擬了一份答覆徐懋庸的文稿供魯迅參考。魯迅認為馮文的「前面部分都可用」，而「後面部分」因為馮雪峰不清楚詳情，所以魯迅又作了增補和修改，最終以《答徐懋庸並關於抗日統一戰線問題》發表了出去。〔註58〕王宏志研究指出：「自始至終，魯迅和徐懋庸之間並沒有建立起什麼深厚的交情，魯迅只是一直把徐懋庸看做是周揚一派，而當魯迅剛開始和徐懋庸交往時，他與周揚的關係已很惡劣。在『左聯』還存在的時候，魯迅為大局著想，只把不滿訴諸私人通信上。但『左聯』解散，左翼文壇因『兩個口號』問題而公開分裂後，魯迅再沒有什麼顧忌，所以在接到徐懋庸來信攻擊後，便將一切問題公開，以措辭激烈的『萬言長文』作答。」〔註59〕在這篇萬言長文中，魯迅憤慨地斥責了徐懋庸等所進行的「離間，挑撥，分裂的勾當」，

生不過二十年左右的『新文學』自身會被商業主義和強權主義所吞沒。恐怕應當這樣說：魯迅所期待的不是掌握『領導權』，毋寧說是保衛最低限度的『主體性』」。參見〔日〕丸山升著、王俊文譯：《由〈答徐懋庸並關於抗日統一戰線問題〉手稿引發的思考》，《魯迅‧革命‧歷史：丸山升現代中國文學論集》，北京大學出版社，2005 年，第 272、274、274～275 頁。其實嚴格地說來，「領導權」和「主體性」之間，並不是一種對立關係，而是一種依存關係，「主體性」維護著「領導權」，「領導權」捍衛著「主體性」。

〔註57〕屈軼（王任叔）：《從走私問題說起》，《光明》第 1 卷第 3 號，1936 年 7 月 10 日。

〔註58〕馮雪峰：《有關一九三六年周揚等人的行動以及魯迅提出「民族革命戰爭的大眾文學」口號的經過》，《新文學史料》（第二輯），人民文學出版社，1979 年 2 月。

〔註59〕王宏志：《「敵乎友乎？」：論魯迅與徐懋庸的關係》，《魯迅與「左聯」》，新星出版社，2006 年，第 254 頁。

明確地重申了他對於「抗日統一戰線」和「文藝界統一戰線」的態度：「中國目前的革命的政黨向全國人民所提出的抗日統一戰線的政策，我是看見的，我是擁護的，我無條件地加入這戰線，那理由就因為我不但是一個作家，而且是一個中國人，所以這政策在我是認為非常正確的，我加入這統一戰線，自然，我所使用的仍是一枝筆，所做的事仍是寫文章，譯書」；「我贊成一切文學家，任何派別的文學家在抗日的口號之下統一起來的主張」。〔註60〕然後就「兩個口號」問題，魯迅重述了他的意見：

一是應當將「抗日」或者「國防」與「國防文學」區別開來。在魯迅看來，「文藝家在抗日問題上的聯合是無條件的，只要他不是漢奸，願意或贊成抗日，則不論叫哥哥妹妹，之乎者也，或鴛鴦蝴蝶都無妨」，因而應當說：「作家在『抗日』的旗幟，或者在『國防』的旗幟之下聯合起來；不能說：作家在『國防文學』的口號下聯合起來，因為有些作者不寫『國防為主題』的作品，仍可從各方面來參加抗日的聯合戰線」，所以，魯迅認為「國防文學」不能作為「聯合口號」或者「創作口號」，而贊同郭沫若的意見，即「國防文藝是廣義的愛國主義的文學」和「國防文藝是作家關係間的標幟，不是作品原則上的標幟」。〔註61〕

二是闡明提出「民族革命戰爭的大眾文學」的緣由和釐清「民族革命戰爭的大眾文學」的號召對象。為了避免胡風再遭攻擊，魯迅首先聲明之前是他請胡風發文提口號的，但認為胡風的文章「解釋得不清楚」，且提口號也不是他自己「標新立異」，是同茅盾等人商議過的，而提出口號的本意之一是為了「補救『國防文學』這名詞本身的在文學思想的意義上的不明了性，以及糾正一些注進『國防文學』這名詞裏去的不正確的意見」。要之，魯迅認為較之「國防文學」，「民族革命戰爭的大眾文學」這個名詞本身「意義更明確，更深刻，更有內容」。除開為了補救「國防文學」，魯迅聲明提口號的另一目的是為了「推動一向囿於普洛革命文學的左翼作家們跑到抗日的民族革命戰爭的前線上去」，所以在他看來，「民族革命戰爭的大眾文學」主要是「對前進的一向稱左翼的作家們提倡的，希望這些作家們努力向前進」，但

〔註60〕馮雪峰擬稿、魯迅補修：《答徐懋庸並關於抗日統一戰線問題》，《作家》月刊第 1 卷第 5 期，1936 年 8 月。
〔註61〕馮雪峰擬稿、魯迅補修：《答徐懋庸並關於抗日統一戰線問題》，《作家》月刊第 1 卷第 5 期，1936 年 8 月。

這一口號同樣是「對一般或各派作家提倡的，希望的，希望他們也來努力向前進」。

三是重述「民族革命戰爭的大眾文學」和「國防文學」二者的關係。魯迅認爲「兩個口號」可以「並存」，「國防文學」可以作爲當時文學運動的一個「具體口號」，原因如其所言：「爲的是『國防文學』這口號，頗通俗，已經有很多人聽慣，它能擴大我們政治的和文學的影響，加之它可以解釋爲作家在國防旗幟下聯合，爲廣義的愛國主義的文學的緣故。因此，它即使曾被不正確的解釋，它本身含義上有缺陷，它仍應當存在，因爲存在對於抗日運動有利益」。然而魯迅反對添加任何無謂的限制給「民族革命戰爭的大眾文學」，譬如反對陳辛人將兩個口號的差別分爲「時期性」和「時候性」〔註62〕，在他看來，「民族革命戰爭的大眾文學」反映著中國歷史發展到當時階段的客觀要求，而文藝工作者所應做的和所能做的是努力規避關門主義、廣泛動員一切革命力量。因此，確切一點而言，魯迅擁護共產黨的抗日統一戰線，但他本人更認同的邏輯理路其實是人民群眾是歷史創造主體的馬克思主義唯物史觀。

徐懋庸的來信雖署一人之名，但「左聯」後期周揚慣於在幕後「運籌帷幄」，所以在魯迅看來，徐懋庸正代表著周揚一派。8月28日，魯迅在給楊霽雲的信中曾言：「其實，寫這信的雖是他（徐懋庸）一個，卻代表著某一群，試一細讀，看那口氣，即可了然。因此我以爲更有公開答覆之必要。倘只我們彼此個人間事，無關大局，則何必在刊物上喋喋哉。先生慮此事『徒費精力』，實不盡然，投一光輝，可使伏在大蠹蔭下的群魔嘴臉畢現，試看近日上海小報之類，此種效驗，已極昭然，他們到底將在大家的眼前露出本相。」〔註63〕顯然，魯迅的用意在揭示出周揚、徐懋庸等人的「本相」，亦即戳破他們借「抗日統一戰線」的旗幟蒙蔽甚至要挾文藝工作者。

〔註62〕陳辛人贊同魯迅「兩個口號」可以「並存」的觀點，並以「時期性」和「時候性」來區分二者，認爲「國防文學這口號的時候性不能代替民族革命戰爭的大眾文學這口號的時期性，同樣地，在時期性中也應有時候性的存在」。辛人（陳辛人）：《論當前文學運動的諸問題》，《現實文學》第1卷第2期，1936年8月1日。

〔註63〕魯迅：《書信‧360828‧致楊霽雲》，《魯迅全集》（第十四卷），人民文學出版社，2005年，第138頁。

第三節　「複合主權」與「大眾烏托邦」

在「兩個口號」論爭期間，郭沫若也發文《在國防的旗幟下》和《國防·污池·煉獄》（兩文基本精神是一致的，前者其實是後者的初稿），主張「國防文學」不妨擴展為「國防文藝」，將音樂、演劇、電影等都包括在內，但強調「國防文藝」應該是「作家關係間的標幟」，而不是「作品原則上的標幟」，亦即「國防文藝」不是一個「創作口號」，但可以是一個「聯合口號」：「並不是一定要寫滿蒙，一定要寫長城，一定要聲聲愛國，一定要句句救亡，然後才是『國防文藝』」；「要認定凡是非賣國的，非為帝國主義作倀的人或作品，都和我們的目標相近，我們都可以和他們攜手。為擴大反帝戰線的必要起見，我們盡可以做些通權達變的工作」。〔註64〕茅盾讀了郭沫若的《國防·污池·煉獄》後，認為郭沫若的解釋很有見地，也促使他細緻比較「兩個口號」的差異，作文《關於引起糾紛的兩個口號》。文章在郭沫若意見的基礎上，更為具體地指出：「1.『民族革命戰爭的大眾文學』應是現在左翼作家創作的口號！2.『國防文學』是全國一切作家關係間的標幟！」〔註65〕事實上，因為茅盾當時在病中，所以孔另境代擬了初稿《關於引起糾紛的兩個口號》，茅盾看後，覺得基本上涵蓋了他的意見，「只是在分寸的掌握上，對周揚的批評嚴了一些，而且還點了徐懋庸的名」。於是，茅盾在初稿上作了修改：「加重了對胡風的批評，指出他『左』的關門主義和宗派主義；刪掉了對徐懋庸宗派主義的批評；對周揚則著重指出他把『國防文學』作為創作口號有關門主義和宗派主義的危險」，此外，呼籲左翼文藝界即速停止「內戰」。〔註66〕

茅盾把《關於引起糾紛的兩個口號》交給徐懋庸，請他在《文學界》上發表。但是徐懋庸把茅盾的原稿先送給周揚「審查」，結果在 8 月 10 日出版的《文學界》第 1 卷第 3 號上，茅盾的《關於引起糾紛的兩個口號》後面緊跟著周揚的反駁文章《與茅盾先生論國防文學的口號》。就茅盾的觀點，周揚反駁道：「茅盾先生以為『國防文學』只是作家間的標幟，而不能作為創作的口號，這我就不能同意了。我以為『國防文學』的口號應當是創作活動的指

〔註64〕　郭沫若：《國防·污池·煉獄》，《文學界》月刊第 1 卷第 2 號，1936 年 7 月 10 日。

〔註65〕　茅盾：《關於引起糾紛的兩個口號》，《文學界》第 1 卷第 3 號，1936 年 8 月 10 日。

〔註66〕　參見茅盾：《「左聯」的解散和兩個口號的論爭》，《我走過的道路》（下），人民文學出版社，1997 年，第 74～75 頁。

標，它要號召一切作家都來寫國防的作品。」同時，周揚認爲「民族革命戰爭的大眾文學」既不能成爲「現階段文學上統一戰線的口號」，而且，作爲「革命文學者創作口號」，「『民族革命戰爭的大眾文學』是不是恰當的，也還值得討論」，堅決認爲「『民族革命戰爭的大眾文學』也並不能作爲創作方法的口號」。〔註67〕徐懋庸的隨意妄爲和周揚的反駁文章使得茅盾非常惱火，茅盾原本意在調節論爭雙方，而且更偏向周揚一邊，但周揚等人並不領會茅盾的用意，照舊推行宗派主義和關門主義。當此之際，馮雪峰建議茅盾再寫一篇文章，集中攻擊周揚的宗派主義和關門主義。茅盾同意馮雪峰的建議，作文《再說幾句——關於目前文學運動的兩個問題》，著重闡述了關門主義和宗派主義的表現和危害，並倡導在抗日救國的一致目標下「文藝言論彼此自由」。〔註68〕

　　儘管馮雪峰在代魯迅草擬的《答徐懋庸並關於抗日統一戰線問題》中特意稱讚茅盾和郭沫若，如將《子夜》推爲名作，例舉魯迅和茅盾、郭沫若，無論「或相識，或未嘗一面」，還是「或未衝突，或曾用筆墨相譏」，但是「大戰鬥卻都爲著同一的目標，決不日夜記著個人的恩怨」。〔註69〕但是，對胡風提出的「民族革命戰爭的大眾文學」這個新口號，郭沫若一直持反對態度。當時茅盾曾致信郭沫若，希望他能同魯迅保持一致的步調，但郭沫若沒有接受茅盾的意見，而且將矛頭從胡風引向了魯迅。在9月10日出版的《文學界》第1卷第4號上，郭沫若發文《蒐苗的檢閱》，文章批評「民族革命戰爭的大眾文學」這個口號的提出，「在手續上說既有點不備」，「在意識上也有些朦朧」，口號本身還有「例舉主義」的缺點，因此，郭沫若稱他始終認爲新口號「不大妥當，而且沒有必要」。除此之外，郭沫若也完全反對魯迅、茅盾的觀點：

　　　　魯迅先生曾把這個口號作爲「無產階級革命文學的一發展」，要
　　把它作爲總口號，而把國防文學作爲分口號；在總與分之間求相安，
　　這是一種排解法。近來茅盾先生又把「國防文學」作爲一般的口號

〔註67〕周揚：《與茅盾先生論國防文學的口號》，《文學界》第1卷第3號，1936年8月10日。

〔註68〕茅盾：《再說幾句——關於目前文學運動的兩個問題》，《生活星期刊》第1卷第12號，1936年8月23日。

〔註69〕馮雪峰擬稿、魯迅補修：《答徐懋庸並關於抗日統一戰線問題》，《作家》月刊第1卷第5期，1936年8月。

　　而把這新口號作爲左翼作家的口號，這依然是一分一總，不過和魯迅先生的分總恰恰相反。因爲魯迅先生是從時間上立說，茅盾先生是從人物上立說，然而茅盾說是由魯迅那兒發展出來的：因爲魯迅先生明明說過「民族革命戰爭的大眾文學是無產階級革命文學的一發展」。既然是無產革命文學的發展，那當然該作左翼作家的口號，所以茅盾先生的見解，比起魯迅先生的來似乎是青出於藍。但是要請魯迅先生和茅盾先生恕我直愎，我覺得魯迅先生的「民族革命戰爭的大眾文學是無產階級革命文學的一發展」，這個解釋是有點不正確的。歷史昭示我們，無產階級的革命，是最後階段的革命，只有各種性質的革命向那兒發展，沒有由那兒再向民族革命發展的道理。

郭沫若認爲魯迅對兩個口號的見解是不正確的，而順延著魯迅觀點的茅盾的見解，雖然「青出於藍」，但是他們立論的根底是錯誤的，原因是「無產階級的革命，是最後階段的革命，只有各種性質的革命向那兒發展，沒有由那兒再向民族革命發展的道理」。顯然，在郭沫若看來，魯迅、茅盾的觀點偏離了歷史發展的軌道，所以，他以嘲諷的口吻自問自答道：「像這樣明達事理時常爲大局著想的我們的魯迅茅盾兩先生豈肯在大家得到了明白的解決之後，一定要爲爭執一個口號使糾紛糾紛到底嗎？我想這絕不會的。」〔註 70〕9 月下旬，郭沫若還在《今代文藝》上刊登《戲論魯迅茅盾聯》：「魯迅將徐懋庸格殺勿論，弄得怨聲載道；茅盾向周起應請求自由，未免呼籲失門。」〔註 71〕其實，郭沫若不過是以政策綱領爲標準尺度而對魯迅、茅盾加以奚落，可以說，他此時根本不曾領會到魯迅的憂慮所在〔註 72〕。事實上，此時的茅盾也未必眞正明白魯迅的擔心〔註 73〕，如就郭沫若在《蒐苗的檢閱》一文中所提

〔註 70〕郭沫若：《蒐苗的檢閱》，《文學界》第 1 卷第 4 號，1936 年 9 月 10 日。

〔註 71〕郭沫若：《戲論魯迅茅盾聯》，《今代文藝》第 1 卷第 3 期，1936 年 9 月。

〔註 72〕就「兩個口號」論爭，後來郭沫若對魯迅仍有意見，雖然未明說魯迅狹隘，但也不認爲自己不對。參見葉德浴：《郭沫若對魯迅態度劇變之謎》，《魯迅研究月刊》，2004 年第 7 期。

〔註 73〕茅盾晚年在回憶錄中曾指出：「當時眾多的『國防文學』論述中普遍忽略的一個問題：沒有強調甚至沒有談到無產階級在『國防文學』中的領導責任」，「魯迅對『國防文學』口號的批評，著眼在它的階級界限模糊，這是與他堅持『左聯』不能解散，無產階級領導權不能放鬆的思想一脈相承的」。茅盾：《「左聯」的解散和兩個口號的論爭》，《我走過的道路》（下），人民文學出版社，1997年，第 52～53 頁。

出的質疑和批評，茅盾不予正視，反而在 9 月 26 日所作的《談最近的文壇現象》中，稱「郭沫若先生的《蒐苗的檢閱》是『澄清』空氣的一大助力」。〔註 74〕

不可否認，「國防文學」作為口號本身簡短顯豁，「民族革命戰爭的大眾文學」卻顯得冗長，徐懋庸曾指出：「『民族革命戰爭的大眾文學』這一個名詞，由十一個漢字所組成，這實在是很不宜用於口號的。」〔註 75〕郭沫若也說這個口號根本就不「大眾化」，他自己就要費「相當的努力」才能記下來。〔註 76〕然而，「國防文學」這個口號在當時中國的歷史語境中其實是含混不清的。在 1934 年 10 月 2 日出版的《大晚報》上，周揚曾發文《「國防文學」》，認為「國防文學」既不是「資本主義國家的市民們所熟知的那種狂妄的『愛國文學』」，也不同於「大戰後的和平主義的文學」，而其任務在於「防衛社會主義國家，保衛世界和平」，以及「揭露帝國主義怎樣圖謀發動戰爭，怎樣以科學為戰爭的武器」。當時周揚還曾感慨於蘇聯「國防文學」（Literature of Defence）作品之繁盛，倡言中國在戰爭危機和民族危機直逼的生死存亡關頭，最需要「國防文學」來「暴露帝國主義的侵略戰爭的猙獰面目，描寫各樣各式的民族革命戰爭的英勇事實，並且指示出只有擴大發展民族革命戰爭才能把中國從帝國主義瓜分下去救出，使它成為真正獨立的國家」。〔註 77〕但需要注意的一個問題是，蘇聯在日本進攻中國東三省之際提「國防文學」，其時蘇聯國家機構和社會制度是一致的，保衛國家也就是保衛社會主義制度，而當時中國共產黨正遭受著國民黨的殘酷剿殺，那麼「國防文學」所保衛的「國」的所指就是含混的，既可以說是保衛國民黨統馭的大地主大資產階級之國，也可以說是保衛共產黨領導的工農無產階級之國，而且當時是國民黨當政，國共兩黨在「西安事變」後才建立統一戰線，因而，「國防文學」作為口號雖然簡潔上口，但是遮掩了不容忽視的根本問題，顯然存有被國民黨一方統戰了去的潛在危險。對此，魯迅是持有警惕之心的，據茅盾回憶，「魯迅說國防文學這個口號，我們可以用，國民黨也可以用。」〔註 78〕而且，周揚等人教

〔註 74〕茅盾：《談最近的文壇現象》，《大公報》（「國慶」二十五週年特刊），1936 年 10 月 10 日。

〔註 75〕徐懋庸：《「人民大眾向文學要求什麼？」》，《光明》創刊號，1936 年 6 月 10 日。

〔註 76〕郭沫若：《蒐苗的檢閱》，《文學界》第 1 卷第 4 號，1936 年 9 月 10 日。

〔註 77〕參見企（周揚）：《「國防文學」》，《大晚報》，1934 年 10 月 2 日。

〔註 78〕茅盾：《我和魯迅的接觸》，魯迅研究資料編輯部編：《魯迅研究資料》（第一輯），文物出版社，1976 年，第 71 頁。

條而又專斷地倡導「國防文學」，以為只有寫「國防」才是好的、只要寫「國防」就是好的，偏離了文藝創作的實際狀況。所以，正是出於這些考慮，魯迅堅持強調「民族革命戰爭的大眾文學」，曾對馮雪峰感歎說：「『國防文學』不過是一塊討好敵人的招牌罷了，真正抗日救國的作品是不會有的」；「還提出『漢奸文學』這是用來對付不同派的人的，如對付我。你等著看吧。」〔註79〕

　　此外，當時有些人之所以支持和擁護「國防文學」，或出於恐懼或迫於清議，並非源自本心的自發行動，因而魯迅認為所謂的「國防文學」可能終不過是「作不得戰」的「嚇成的戰線」。〔註80〕魯迅的顧慮並不是多餘的，礙於「非常時期」之類的困境，當時很多文藝家由於恐懼而轉向匯入「憂國」、「愛國」的時代大潮。例如邵洵美這樣表白他的「憂國之心」和「愛國之情」：「我們這一輩的中國人太享福了，時局雖然不太平，但絕少經過什麼大變亂。生在這種時代裏面的人，頂容易趨向頹廢的路上去：翻印古書，提倡幽默，都是頹廢時代必然的現象。『一二八』事起，我以為這正好是對症良藥；但是藥性一過，舊病復發，現在華北問題，所為又是一張老方子，而病人卻已經有一種癱麻的症象；恐怕非多量的強心針不救了。」〔註81〕另如「林語堂的改變態度」，力生認為「很值得說一說」：「我們知道，林語堂在過去兩三年間，因為對於現實的認識不足，曾經是提倡幽默，讚美閒適，鄙薄大眾，反對革命的。但是現在，迫近眉睫的亡國之禍促起了他的覺悟，所以他也積極地談論國事，同情大眾，反對起壓迫民眾抗帝運動的漢奸來了。」〔註82〕對於這些文藝家的真實意圖，魯迅是了然於心的，在絕大程度上是出於憂慮一己之安危，鑒於此，他借「明亡後的事情」，如「活得最清高」且「被人尊敬的」的「痛罵漢奸的逸民」，告誡當時的文藝家不要沾染「古之逸民氣」。〔註83〕

〔註79〕馮雪峰：《有關一九三六年周揚等人的行動以及魯迅提出「民族革命戰爭的大眾文學」口號的經過》，《雪峰文集》（第四卷），人民文學出版社，1985年，第510～511頁。

〔註80〕馮雪峰擬稿、魯迅補修：《答徐懋庸並關於抗日統一戰線問題》，《作家》月刊第1卷第5期，1936年8月。

〔註81〕邵洵美：《時事新報‧每週文學》，1936年3月11日。轉引自力生：《文藝界的統一國防戰線》，《生活知識》第1卷第11期，1936年3月20日。

〔註82〕力生：《文藝界的統一國防戰線》，《生活知識》第1卷第11期，1936年3月20日。

〔註83〕參見魯迅：《半夏小集（四）》，《作家》第2卷第1號，1936年10月15日。

　　但因爲魯迅不是共產黨員，所以很多左翼人士覺得周揚的意見更符合共產黨的路線政策，隨之也更爲支持「國防文學」，如夏衍曾言：「魯迅究竟不是黨員，在那個大變化時期，他不可能知道黨的方針已從『反蔣反日』、『逼蔣反日』進入到『聯蔣抗日』了。」〔註 84〕然而實際情況是，魯迅雖然對政黨鬥爭比較隔膜，但他沒有忘記那些過往的血的教訓，如其在給胡風的信中所曾寫過的那樣：「我的有些主張，是由許多青年的血換來的，……在我們裏面卻似乎無人注意，這真不能不『感慨繫之』。」〔註 85〕譬如對柔石，魯迅曾將珂勒惠支的木刻《犧牲》寄給《北斗》創刊號，藉以表達自己「一個人心裏知道的柔石的記念」〔註 86〕；另如對白莽，當自稱爲白莽友人的齊涵之邀他爲《孩兒塔》作序時（其實是史濟行化名齊涵之向魯迅騙稿），魯迅在收信的第二日便揮筆寫道：「這《孩兒塔》的出世並非要和現在一般的詩人爭一日之長，是有別一種意義在。這是東方的微光，是林中的響箭，是多末的萌芽，是進軍的第一步，是對於前驅者的愛的大纛，也是對於摧殘者的憎的豐碑。一切所謂圓熟簡練，靜穆幽遠之作，都無須來作比方，因爲這詩屬於別一世界。」〔註 87〕後來在《寫於深夜裏》，魯迅又一次動情地寫道：「野地上有一堆燒過的紙灰，舊牆上有幾個劃出的圖畫，經過的人是大抵未必注意的，然而這些裏面，各各藏著一些意義，是愛，是悲哀，是憤怒，……而且往往比叫了出來的更猛烈。也有幾個人懂得這意義。」〔註 88〕顯然，魯迅一再追懷自己真切接觸過的那些犧牲了的青年，亦是希望警醒國人切勿拋卻慘痛的歷史，應當警惕「國防文學」的旗號下潛含著的種種悖謬，其中尤爲嚴重的危害，則可能是被壓迫者流血犧牲保衛的「祖國」，實乃壓迫者當權的「黨國」，結果「中國的人民是常用自己的血，去洗權力者的手，使他又變成潔淨的人物的」。可見，魯迅清醒地認識到，在一個存在壓迫者和被壓迫者、奴隸主和奴隸的社會，所謂的「統一戰線」只能依靠被壓迫者或奴隸來組建，即便擴大也無論如何不能包括壓迫者或奴隸主，無論其是外國外族的，還是本國本

〔註 84〕 周健強：《夏衍談「左聯」後期》，《新文學史料》，1991 年 4 期。

〔註 85〕 魯迅：《書信・350912・致胡風》，《魯迅全集》（第十三卷），人民文學出版社，2005 年，第 544 頁。

〔註 86〕 魯迅：《爲了忘卻的記念》，《現代》第 2 卷第 6 期，1933 年 4 月 1 日。

〔註 87〕 魯迅：《白莽遺詩序》，《文學叢報》第 1 期，1936 年 4 月。

〔註 88〕 魯迅：《寫於深夜裏》，《夜鶯》月刊第 1 卷第 3 期，1936 年 5 月。

族的。〔註89〕

　　然而不同於國家和政府作爲一種政治性的建制，「大眾」其實是一個同政治保持相當間距的具象群，是更爲眞切的社會存在。一般而言，大眾社會最爲關心的，是個體本身的生存、生活、生命，而非政治抽象意義上的「國防」。因而，魯迅強調「大眾」便是借多元消解專斷、借具象抵制一統，堅持依靠多數同時也爲多數而鬥爭，這其中既含蘊著一種道義，也寄託著一種理念——個體享有眞切自由的「人國」。所以，即如有研究者所指出的那樣，「表面上看起來，魯迅對『國防文學』的否定，以致同意以『民族革命戰爭的大眾文學』的新口號取代之，頗有點小題大做，實際上是在事關重大的觀念和理論問題上，給正統的一致性打進一個簡易而有力的楔子。」〔註90〕這個楔子就是做眞正的「人」，還是重回故道做變相的「奴隸」。因爲在魯迅的眼裏，「『人國』的建立，始終是將人的覺醒和民族的救亡統一在一起的。這是魯迅文化啟蒙思想的重要特徵，也是他的文化構想的精魂所在」〔註91〕。這正如哈耶克所說：「儘管民族自由的概念類似於個人自由的概念，但它們卻並不是相同的概念。因爲對民族自由的追求並不總是能夠增進個人自由的。」〔註92〕尤其在「救亡壓倒啟蒙」的「非常時期」〔註93〕，就更應當注意在抵抗外部奴

〔註89〕關於此，曾有研究者指出：「對於一個有著悠久的專制傳統的國家，一個實際上處於分裂狀態的國家，一個遭到外族侵略而面臨著亡國危險的國家，再沒有利用民族的歸屬感更爲有效的方式，來動員國民效忠於自己的政府的了。在這裡，國家與民族被主權打通了，也不妨說，它們結合成了一個『複合主權』。一個歷史性的難題是：民族認同往往是通過國家來完成的，不是民族創造了國家或民族主義，而是國家和民族主義創造了民族。而魯迅認同民族而拒斥國家，認同民族文化，卻拒斥旨在維護國家主權的意識形態和政治秩序，這種態度，不能不使他在一個特定語境中陷入了言說的困難。只要抨擊政府和國家主權，很容易被看作對民族的傷害，因此，他常常被一些『愛國者』和『懺悔者』加上『漢奸』、『買辦』、『破壞統一戰線』等罪名。那些攻擊他的人，正是利用了他作爲一個言說者的尷尬地位，實際上是事實本身的矛盾性。但也正由於他不能迴避可能招致的風險，所以必須進一步揭露『愛國主義』——民族主義的代名詞——的危險性和欺騙性。」林賢治：《國家、民族、統一問題》，《魯迅的最後十年》，復旦大學出版社，2011年，第207～208頁。

〔註90〕林賢治：《國家、民族、統一問題》，《魯迅的最後十年》，上海：復旦大學出版社，2011年，第209頁。

〔註91〕孫玉石：《留日時期魯迅的文化選擇意識》，《走近眞實的魯迅：魯迅思想與五四文化論集》，北京大學出版社，2009年，第87頁。

〔註92〕哈耶克著、鄧正來譯：《自由秩序原理》，北京三聯書店，1997年，第8頁。

〔註93〕李澤厚在回應林毓生所提出的啟蒙與救亡問題時曾談道：「『救亡壓倒啟蒙』

役之際，警惕種種變相的內部奴役。〔註94〕

　　眾所周知，魯迅在「左聯」成立大會上曾強調「聯合戰線是以有共同目的為必要條件的」，「如果目的都在工農大眾，那當然戰線也就統一了」。〔註95〕當時力生重提魯迅的這段講話，並指出：「目前才真是目的一致的時代，反帝救國，打倒漢奸，就是全國工，農，兵，商大眾以及文化人的一致的目的。漢奸以外的各派文藝作家，也已一致表示，以這為文藝工作的目的了！」〔註96〕除此之外，何家槐在《文藝界聯合問題我見》一文中，引用了魯迅在《對於左翼作家聯盟的意見》中「戰線應該擴大」和「聯合戰線是以有共同目的為必要條件的」兩段話。〔註97〕對此魯迅曾明確反駁道：「一個作者引用了我在一九三〇年講的話，並以那些話為出發點，因此雖聲聲口口說聯合任何派別的作家，而仍自己一相情願的制定了加入的限制與條件。這是作者忘記了時代。」〔註98〕但是，比照魯迅這一時期的言論，他在肯定為了工農大眾應

的含義之一，正是啟蒙本身所接受和宣揚的思想是同救亡聯繫在一起的，並受其主宰和制約。從表面上看，啟蒙和救亡似乎對立，但實際上兩者卻是相互滲透，難解難分地糾結在一起。啟蒙最初由救亡喚起，但到後來，特別是20世紀30年代以後，在共產黨控制的組織和地區的軍事化環境中，救亡完全壓倒了啟蒙。」李澤厚：《關於「實用理性」》，《實用理性與樂感文化》，北京三聯書店，2008年，252頁。

〔註94〕就胡風的《人民大眾向文學要什麼？》，有研究者曾指出：「人們只注意到胡風的《人民大眾向文學要什麼》在兩個口號論爭中的導火索的作用，而有意無意忽略了文中所蘊含的啟蒙思想。胡風在文章的中間部分，首先提出的不能被『民族革命戰爭的大眾文學』『消解了』的主題便是『封建意識和復古運動都會在大眾裏面保存甚至助長亞細亞的麻木』。這種承續魯迅先生改造國民性的立意的啟蒙企圖，被救亡語境的對於救亡口號的意識形態興奮給遮掩了。兩個口號的論爭者都有過多從『正面』理解『民族革命戰爭的大眾文學』中的『大眾文學』的含義，無可奈何的胡風只有在四十年代的文論中，用『精神奴役的創傷』的理論命題去發掘『大眾文學』中另一層面的含義。也就是說，在救亡語境中並非沒有啟蒙的聲響，只是啟蒙的聲音不能如胡風所願而被『消解了』。」吳立昌主編：《文學的消解與反消解——中國現代文學派別論爭史論》，復旦大學出版社，2004年，第416～417頁。

〔註95〕魯迅：《對於左翼作家聯盟的意見》，《萌芽月刊》第1卷第4期，1930年4月1日。

〔註96〕力生：《文藝界的統一國防戰線》，《生活知識》第1卷第11期，1936年3月20日。

〔註97〕何家槐：《文藝界聯合問題我見》，《文學界》創刊號，1936年6月5日。

〔註98〕馮雪峰擬稿、魯迅補修：《答徐懋庸並關於抗日統一戰線問題》，《作家》月刊第1卷第5期，1936年8月。

當一致抗日救亡的同時，卻更著意提醒世人應當警惕「大眾烏托邦」變質爲一種「複合主權」，結果又再度上演主權被篡奪的悲劇。雖然郭沫若也認識到：「所謂『國家主義者』的一群，他們一方面高唱著『外抗強權』，而一方面又和軍閥勾結起來把認眞『外抗』著『強權』的人認爲『國賊』而要『內除』，事實上他們自己在不識不知之間便成爲了替『強權』做內應工作的『國賊』，而他們所愛的『國』其實是帝國主義的國。」〔註99〕但是，郭沫若卻並不明白魯迅堅持「民族革命戰爭的大眾文學」的深層用意。

據馮雪峰回憶，魯迅當時認爲「周揚等人早已經要放棄革命文學的主張，急於要同敵人和形形式式的叛徒、叭兒狗們『聯合』了」。〔註100〕魯迅確有這種顧慮，1936 年 2 月 14 日，他在致茅盾的信中曾毫不客氣地指出：「現在就覺得『春天來了』，未免太早一點──雖然日子也確已長起來。恐怕還是疲勞的緣故罷。從此以後，是排日＝造反了。我看作家協會一定小產，不會像左聯，雖鎮壓，卻還有些人剩在地底下的。惟不知想由此走到地面上，而且入於交際社會的作家，如何辦法耳。」〔註101〕9 月 25 日，魯迅在近乎「戰時筆記」的《半夏小集》中明確告誡世人：

> 用筆和舌，將淪爲異族的奴隸之苦告訴大家，自然是不錯的，
> 但要十分小心，不可使大家得著這樣的結論：「那麼，到底還不如我
> 們似的做自己人的奴隸好。」〔註102〕

可以說，堅守作爲人的人格和尊嚴是魯迅的核心基準，這也正如增田涉所說，魯迅對「自己和自己民族的奴隸地位的自覺，就是跟他的『人』的自覺相聯結的」，「正在這兒就有著決定著他的生涯的根據」。〔註103〕在「兩個口號」論爭業已告一段落後，「民族主義文學」的辯護者徐北辰還曾強調「民族主義文學」和「國防文學」相差不遠：「民族主義文學即國防文學，它的目的、使命、

〔註99〕郭沫若：《國防·污池·煉獄》，《文學界》月刊第 1 卷第 2 號，1936 年 7 月
　　　　10 日。
〔註100〕參見馮雪峰：《有關一九三六年周揚等人的行動以及魯迅提出「民族革命戰爭
　　　　的大眾文學」口號的經過》，《新文學史料》（第二輯），人民文學出版社，1979
　　　　年 2 月。
〔註101〕魯迅：《書信·360214·致沈雁冰》，《魯迅全集》（第十四卷），人民文學出版
　　　　社，2005 年，第 25 頁。
〔註102〕魯迅：《半夏小集（二）》，《作家》第 2 卷第 1 號，1936 年 10 月 15 日。
〔註103〕〔日〕增田涉：《魯迅的印象》，《魯迅回憶錄》（專著）（下冊），北京出版社，
　　　　1999 年，第 1382 頁。

以及題材等等，都是一樣的」，「真正的民族主義文學，和目下一般人替國防文學所下的解釋，所下的研究正復相同，它們同樣以喚醒民族意識，激發抗敵情緒，促成聯合戰線，要求民族生存為其首要任務，首要目的」。〔註104〕可見，國民黨的御用文人同樣可以宣揚「國防文學」，顯然，「國防文學」作為口號本身存有空疏和含混的缺陷，所以魯迅堅持在「國防文學」之外重提「民族革命戰爭的大眾文學」，與其說是為了爭奪一個口號，毋寧說是為了捍衛一種原則，即抗日民族統一戰線不能蛻變為一種「複合主權」，而必須是為了「大眾」利益設想的「烏托邦」，亦即不能因為「民族話語」而拋卻「階級話語」。〔註105〕

第四節　互為「疑障」的隔膜

就周揚等人倡導的「國防文學」，托派署名「徐行」者在「兩個口號」論爭開始前就曾有批駁，鑒於此種情況，即如茅盾所言，在魯迅等人提出「民族革命戰爭的大眾文學」後，「周揚他們趁機放空氣說，不但托派反對『國防文學』，魯迅派現在也反對『國防文學』了，用意是把魯迅和托派並列，是十分惡毒的玩弄政治手腕」。〔註106〕恰巧在「兩個口號」論爭開始後，6月3日，從北大求學始就崇拜魯迅的托派臨委書記陳其昌（化名陳仲山）寫信給魯迅，在攻擊中共新政策的同時，吹噓托派的「政治路線與工作方法是正確的」，試圖爭取魯迅的同情與支持，趁機將魯迅拉到托派一邊，共同抵禦夾擊托派的兩種勢力：國民黨和共產黨內遵奉斯大林主義的王明等人。關於此事，王凡西回憶如下：

> 魯迅始終不是一個馬克思主義者，但這位偉大的文學家永遠是一個同情被壓迫被踐踏者鬥爭的戰士，因而即便不是思想上，至少

〔註104〕徐北辰：《新文學建設諸問題》，《文藝月刊》第10卷第1期，1937年1月1日。

〔註105〕關於「階級話語」同「民族話語」的對抗，蔡翔曾言：「在中國革命的實踐中，階級話語始終是一個強大的『在者』，並時時監視著民族話語的發展，而一旦這一民族話語偏離階級話語的監控，階級話語便會與之進行鬥爭。」蔡翔：《國家/地方：革命想像中的衝突、調和和妥協》，《當代作家評論》，2008年第2期。

〔註106〕茅盾：《我和魯迅的接觸》，魯迅研究資料編輯部編：《魯迅研究資料》（第一輯），文物出版社，1976年，第72頁。

在感情上他乃是階級鬥爭學說的服膺者。何況，在他思想和行動的逐漸成長中，反對各式各樣國家主義文學的鬥爭，曾起了決定性作用的。現在（1936 年），提倡了多年的「普羅文學」，與國民黨御用文學及所謂「第三種人」等作了長期尖銳鬥爭之後，忽而要掉轉槍頭，化敵為友，從事什麼「國防文學」了，在他心裏當然不會舒適安然的。於是引起了爭論，而且這個「內部」爭論，傳到了我們耳中。陳其昌聽到了這消息後非常興奮，於是寫了一封信（此信後來附印在魯迅的覆信後面，被收入全集中），附上《鬥爭》及另外幾冊中譯的托洛斯基的小書，由內山書店轉送魯迅。〔註 107〕

6 月 9 日，馮雪峰代魯迅擬定了《答托洛斯基派的信》，斥責托派「比毛澤東先生們」「高超得多」的理論「恰恰為日本侵略者所歡迎」，與此相對，贊同並支持毛澤東領導下的共產黨的「一致抗日論」，而且頌揚「那切切實實，足踏在地上，為著現在中國人的生存而流血奮鬥者，我得引為同志，是自以為光榮的。」〔註 108〕況且此前曾有署名「少離」者諷刺魯迅為托派中的一員：「魯迅在共產黨文總內，曾負過一個時期相當重要的責任。但共產黨內的鬥爭，嘗使這位老翁『生氣』。魯迅翁遭受了布爾什維克鐵面無情的滋味，而且他在幹部派下，決難有開展的希望。所以他在幾度離合之後，便與幹部解緣（？）了。一邊解緣，一邊自然就有人在拉啦。要在殘灰中做個領袖，是比較容易的，魯迅翁便改唱托派的論調了。」〔註 109〕所以，魯迅在此時也需做個明確的政治表態。〔註 110〕6 月 10 日，在《論現在我們的文學運動》中，魯迅重新

〔註 107〕王凡西：《雙山回憶錄》，東方出版社，1980 年，第 207 頁。

〔註 108〕魯迅授意、O.V.（馮雪峰）代擬：《答托洛茨基派的信》，同刊於《文學叢報》第 4 期和《現實文學》第 1 期，1936 年 7 月。

〔註 109〕少離：《魯迅與托派》，上海《社會新聞》第 7 卷第 2 期，1934 年 4 月。

〔註 110〕馮雪峰曾回憶指出，魯迅在「兩個口號」論爭時期的政治態度具有極大的社會影響力：「據我瞭解，當時文藝界之外的廣大群眾對於兩個口號的論爭，大多數是不大瞭解情況，也不大注意和感興趣的。他們注意的是毛主席黨中央的抗日民族統一戰線政策和魯迅擁護毛主席黨中央政策的態度和立場。魯迅幾篇文章所發生的巨大影響首先也是在政治上和在群眾中。（當時文藝界中也有不少人對於口號論爭不感興趣，他們注意的也是毛主席黨中央的抗日民族統一戰線政策和魯迅的態度和立場。）」馮雪峰：《一九二八至一九三六年間上海左翼文藝運動兩條路線鬥爭的一些零碎參考材料》，《一九二八至一九三六年的魯迅·馮雪峰回憶魯迅全編》，上海文化出版社，2009 年，第 257～258 頁。

闡釋了提出「民族革命戰爭的大眾文學」這個口號的用意：

> 新的口號的提出，不能看作革命文學運動的停止，或者説「此
> 路不通」了，所以，決非停止了歷來的反對法西主義，反對一切反
> 動者的血的鬥爭，而是將這鬥爭更深入，更擴大，更實際，更細微
> 曲折，將鬥爭具體化到抗日反漢奸的鬥爭，將一切鬥爭匯合到抗日
> 反漢奸鬥爭這總流裏去。決非革命文學要放棄它的階級的領導的責
> 任，而是將它的責任更加重，更放大，重到和大到要使全民族，不
> 分階級和黨派，一致去對外。這個民族的立場，才眞是階級的立場。
> 托洛斯基的中國的徒孫們，似乎胡塗到連這一點都不懂。但有些
> 我的戰友，竟也有在作相反的「美夢」者，我想，也是極胡塗的昏
> 蟲。〔註111〕

當時，陳獨秀等取消派反對組織抗日民族統一戰線，以爲那是投降資產階級，
這其實是極「左」的思想，與此相反，周揚等人以爲既要建立抗日民族統一
戰線，那麼就應當解散「左聯」，無需再提無產階級革命文學在文藝界統一戰
線中的階級領導權，否則會嚇跑同盟者，這又是偏「右」的思想。所以，魯
迅提醒必須既反「左」又反「右」，而之所以提出「民族革命戰爭的大眾文學」
這個口號，就是爲了堅持左翼文藝在文藝界統一戰線中的核心地位和無產階
級在抗日民族統一戰線中的革命領導權，亦即將「民族的立場」和「階級的
立場」統一起來。所以，在魯迅看來，陳獨秀等取消派以爲組織抗日民族統
一戰線就是向資產階級投降的觀點，其實是非常「胡塗」的。

在獄中的陳獨秀贊成托派的觀點，得知陳其昌寫信給魯迅，大爲惱火，
批評托派臨委何以對魯迅發生幻想，在他看來，魯迅之於共產黨就如同吳稚
暉之於國民黨，已然喪失了獨立的人格。陳獨秀對魯迅的判斷，根本上基於
他對當時中國社會經濟政治問題的分析。當時中共內部在中國經濟性質這個
問題上存有巨大的分歧，「幹部派」認爲除開江浙等局部工業發達地區外，中
國的大部分地區生產落後，封建生產方式佔絕對優勢，因而「決不能從海外
找資產階級的基礎，從天上掉下一個資產階級的政權來」，而且，帝國主義只
是妄圖將中國變爲一個「半殖民地的國家」，不但不助長中國的工業，反而「極
力扶持封建勢力，壓制中國資本主義的發展」，致使中國民族資本主義也無法

〔註111〕 參見魯迅口述、O.V.（馮雪峰）筆錄：《論現在我們的文學運動》，同刊於《現
　　　　　實文學》月刊第 1 期和《文學界》月刊第 1 卷第 2 號，1936 年 7 月。

抬頭。〔註112〕與此相對，「反對派」（「取消派」）認爲資產階級在中國已經取得優勢，中國經濟的性質已是資本主義，1919 年 8 月 5 日，陳獨秀在致中共中央信中曾指出：

> 其實，中國的封建殘餘，經過了商業資本長期的侵蝕，自國際資本主義侵入中國以後，資本主義的矛盾形態伸入了農村，整個的農民社會之經濟構造，都爲商品經濟所支配，已顯然不能夠以農村經濟支配城市，封建階級和資產階級經濟利益之根本矛盾，如領主農奴制，實質上已久不存在，因此剝削農民早已成了它們在經濟上（奢侈生活或資本積累）財政上的（維持政權所必需的苛捐雜稅）共同必要……而且，中國一九二五──（二）七年之革命，無論如何失敗，無論如何未曾完成其任務，終不失其歷史的意義，因爲他確已開始了中國歷史上一大轉變時期；這一轉變時期的特徵，便是社會階級關係之轉變，主要的是資產階級得了勝利，在政治上對各階級取得了優越地位。取得了帝國主義的讓步與幫助，增加了他的階級力量之比重；封建殘餘在這一大轉變時期中，受了最後打擊，失了統治全中國的中央政權形式，失了和資產階級對立的地位，至少在失去對立地位之過程中，變成殘餘勢力之殘餘；他爲自存計，勢不得不努力資本主義化，就是說不得不下全力爭取城市工商業的經濟勢力，做他們各個區域內的統治基礎。它們所以現在尚能殘存，乃因爲資產階級受了工農革命勢力的威嚇，不但不願意消滅封建勢力，並且急急向封建勢力妥協，來形成以自己爲中心爲領導的統治者，並且已實現了這樣的統治，就是國民黨的南京政府。〔註113〕

需要指出的是，以陳獨秀爲代表的「反對派」（「取消派」）受到托洛茨基等人觀點的影響。親托洛茨基的拉狄克〔註 114〕，曾任莫斯科中山大學第一任

〔註112〕 參見李立三：《中國革命的根本問題》，《布爾什維克》第 3 卷第 2、3 期合刊，1930 年 3 月 15 日。

〔註113〕 陳獨秀：《關於中國革命問題致中國中央信》，中央檔案館編：《中共中央文件選集》（第五冊），中共中央黨校出版社，1990 年，第 727～728 頁。

〔註114〕 拉狄克的觀點當時在中國具有廣泛的影響，如拉狄克的《中國革命史》和莫斯科中山大學編印的《中國十九世紀與二十世紀之革命運動史》所確立的「侵略—革命」模式，把中國近代史看做是西方列強侵略、中國人民起而反抗的革命史。中國的歷史學家李鼎聲（鑾平心）在 1934 年撰寫的《中國近代史》就是直接來自這一敘事模式。盛岳回憶指出：「中山大學第一任校長卡爾·拉

校長，是位中國革命問題研究專家，他在《中國革命史》中曾指出：「中國商業資本主義已經有幾千年的發展，歷史上的封主已經完全沒有了。土地可以自由買賣，因而集中到商業資產階級手中，他們剝削的目的，與封建主不同，因爲後者不知道貨幣經濟，他們的目的不過爲得黃金，裝飾品，美女而已。因此中國無所謂封建勢力，只有商業資本家。」〔註115〕托洛茨基在《中國革命與斯大林的大綱》第三十九段發表了相似的見解，反對布哈林對中國封建勢力的重視，認爲「中國資本主義已發展到山窮水盡的形式」。〔註116〕結果，如有研究者所指出的那樣，「陳獨秀由於把國民革命視爲資產階級的革命，當前又只能進行這種革命，在階級關係上，容易接受並執行斯大林的對資產階級讓步、給它當苦力的政策。同時在革命方式上，陳獨秀對軍事北伐的消極，又反而成全了斯大林全力支持蔣介石的路線。於是把革命領導權特別是革命武裝和北伐戰爭的領導權交給資產階級，成了斯大林和陳獨秀共

狄克教中國革命運動史。這門課包括對中國歷史一般的論述；可是課程的重點自然是近代革命運動。拉狄克的觀點同中國共產黨歷史家范文瀾極爲相似，也許范文瀾就是從拉狄克那裡搬來的。范文瀾堅持說，全部中國歷史是一部農民革命史。」范文瀾曾寫道：「從西周初期到現代，中國歷史延伸了二千多年。從現象上看，史料浩如煙海，說明歷代興亡盛衰，亂治交替，而亂多於治。然而本質上問題只是一個，即土地所有權問題，也就是農民反對地主階級，爭取土地所有權的鬥爭。」參見〔美〕盛岳著、吳博銓等譯：《莫斯科中山大學和中國革命》，東方出版社，2004年，第65頁；范文瀾主編：《中國通史簡編》，上海華東人民出版社，1950年，第5頁。盛岳還說過：「事實上，拉狄克在一九二五年三月十四日的《眞理報》上發表了一篇紀念孫中山博士的文章，他在文中聲稱，太平起義的領袖洪秀全是孫中山的先驅，他在中國革命史課中對這一觀點重複了許多次。」關於此，朱承志在其所著的《近代史》中曾說，拉狄克寫了一本題爲《太平起義》的書，斷言太平起義是一次包括資產階級革命成分的農民運動。而范文瀾的思想與拉狄克的這一論點近似，認爲在第二階段資產階級團結正在爭取土地的農民。參見〔美〕盛岳著、吳博銓等譯：《莫斯科中山大學和中國革命》，東方出版社，2004年，第88頁，注②；簡又文：《馬克思學派的太平天國史觀》，臺北《問題與研究》第2卷第3期，1962年2月20日。除此之外，宋雲彬在《魯迅先生往那裡躲》的開篇，引用拉狄克的言論：「在一個最大的社會改變的時代，文學家不能做旁觀者。」宋雲彬：《魯迅先生往那裡躲》，廣州《國民新聞》副刊《新時代》，1927年2月。

〔註115〕〔俄〕拉狄克：《中國革命史》，轉引自伍啟元：《中國新文化運動概觀》，黃山書社，2008年，第163～164頁。

〔註116〕〔俄〕托洛茨基：《中國革命與斯大林的大綱》，轉引自伍啟元：《中國新文化運動概觀》，黃山書社，2008年，第164頁。

同的軌跡。同時，由於二人都自欺欺人地把國民黨視爲國共兩黨和四個階級聯盟的黨，因此他們在推行這條路線時自認爲是應該的，而不認爲是對革命對無產階級和共產黨的背叛。瞿秋白認爲對資產階級應該鬥爭，應該爭奪革命領導權；同時又堅決支持北伐和土地革命，堅決不退出國民黨。這使他也成爲國際路線的執行者，在大革命後期和失敗之後成爲陳獨秀的替代者。」〔註117〕

　　事實上，托洛茨基與斯大林在「國共合作」等問題上的分歧與鬥爭由來已久，如「四‧一二」政變發生後，托洛茨基曾經憤怒地指出：

> 　　斯大林應爲國民黨和武漢政府的政策承擔責任並要共產國際也承擔這份責任，正如他不止一次應爲……蔣介石的政策……承擔責任一樣。我們與此毫無共同之處。我們不想爲武漢政府和國民黨領導的行爲承擔絲毫責任；我們緊急建議共產國際拒絕這份責任。我們要直接對中國農民說，如果你們不建立起自己的蘇維埃，而是追隨國民黨左派的領袖的話，他們……必將背叛你們，……將十倍地同蔣介石聯合起來反對工人和農民。〔註118〕

另據史唐回憶：「托洛茨基認爲中國國民黨是一個資產階級的政黨，它捲入革命是暫時的、投機的，它必然要動搖、叛變，所以中國共產黨必須在思想上組織上絕對保持獨立；而斯大林則認爲國民黨是群眾組織，是工人、農民、小資產者和資產階級四種成分的聯盟，中國共產黨應該直接加入國民黨以實現兩黨合作（即『黨內合作』方式），這樣有利於爭取群眾，爭取領導權，打擊右派，並領導這個組織奪取資產階級民主革命的勝利。中國共產黨當時就是這樣執行的，許多黨員和黨的幹部，公開參加了國民黨並進入其各級領導機構。」孫中山逝世後，托洛茨基已經預料到「國共合作」形勢將發生變化，曾力主中共立即退出國民黨，防止「中國資產階級的叛變」，但遭到了斯大林的駁斥。後來，在斯大林的各方運作下，斯大林和「反對派」（第一個是以托洛茨基爲代表的「莫斯科反對派」，第二個是以季諾維也夫和加米涅夫爲代表的「列寧格勒反對派」，兩個反對派後結成「托季聯盟」）的鬥爭，歷時五年，到1927年底聯共（布）十五大時，終於塵埃落定，75名反對派被開除出黨，

〔註117〕 唐寶林、陳鐵健：《陳獨秀與瞿秋白‧序言》，團結出版社，2008年，第9頁。
〔註118〕 〔波〕伊薩克‧多伊徹（Isaac Deutscher）著、周任辛譯、劉虎校：《被解除武裝的先知　托洛茨基：1921～1929》，中央編譯出版社，1998年，第365頁。

斯大林取得全面勝利。〔註119〕值得注意的是，雖然在斯大林和托洛茨基爭奪權力的鬥爭中，中國革命變成了他們爭論的一個問題，但是「他們雙方都不是出於關心中國革命的最大利益而進行爭論，而不過是用爭論的成敗作為贏得（對托洛茨基而言）或者保住（對斯大林而言）權力的一種手段」。平心而論，「斯大林——布哈林領導軸心對中國革命的指導，即使以表面價值而論，也遠非完美無缺。而在付諸實踐時，斯大林和布哈林就更是錯誤累累，而且情節嚴重」，與此相對，「托洛茨基反對派關於中國革命的某一特定階段所發出的警告，以及他們在某些問題上建議採取的政策，並非概不足取」。然而，「雙方都熱衷於權力之爭，都不願意冷靜考慮對方的主張，並開載布公地加以討論。他們各自堅持己見（或者說是偏見），而真正受害的則是中國和中國人民」。〔註120〕

　　因此，1927 年共產黨遭受到慘重的損傷，同共產國際執委會（斯大林、布哈林等）的決議密切相關，而斯大林等卻把共產主義在中國失敗的過錯推諉給中共領導陳獨秀，譴責其未能正確執行共產國際的指示。實質上，斯大林共產國際的路線有力地支持了迅速壯大的資產階級右派蔣介石集團，這才是把革命領導權交給資產階級，致使大革命失敗的根本原因。儘管托洛茨基對「國共合作」的隱患早有預感，但是受斯大林及共產國際的蒙蔽，繼陳獨秀而上任的瞿秋白依然未能認清共產國際的誤導。陳獨秀被開除黨籍後，1931年底，瞿秋白作文《陳獨秀的「康莊大道」》和《托洛斯基派與國民黨》，批評陳獨秀缺乏階級意識，墮落為「資產階級的自由主義者」：「托洛斯基、陳獨秀的真面目，不過是一種資產階級的自由主義者，他們都冒充著馬克思列寧主義。陳獨秀派在一九二七年武漢時代自己違背共產國際的指示而實行機會主義，等到那次革命失敗，卻來說什麼『共產國際斷送了中國革命』。這叫做死不要臉。」〔註121〕魯迅對蘇聯情況的瞭解基本上全是通過間接的方式，因此，他對以斯大林為代表的共產國際以及中共內部政治鬥爭的實際情況是不了然的，換言之，托洛茨基以及中國的托洛茨基派於魯迅而言都是「疑障」

〔註119〕參見史唐：《我在莫斯科中山大學的回憶》，《百年潮》，2005 年第 2 期。
〔註120〕參見〔美〕盛岳著、奚博銓等譯：《莫斯科中山大學和中國革命》，東方出版社，2004 年，第 187 頁。
〔註121〕秋白（瞿秋白）：《托洛斯基派和國民黨》，《布爾什維克》第 4 卷第 6 期，1931年 11 月 10 日。

〔註122〕。所以，陳獨秀之於魯迅，魯迅之於陳獨秀，雙方在當時是隔膜不相知的。

　　雖然陳獨秀反對陳其昌抱著幻想拉攏魯迅，但陳其昌看到他寫給魯迅的信和魯迅強烈反駁的回信公然出現在雜誌上後，陳其昌難以壓抑自己的「憤懣」，7月4日，他又給魯迅寫了一封信，開篇毫不客氣地將魯迅痛斥了一番，認為魯迅「拿辱罵與誣衊代替了政治問題的討論」，並稱魯迅「回信的態度是『中國現代文豪』之思想與行為的最最無情的諷刺！」接著，陳其昌分析了當時中國的政治形勢後指出：

> 中國史大林黨遵奉第三國際的命令，認為一切階級可在日本壓迫之下聯合反抗，因而他們打通電、派代表，到寧、粵、香港向劊子手軍閥官僚們去接洽，並高喊不分階級不分黨派的聯合戰線。抗日是目前中國民族的生死問題，如果各階級各黨派真能聯合起來挽救了民族的危亡，那自然是當歡迎的。然無奈這是一種幻想，事實上，尤其在目前的中國辦不到，即使變相的辦到，其中還含有最可怖的前途。中國的主要階級，如各派資產階級與工農勞動階級，後者與前者是死敵，對於抗日問題，則根本說來，這兩階級是背道而馳的——資產階級以不抗日為生，而工農勞動階級以抗日為生。詳言之，中國資產階級的經濟基礎是與帝國主義在華勢力相依而存的，所以根本上它不會抗日。在事變發展中，尤其在受到工農大眾的威脅時，它只有降日。它與帝國主義固然有利益的衝突，但他們之間的這種衝突比之它們與工農大眾的利益衝突，小得不算什麼。所以在工農未起來時，資產階級在口頭上甚而在行動上會表示抗日，但當工農起來而威脅到它的生存線時，它與帝國主義間的衝突將降到近於零，它們會聯合起來對工農來一次大屠殺。這就是我們親身經過的「四一二」。這是馬克思主義者對中國各階級關係的根本認識。而且中國目前的階級關係又與別國別時期的不同；現在的統

〔註122〕孫郁曾指出：「我相信魯迅對蘇聯情況的瞭解是含混的，他還不知道個性主義在蘇維埃政權中的厄運。直到他死，托洛斯基的存在對他也仍是一個疑障。雖然他受到了瞿秋白、馮雪峰傳遞的信息的干擾，知道了托氏的流放，受挫。可他對這位多才的鬥士的理解，多基於中國社會的經驗，而不是俄國的經驗，於是在晚年，終於與托洛斯基疏離了。」孫郁：《魯迅與陳獨秀》，貴州人民出版社，2009年，第242頁。

治政權就是在「四一二」的屠殺上建立起來的，因而它更害怕民眾起來，更依賴帝國主義；寧坐看華北喪失而不敢放鬆它對「紅軍」對抗日民眾的壓迫。革命政黨的戰術必須建立在這種對階級關係的根本認識上，才能應付萬化千變的形勢。本此，中國布列派指出了「必須打倒資產階級國民黨才能達到抗日勝利」之大道。

那麼是否可以就因此而認為資產階級各派絕無抗日作用了呢？只有蠢才才會這樣想。資產階級可以因時因勢而常向「左」搖擺；在它們真有抗日行動時，我們在戰略上決不應該離開我們的基本認識，在策略上也不能離開太遠。我們必須設立堡壘以預防「四一二」之狃然到來；這即是說，無產政黨必須時刻揭明自己的旗幟不使與資產階級的混淆，時刻指示給工人資產階級的動搖性與叛變性，使他們時刻提防同路人，時時團結並擴大本身的力量。這樣，倉猝遇到「四一二」屠殺時他們才不至於措手不及，致認不清敵人和自己人。這就是中國布爾雪維克列寧派的抗日運動的道路之大略。〔註123〕

陳其昌所言的上述這些革命的「戰術」與「戰略」，要而言之，便是堅持「反蔣抗日」以避免重蹈「四‧一二」的覆轍。不難發現，就這個問題而言，以陳獨秀為代表的托洛茨基派和以毛澤東為代表的中共中央的觀點是一致的。而如前所述，魯迅等左翼文化界人士也一再強調，堅持無產階級在聯合戰線中的主體性和確保無產階級對革命的領導權，其根本用意也是為了防止重演「四‧一二」的悲劇而進行真正的「反蔣抗日」。或許是由於這個原因，儘管陳其昌對魯迅的批駁相當激烈，甚至於信末叫板說：「你不得到我的同意就把我的信與你的答覆故意以那樣的標題公開發表，並且還不僅發表在一個雜誌上。而你那公開回信的內容，又不談我向你誠懇提出的政治問題，而只是由我而誣辱到中國布爾雪維克列寧派，並誣衊到托洛斯基，你是講『道德』的人，你既然這樣作了，我就不得不再誠懇的請求你把我這封信公佈在曾登過你的回信的雜誌上。標題用《托洛斯基一分子對魯迅先生的答覆》，這裡，我在熱烈的企待著魯迅先生的雅量，革命者向來不迴避堂堂正正的論戰，你如願意再答，就請擺開明顯的陣勢，不要再躲躲藏藏的造謠誣衊。你的話在中

〔註123〕陳仲山：《陳仲山致魯迅》（一九三六年七月四日），魯迅博物館編：《魯迅研究資料》（第四輯），天津人民出版社，1980年，第169～171頁。

國人中是有吸引力的，如出言不慎，那必將遺害青年，必損你的盛名，並有害革命。」〔註124〕但魯迅只在7月7日的日記中寫下「得陳仲山信，托羅茨基派也」〔註125〕幾個字，此後再也未理陳其昌的挑戰，究其原因，除了魯迅以「戰士的思維」〔註126〕抵擋那種特殊境況下的種種恐怖之外，還有就是魯迅對政黨內部的風雲變幻是隔膜的，但他基於自己切身的經歷，始終堅持著「反蔣抗日」的革命策略。魯迅逝世一週年之際，陳獨秀發文《我對於魯迅之認識》，改正了先前對魯迅的誤解：「魯迅對於他所接近的政黨之聯合戰線政策，並不根本反對，他所反對的乃是對於土豪劣紳政客奸商都一概聯合，以此懷恨而終。在現時全國軍人血戰中，竟有了上海的商人接濟敵人以食糧和秘密推銷大批日貨來認購救國公債的怪現象，由此看來，魯迅先生的意見，未必全無理由吧！在這一點，這位老文學家終於還保持著一點獨立思想的精神，不肯輕於隨聲附和，是值得我們欽佩的。」〔註127〕由此可見，陳獨秀最終還是明白了魯迅的本意。

第五節　做植根於現實的戰鬥者

國民黨製造的白色恐怖給左翼文化界籠罩上了黯淡的陰影，1936年4月，在《寫於深夜裏》中，魯迅又一次就執政者秘密地殺人發出這樣的感慨：

> 我每當朋友或學生的死，倘不知時日，不知地點，不知死法，總比知道的更悲哀和不安；由此推想那一邊，在暗室中畢命於幾個屠夫的手裏，也一定比當眾而死的更寂寞。

〔註124〕陳仲山：《陳仲山致魯迅》（一九三六年七月四日），魯迅博物館編：《魯迅研究資料》（第四輯），天津人民出版社，1980年，第175頁。

〔註125〕魯迅：《日記二十五》，《魯迅全集》（第十六卷），人民文學出版社，2005年，第611頁。

〔註126〕關於魯迅與「托派」的糾葛，孫郁曾發表過這樣的看法：「魯迅的捲入對『托派』的批評風潮，並非像陳獨秀那樣染有政黨政治的痕跡。他對自己對立面的理解，大多在藝術理論的層面上，糾葛的是文學理論與口號上的問題。《答托洛斯基派的信》不過是被動地一種政治表態，涉及的是中國自身問題。我以為在全球左翼勢力遭受圍剿的時刻，他考慮的首先是保衛左翼（包括蘇聯），而不是相反。在隨時有死亡威脅，恐怖籠罩一切的時候，只會有戰士的思維，用學人的目光要求魯迅，那是不得要領的。」孫郁：《魯迅與陳獨秀》，貴州人民出版社，2009年，第246頁。

〔註127〕陳獨秀：《我對於魯迅之認識》，《宇宙風》十日刊第52期，1937年11月21日。

> 我先前讀但丁的《神曲》，到《地獄》篇，就驚異於這作者設想
> 的殘酷，但到現在，閱歷加多，才知道他還是仁厚的了：他還沒有
> 想出一個現在已極平常的慘苦到誰也看不見的地獄來。〔註128〕

魯迅早先曾多次談到當時的世界宛如地獄，其後雖則「革命」了很多年，但在魯迅看來，掌權得勢者往往只是爲了爭奪地獄的領導權，結果現實世界更深地墮入超乎想像的「一個現在已極平常的慘苦到誰也看不見的地獄」。對於更加慘苦的地獄，魯迅認爲唯一的辦法就是繼續同黑暗搗亂。

　　解散了「左聯」後，周揚聯絡茅盾、鄭振鐸、傅東華等人，在「國防文學」口號下組建起一個新的文藝組織——「中國作家協會」（後改作「中國文藝家協會」），於1936年6月7日正式成立。對於這個新組織，魯迅堅決不加入。其實，在醞釀成立「文藝家協會」時，馮雪峰曾動員魯迅加入，據茅盾回憶，他曾告訴馮雪峰：「中國文藝家協會正在籌建，已有一百多人簽名，我是發起人之一，他們推定我起草宣言。但是魯迅不肯加入，我勸過他，他說有周揚這般人在裏面他是不加入的。由於魯迅不加入，有一批作家也就採取觀望的態度，譬如黎烈文表示：魯迅加入了他才加入。最近胡風他們又傳出消息，說要組織另外一個文學團體。這樣使我很難下筆起草那份宣言。我說，戰友之間有不同意見，互相爭論，各辦雜誌，甚至各提口號都可以，但在組織上不能分裂，這樣只能是使親者痛，仇者快。我希望馮雪峰勸勸魯迅加入文藝家協會。馮雪峰同意我的意見，認爲有分歧可以在家裏吵，但不應該分家。他答應由他去說服魯迅。」〔註129〕但是，馮雪峰最終沒能說服魯迅。另外，周揚也曾指派何家槐同魯迅聯絡。4月20日，何家槐寫信給魯迅，稱：「對於文壇本身的黑暗，齷齪，卑劣，陰謀等等，不但不能靠著『寬容與大度』的掩護，不給予打擊或揭露，相反的，爲著使『寬容與大度』不致落空或者受了強姦，更應該徹底地暴露各種各樣的卑劣行爲。不過，這並不致妨害到作家協會這種組織的建立。」〔註130〕何家槐還隨信附寄了一份《作家協會緣起》，希望魯迅贊助簽名。4月21日，魯迅收到了何家槐的來信，三日後，他覆信拒絕了何家槐的請求：

〔註128〕魯迅：《寫於深夜裏》，《夜鶯》月刊第1卷第3期，1936年5月。

〔註129〕茅盾：《「左聯」的解散和兩個口號的論爭》，《我走過的道路》（下），人民文學出版社，1997年，第61頁。

〔註130〕何家槐：《何家槐致魯迅》（一九三六年四月二十日），魯迅博物館編：《魯迅研究資料》（第九輯），天津人民出版社，1982年，第114～115頁。

前日收到來信並緣起，意見都非常之好。

我曾經加入過集團，雖然現在竟不知道這集團是否還在，也不能看見最末的《文學生活》。但自覺於公事並無益處。這回範圍更大，事業也更大，實在更非我的能力所及。簽名並不難，但掛名卻無聊之至，所以我決定不加入。〔註131〕

這裡魯迅所謂的「集團」即是指「左聯」。事實上，魯迅之所以堅決不加入「文藝家協會」，根本原因便是加盟「左聯」的經歷讓他對周揚等左翼文化界中人失去了信任。

1935 年 11 月，時在莫斯科的王明認為，既然要建立反帝打倒漢奸的統一戰線，那麼左翼作家就應該參加這個廣大的戰線，無需再保留組織，否則「普羅文學」會引致關門主義，於是指令「左聯」駐「國際革命作家聯盟」代表蕭三寫信回國，示意解散「左聯」。魯迅接到了蕭三的來信，然後將其轉給了「左聯」盟員。周揚等人看後，便召開「文委」會議，決意響應莫斯科中央的指示，解散「左聯」，然後籌建一個更大範圍的文藝界抗日統一戰線組織，宗旨是不管文藝觀點，只要主張抗日救國都可以參加，且業已同多方面聯繫過，「禮拜六派」也答應加入。接著，周揚等人準備解散「左聯」，原因是如果不解散「左聯」，別人會以為新組織就是變相的「左聯」，有些人害怕而不敢參加，那麼就縮小了統戰的範圍。1935 年底或者 1936 年初，夏衍對茅盾講了這二事，並讓他把意見轉告給魯迅。據茅盾回憶，魯迅得知此二事後，以為「組織抗日統一戰線容納『禮拜六派』進來也不妨，如果他們進來以後不抗日救國，可以把他們開除出去」。但是，魯迅不贊成解散「左聯」，堅持「統一戰線要有個核心，不然要被人家統了去，要被人家利用的」，「『左聯』應該在這個新組織中起核心作用」。隨後，茅盾將魯迅的意見轉給夏衍，夏衍不予贊同，認為他和周揚等人「都在新組織裏，就是核心」。茅盾又將夏衍的轉告給魯迅，而「這次，魯迅只說了一句話：『對他們這般人，我早已不信任了。』」〔註132〕可見，雖然魯迅對「左聯」很是失望，但認為幼稚的無產階級作家若失去了自己的組織，在統一戰線內很可能就完全喪失主動權，所以堅持「左

〔註131〕魯迅：《書信・360424・致何家槐》，《魯迅全集》（第十四卷），人民文學出版社，2005 年，第 82 頁。

〔註132〕茅盾：《我和魯迅的接觸》，魯迅研究資料編輯部編：《魯迅研究資料》（第一輯），文物出版社，1976 年，第 69～70 頁。

「聯」不宜解散，應當作爲內部的核心組織繼續存在。

但當時被派去指導「左聯」工作的胡喬木也認爲，一個群眾團體裏秘密存在著另一個群眾團體可能會造成新的宗派主義，因此不贊同魯迅的意見，讓徐懋庸去做魯迅的工作。據徐懋庸回憶，他將胡喬木等人的意見轉告給魯迅，魯迅同意解散「左聯」，但認爲當發表宣言進行聲明：

> 既然大家主張解散，我也沒意見了。但是，我主張在解散時發表一個宣言，聲明『左聯』的解散是在新的形勢下組織抗日統一戰線文藝團體而使無產階級領導的革命文藝運動更擴大更深入。倘若不發表這樣一個宣言，而無聲無息的解散，則會被社會上認爲我們禁不起國民黨的壓迫，自行潰散了，這是很不好的。〔註133〕

然而，魯迅的提議最終沒有得到落實，「左聯」在無聲無息中消散了，魯迅認爲這不是「解散」，而是「潰散」。1936年6月10日，魯迅在病中答訪問者時對「左聯」所領導的「無產階級革命文學」運動進行了簡單的總結，並指出這一運動更爲具體地發展爲「民族革命戰爭的大眾文學」：「『左翼作家聯盟』五六年來領導和戰鬥過來的，是無產階級革命文學的運動。這文學和運動，一直發展著；到現在更具體底，更實際鬥爭底發展到民族革命戰爭的大眾文學」。〔註134〕

所以，因爲「左聯」時期的教訓，魯迅堅決不加入周揚等人籌建的新組織，1936年2月29日，他在致曹靖華的信中就曾明確表態說：「文人學士之種種會，亦無生氣，要名聲，又怕迫壓，那能做出事來。我不加入任何一種，似有人說我破壞統一，亦隨其便。」〔註135〕4月23日，魯迅曾向曹靖華表述了對於組建新組織的看法：

> 這裡在弄作家協會，先前的友和敵，都站在同一陣圖裏了，內幕如何，不得而知，指揮的或云是茅與鄭，其積極，乃爲救《文學》也。我鑒於往日之給我的傷，擬不加入，但此必將又成一大罪狀，聽之而已。

〔註133〕轉引自徐懋庸：《我和魯迅的關係的始末》，魯迅博物館等選編：《魯迅回憶錄》（散篇），北京出版社，1999年，第980頁。

〔註134〕魯迅：《論現在我們的文學運動》，同時發表於《現實文學》月刊第1期和《文學界》月刊第1卷第2號，1936年7月。

〔註135〕魯迅：《書信‧360229‧致曹靖華》，《魯迅全集》（第十四卷），人民文學出版社，2005年，第39～40頁。

近十年來，為文藝的事，實已用去不少精力，而結果是受傷。認真一點，略有信用，就大家來打擊。去年田漢作文說我是調和派，我作文詰問，他函答道，因為我名譽好，亂說也無害的。後來他變成這樣，我們的「戰友」之一卻為他辯護道，他有大計劃，此刻不能定論。我真覺得不是巧人，在中國是很難存活的。〔註136〕

顯然，魯迅對左翼文化界中的「巧人」已然失去了信任。而且魯迅認為，茅盾、鄭振鐸、傅東華等組織「文藝家協會」，不過是欲藉「聯合戰線」這個「大題目」來復活《文學》。後來魯迅還多次表述了他的這一看法，如在5月3日和5月15日致曹靖華的信中，魯迅兩次談到這種看法：「此間蓮姊家已散，化為傅、鄭所主持的大家族，實則藉此支持《文學》而已，毛姑似亦在內」〔註137〕；「《文學》之求復活，是在依靠一大題目；我因不加入文藝家協會（傅東華是主要的發起人），正在受一批人的攻擊，說是破壞聯合戰線，但這類英雄，大抵是一現之後，馬上不見了的」〔註138〕。另如，海倫·斯諾在5月份曾對魯迅進行過一次訪談，其中問道「左翼作家聯盟何時被破壞？」從「整理稿」的記錄中，可以窺知魯迅對於此問題的回答：

上海的作家，現在是左翼與左翼交鋒。在茅盾等人的支持下，一個新的文藝家協會正在籌建之中。支持這一組織的還有沈起予、王統照、鄭振鐸、傅東華（《文學》前主編）、何家槐（鄭振鐸指定的新生活出版公司總編輯）。在《文學》前總編問題上，發生了某種分歧。鄭振鐸支持王統照擔任這個職務。魯迅拒絕參加新的文藝家協會，絕大部分左翼作家同他站在一起，圍繞在業已分崩離析的左翼作家聯盟核心力量的周圍。〔註139〕

毫無疑問，對茅盾、鄭振鐸、傅東華等人借籌辦「文藝家協會」來支撐《文學》這種自利的做法，魯迅是不以為然的。加之，魯迅很不滿傅東華的種種作風，如美國黑人作家休士來滬時，傅東華以「伍實」的筆名發文《休士在

〔註136〕魯迅：《書信·360423·致曹靖華》，《魯迅全集》（第十四卷），人民文學出版社，2005年，第81頁。

〔註137〕魯迅：《書信·360503·致曹靖華》，《魯迅全集》（第十四卷），人民文學出版社，2005年，第85頁。

〔註138〕魯迅：《書信·360515·致曹靖華》，《魯迅全集》（第十四卷），人民文學出版社，2005年，第98頁。

〔註139〕斯諾整理、安危譯：《魯迅同斯諾談話整理稿》，《新文學史料》，1989年第3期。

中國》，諷刺魯迅怠慢黑人作家，魯迅因此而切斷了同《文學》的聯繫。而且，當時傅東華等人常自居「老大」，魯迅對此也甚爲反感，1935 年 9 月 12 日，他在給胡風的信中就曾嘲諷地說道：「今天要給《文學》做『論壇』，明知不配做第二，第三，卻仍得替狀元捧場……」〔註 140〕其實在魯迅看來，重要的是看誰對敵鬥爭堅決有力，而不在座次的第一、第二。另如胡風曾回憶說：「一九三五年底，周文（何谷天）在《文學》發表了小說《山坡上》，但小說被傅東華大加刪削。周文很氣憤，寫信給魯迅說準備大幹一場。……但魯迅不贊成這種做法，他在一九三六年一月二十二日給我的信中說擔心周文反會中計，也就是說魯迅認爲如果周文大鬧，反而可能會給人誤解爲傅東華能發表周文的作品，是在提拔青年作家，周文自己在無理取鬧。後來魯迅要我約周文在一個小飯館吃飯，一起談一談。記得出席的有魯迅、周文、黃源、許廣平和我，具體談些什麼已經記不起來，反正是勸周文要謹愼從事。」〔註 141〕因而，爲了揭露「文藝家協會」的眞實意圖，魯迅支持成立新的文藝組織，在 5 月 3 日給曹靖華的信中曾寫道：「《作家》，《譯文》，《文叢》，是和《文學》不洽的，現在亦不合作，故頗爲傅鄭所嫉妒，令嘍羅加以破壞統一之罪名。但誰甘爲此輩自私者所統一呢，要弄得一團糟的。近日大約又會有別的團體出現。我以爲這是好的，令讀者可以比較比較，情形就變化了。」〔註 142〕於是在「文藝家協會」成立後不久，7 月 1 日，魯迅在巴金和黎烈文起草的《中國文藝工作者宣言》上作了修正，並且簽了名。

顯而易見，在組建抗日民族統一戰線和開展相關的文學運動等問題上，魯迅和周揚等人的意見是迥異的。5 月 18 日，魯迅接受《救亡情報》記者的訪談，就相關問題發表了自己的看法。概要說來，這篇訪談記錄分爲四個部分：一、學生救亡運動；二、關於聯合戰線；三、現在所需要的文學；四、新文學運動。〔註 143〕其中第二部分和第三部分最能體現出魯迅一貫的而又特

〔註 140〕魯迅：《書信・350912・致胡風》，《魯迅全集》（第十三卷），人民文學出版社，2005 年，第 544 頁。

〔註 141〕胡風口述：《關於「左聯」與魯迅關係的若干回憶》，魯迅博物館編：《魯迅研究資料》（第九輯），天津人民出版社，1982 年，第 183 頁。

〔註 142〕魯迅：《書信・360503・致曹靖華》，《魯迅全集》（第十四卷），人民文學出版社，2005 年，第 210 頁。

〔註 143〕訪談記錄最初以《魯迅訪問記》爲題刊載在 1936 年 5 月 30 日出版的「全國救國聯合會」機關刊物《救亡情報》第 4 期（「五卅」特刊）上，署名者爲「芬君」；6 月 30 日，《生活日報》也以《前進思想家魯迅先生訪問記》爲題轉載

有的看法，如「關於聯合戰線」：

> 民族危難到了現在這樣的地步，聯合戰線這口號的提出，當然
> 也是必要的，但我始終認為在民族解放鬥爭這條聯合戰線上，對於
> 那些狹義的不正確的國民主義者，尤其是翻來覆去的投機主義者，
> 卻望他們能夠改正他們的心思。因為所謂民族解放鬥爭，在戰略的
> 運用上講，有岳飛文天祥式的，也有最正確的，最現代的；我們現
> 在所應當採取的，究竟是前者，還是後者呢？這種地方，我們不能
> 不特別重視。在戰鬥過程中，決不能在戰略上或任何方面，有一點
> 的忽略，因為就是小小的忽略，毫釐的錯誤，都是整個戰鬥失敗的
> 源泉啊！

再如「現在所需要的文學」：

> 我主張以文學來幫助革命，不主張徒唱空調高論，拿「革命」
> 這兩個輝煌的名詞，來提高自己的文學作品。現在我們中國最需要
> 反映民族危機、激勵鬥爭的作品。像《八月的鄉村》、《生死場》等
> 作品，我總還嫌太少。

值得注意的是，對於《八月的鄉村》《生死場》等作品，「國防文學」論者也
給予了贊同。胡洛曾例舉道：「我們說的國防文學，實在就是民族的自衛文
學」，「事實上，這樣民族自衛的文學已在生長了，《八月的鄉村》描寫了一群
抗爭的義勇軍，《生死場》描寫了一幕民族解放的鬥爭」。〔註144〕而周揚唯政
治風向而改變立場，響應「國防政府」而鼓吹「國防文學」，遂一改先前「奴
隸總管」式的批評態度，不但認為「以描寫東北失地和民族革命戰爭而在最

了這篇文章，署名者為「靜芬」；《夜鶯》第 1 卷第 4 期從訪問記中摘出魯迅
談話，擬題《幾個重要問題》加以刊載。因為魯迅未將此談話收入集中，後
來《魯迅全集》的編者也依故不收。雖然魯迅的訪談記錄未被收錄《魯迅全
集》，但嚴家炎認為是一篇可信的文字，丸山升也同意嚴家炎的判斷。參見嚴
家炎：《魯迅對〈救亡情報〉記者談話考釋》，《新文學史料》，1980 年第 1 期；
陸詒：《為〈救亡情報〉寫〈魯迅先生訪問記〉的經過》，《新文學史料》，1980
年第 3 期；嚴家炎：《有關〈救亡情報〉與〈魯迅先生訪問記〉的一點補遺》，
《求實集》；〔日〕丸山昇著、王俊文譯：《關於魯迅的談話筆記〈幾個重要問
題〉》，王風、〔日〕白井重范編：《左翼文學的時代：日本「中國三十年代文
學研究會」論文選》，北京大學出版社，2011 年；〔日〕丸山昇著、王俊文譯：
《由〈答徐懋庸並關於抗日統一戰線問題〉手稿引發的思考》，《魯迅‧革命‧
歷史：丸山升現代中國文學論集》，北京大學出版社，2005 年。

〔註144〕胡洛：《國防文學的建立》，《客觀》第 1 卷第 12 期，1936 年 2 月 5 日。

近文壇上捲起了很大注意的《八月的鄉村》,《生死場》以及旁的同類性質的題材的短篇,都是國防文學的提出之作品現實的基礎和根據」,而且稱讚「由《八月的鄉村》和《生死場》,我們第一次在藝術作品中看出了東北民眾抗戰的英雄的光景,人民的力量,『理智的戰術』。兩位作者都是生長在失去了的土地上,他們親身地經歷了亡國的痛苦,所以他們的作品表現出在過去一切反帝作品中從不曾這麼強烈地表現過的民族的感情,而這種感情又並非狹義的愛國主義的,而是和勤苦大眾為救亡求生的日常鬥爭密切地聯繫著。這兩篇作品的出現,恰恰是華北事變以後,民族革命戰爭的新的全國規模的高潮中,民眾抗敵的情緒分外高昂的時候,它們的很快獲得了廣大讀者的擁護,正說明了目前中國大眾所需要的是甚麼樣的作品」。〔註145〕由論爭雙方對《八月的鄉村》和《生死場》的贊同可知,「兩個口號」持有者都毫無疑義地肯定作家應當表現「民族革命」,並且在融合真切的民族革命實踐的基礎上藝術地表現「民族革命」,換言之,民族危難是當時不容質疑也不容怠慢的第一大義。但周揚卻又認為:「在這裡,美學主義的曉舌是沒有用處的。在這火熱的民族革命戰爭中,都夠成為美學者,那不過是高爾基所說的『冷淡的犬儒』罷了。」〔註146〕不難發現,周揚將目光只聚焦在政治標準上,過於看重政治立場或政治態度的正確與否,卻相對忽略甚至放逐了文學本身的審美維度。

魯迅雖然主張文學必須「介入」政治,但並不贊同政治「決定」文學,換言之,文學應有自己的獨立性,不應唯政治意識形態馬首是瞻。〔註147〕在答徐懋庸的萬言長文中,魯迅就曾批評周揚等人的「國防文學」論調是「宗派主義理論」:「另一個作者解釋『國防文學』,說『國防文學』必須有正確的

〔註145〕周揚:《現階段的文學》,《光明》第 1 卷第 2 號,1936 年 6 月 25 日。
〔註146〕周揚:《現階段的文學》,《光明》第 1 卷第 2 號,1936 年 6 月 25 日。
〔註147〕有研究者曾指出:「長期以來,多數論家都是從政治或人事層面來論述『兩個口號』論爭的矛盾和衝突的,但實際上,『兩個口號』論爭的根本性或深層次的矛盾,既不是政治上,也不是人事上的,而是文學觀念上的矛盾和衝突,或者說是文學與政治之間的碰撞和較量。『兩個口號』的提出,主要是為了解決抗日民族統一戰線結成後的文學格局問題。儘管其中夾纏著複雜而濃鬱的政治和人事的因素,但其核心還是要釐清在抗日民族統一戰線形成後文學與政治的關係問題,具體而言,就是『政治』統領『文學』,還是『文學』在表現『政治』之餘仍然保持其獨立的意志和價值?」田剛:《「兩個口號」論爭與黨的抗日民族統一戰線政策》,李繼凱等主編:《言說不盡的魯迅與五四——魯迅與五四新文化運動學術研討會論文集》,中國社會科學出版社,2011 年,第 126 頁。

創造方法，又說現在不是『國防文學』就是『漢奸文學』，欲以『國防文學』
一口號去統一作家，也先豫備了『漢奸文學』這名詞作爲後日批評別人之用。
這實在是出色的宗派主義理論。」〔註148〕後來在 8 月 23 日所作的《「這也是
生活中」……》，魯迅從自己病時的感受說開去，告訴志在爲「戰士」者：「刪
夷枝葉的人，決定得不到花果」；「其實，戰士的日常生活，是並不全部可歌
可泣的，然而又無不和可歌可泣之部相關聯，這才是實際上的戰士。」顯然，
魯迅反對周揚所謂的「國防的主題應當成爲漢奸以外的一切作家的作品之最
中心的主題」，諷刺在這種思想的指導下，有人竟然將夏衍描寫漢奸妓女賣國
求榮的《賽金花》譽爲「國防戲劇」：「作文已經有了『最中心之主題』：連義
和拳時代和德國統帥瓦德西睡了一些時候的賽金花，也早已封爲九天護國娘
娘了。」〔註149〕一定意義上，就文學與政治的關係而言，即如田剛所說，「魯
迅在『兩個口號』論爭中與周揚等的衝突，是與當年他同『革命文學家』的
衝突一脈相承的。」〔註150〕

　　因爲魯迅不加入「文藝家協會」，卻和巴金等人聯名發表《中國文藝工作
者宣言》，徐懋庸遂在 8 月 1 日致信魯迅，要求甚至忠告魯迅應當支持「文藝
家協會」，勿要信任胡風、巴金和黃源。徐懋庸的來信很讓魯迅惱火，這時魯
迅的病情雖有好轉，但遠未康復，所以馮雪峰代魯迅執筆作答，但在發表前
魯迅作了大幅度的修改，特別是加上了後半部分那些馮雪峰不知道的事實。
在那篇答徐懋庸的萬言長文中，魯迅明確表白了他對於「文藝家協會」的態
度：

　　　　我對於「文藝家協會」的態度，我認爲它是抗日的作家團體，
　　其中雖有徐懋庸式的人，卻也包含了一些新的人；但不能以爲有了
　　「文藝家協會」，就是文藝界的統一戰線告成了，還遠得很，還沒有
　　將一切派別的文藝家都聯爲一氣。那原因就在「文藝家協會」還非
　　常濃厚的含有宗派主義和行幫情形。不看別的，單看那章程，對於

〔註148〕馮雪峰擬稿、魯迅補修：《答徐懋庸並關於抗日統一戰線問題》，《作家》月刊
　　　　第 1 卷第 5 期，1936 年 8 月。
〔註149〕魯迅：《「這也是生活」……》，《中流》半月刊第 1 卷第 1 期，1936 年 9 月 5
　　　　日。
〔註150〕田剛：《「兩個口號」論爭與黨的抗日民族統一戰線政策》，李繼凱等主編：《言
　　　　說不盡的魯迅與五四——魯迅與五四新文化運動學術研討會論文集》，中國社
　　　　會科學出版社，2011 年，第 129 頁。

加入者的資格就限制得太嚴；就是會員要繳一元入會費，兩元年費，

也就表示著「作家閥」的傾向，不是抗日「人民式」的了。〔註151〕

可見，魯迅認爲「文藝家協會」含帶著非常濃厚的「宗派主義」和「行幫情形」，鑒於此，魯迅繼而指出：「我提議『文藝家協會』應該克服它的理論上與行動上的宗派主義與行幫現象，把限度放得更寬些，同時最好將所謂『領導權』移到那些確能認眞做事的作家和青年手裏去，不能專讓徐懋庸之流的人在包辦。至於我個人的加入與否，卻並非重要的事。」〔註152〕

此外，在寫完答覆徐懋庸的公開信的當日，魯迅在給文學青年時玳的信中，就聯名發表《中國文藝工作者宣言》一事說明道：「《文藝工作者宣言》不過是發表意見，並無組織或團體，宣言登出，事情就完，此後是各人自己的實踐。有人贊成，自然很以爲幸，不過並不用聯絡手段，有什麼招攬擴大的野心，有人反對，那當然也是他們的自由，不問它怎麼一回事。」〔註153〕比照而言，「中國文藝家協會」有龐大的組織和嚴格的規定，官僚化制度化的傾向非常明顯，而《中國文藝工作者宣言》並非經團體會議商討訂立，而是個別協商的結果；《中國文藝家協會宣言》貫穿著「國防」的精神，而《中國文藝工作者宣言》則在「爭取民族自由」的前提下，強調宣言者堅持「各自固有的立場」，秉承「原來堅定的信仰」，繼續沿著「過去的路線」開展「從事文藝以來就早已開始了」的工作，要之，較之組織上的左傾，魯迅更重視思想上的左傾。〔註154〕不難發現，與周揚等人建立的「嚇成的戰線」不同，魯迅甘作「戰鬥的作家」，主動而自覺地進行韌長地鬥爭。在魯迅看來，徐懋庸等人的做法就極爲惡劣，暴露出了一些文界的黑暗面，而他以爲「文界敗

〔註151〕馮雪峰擬稿、魯迅補修：《答徐懋庸並關於抗日統一戰線問題》，《作家》月刊第 1 卷第 5 期，1936 年 8 月。

〔註152〕馮雪峰擬稿、魯迅補修：《答徐懋庸並關於抗日統一戰線問題》，《作家》月刊第 1 卷第 5 期，1936 年 8 月。

〔註153〕魯迅：《書信・360806・致時玳》，《魯迅全集》（第十四卷），人民文學出版社，2005 年，第 123 頁。

〔註154〕一定意義上，依如曹振華評價的那樣：「如果不以唯權力之命是尊而以唯革命之命是尊，作爲合格的革命戰士的標準，那麼魯迅就是左聯最合格的一員；如果不是庸俗地將『領導』的意義理解爲『管』，而是按其本義理解爲方向路線的把握引導，那麼，魯迅就是左聯名副其實的領導者。」曹振華：《現實行進與終極目的的對立統一———關於魯迅與左聯關係的思考》，《魯迅研究月刊》，2000 年第 1 期。

象，必須掃蕩」〔註155〕，在 9 月 15 日致王冶秋的信中，曾述及欲清理文壇的意圖：「上海不但天氣不佳，文氣也不像樣。我的那篇文章（指《答徐懋庸並關於抗日統一戰線問題》——引者注）中，所舉的還不過很少的一點。這裡的有一種文學家，其實就是天津之所謂青皮，他們就專用造謠，恫嚇，播弄手段張網，以羅致不知底細的文學青年，給自己造地位；作品呢，卻並沒有。真是惟以嗡嗡營營為能事。如徐懋庸，他橫暴到忘其所以，竟用『實際解決』來恐嚇我了，則對於別的青年，可想而知。他們自有一夥，狼狽為奸，把持著文學界，弄得烏煙瘴氣。我病倘稍愈，還要給以暴露的，那麼，中國文藝的前途庶幾有救。」〔註156〕即如孫郁所言，魯迅與「以嗡嗡營營為能事」的「空頭文學家」的戰鬥，閃耀著幾分章太炎式的英雄氣概，〔註157〕這從他對章太炎的讚譽中即可窺一斑。

　　章太炎逝世後，1936 年 10 月 9 日，魯迅撰文《關於太炎先生二三事》悼念先師，對章太炎一生的偉績給予了崇高的歷史的評價：「考其生平，以大勳章作扇墜，臨總統府之門，大詬袁世凱的包藏禍心者，並世無第二人；七被追捕，三入牢獄，而革命之志，終不屈撓者，並世亦無第二人：這才是先哲的精神，後生的楷範。」〔註158〕如所周知，魯迅曾在東京聽章太炎講《說文解字》〔註159〕。1903 年 6 月，章太炎因為「《蘇報》案」下獄，1906 年 6 月出獄，即日東渡日本，隨後在東京一面主持《民報》，一面辦「國學講習會」以及為上海的《國粹學報》撰寫學術文章。此間（一九〇八至九年），魯迅、

〔註155〕魯迅：《書信・360827・致曹靖華》，《魯迅全集》（第十四卷），人民文學出版社，2005 年，第 135 頁。

〔註156〕魯迅：《書信・360915・致王冶秋》，《魯迅全集》（第十四卷），人民文學出版社，2005 年，第 149 頁。

〔註157〕孫郁在《在章太炎的影子裏》曾指出：「由文章而及人，再由人到文章，人與文的統一是沒有問題的。太炎的英雄氣，在魯迅看來是一種新道德的化身。這位老師的許多東西為魯迅所接受，其中之一就是對知識階級的態度。恰是和舊式文人鬥，才有了新的道德標尺。也就與各類文人隔開，自己另行一路。魯迅自己後來也是有幾分這樣的氣象的。」孫郁：《在章太炎的影子裏》，《文藝報》，2011 年 9 月 16 日。

〔註158〕魯迅：《且介亭雜文末編・關於太炎先生二三事》，《魯迅全集》（第六卷），人民文學出版社，2005 年，第 567 頁。

〔註159〕許廣平曾說：「章太炎先生，國學非常之精醇，而又是一位百折不撓的革命家，先生的向他求學，不是志在學問，而是嚮往他的人格。」許廣平：《民元前的魯迅先生》，《魯迅的寫作和生活・許廣平憶魯迅精編》，上海文化出版社，2006 年，第 87 頁。

周作人、許壽裳、錢玄同、朱希祖、龔未生、朱宗萊、錢家治八人曾往民報社聽章太炎講《說文解字》。〔註160〕追憶當年聽講的心態，魯迅稱：「並非因爲他（章太炎）是學者，卻爲了他是有學問的革命家，所以直到現在，先生的音容笑貌，還在目前，而所講的《說文解字》，卻一句也不記得了。」而且，魯迅不但尊崇章太炎爲「有學問的革命家」，甚至認爲「戰鬥的文章，乃是先生一生中最大，最久的業績」。〔註161〕關於魯迅對章太炎的深刻理解，周作人在《魯迅的故家・民報案》中也給予了肯定和贊同：「《民報》的文章雖是古奧，未能通俗，大概在南洋方面難得瞭解，但在東京及中國內地的學生中間力量也不小。太炎的有些文章，現在收在《章氏叢書》內，只像是古文，當時卻含有革命意義的，魯迅的佩服太炎可以說即在於此，即國學與革命這兩點。太炎去世以後，魯迅所寫的紀念文章裏面，把國學一面按下了，特別表彰他的革命精神，這正是很有見地的。知道太炎的學問，把他看作舊學的祖師極是普遍，稱讚他的革命便知道的深了，雖然如許壽裳那麼說他是國民黨二傑之一，那也是不對的。」〔註162〕但魯迅注意到，截然不同於高爾基的「生受崇敬」、「死備哀榮」，章太炎的生前身後極爲寂寥，故而當時有人慨歎本國的學者竟不如外國的高爾基。〔註163〕

〔註160〕 參見周作人著、止菴校訂：《魯迅的故家・民報社聽講二》，河北教育出版社，2002 年，第 283 頁；另見許壽裳：《亡友魯迅印象記・許壽裳回憶魯迅全編》，上海文化出版社，2006 年，第 29 頁。

〔註161〕 魯迅：《且介亭雜文末編・關於太炎先生二三事》，《魯迅全集》（第六卷），人民文學出版社，2005 年，第 566、567 頁。

〔註162〕 周作人著、止菴校訂：《魯迅的故家・民報案》，河北教育出版社，2002 年，第 287～288 頁。

〔註163〕 有意思的是，魯迅去世後，常有人將魯迅比作中國的高爾基，對此，有學者曾分析指出：「眾所周知，高爾基的代表作《母親》表現的是平凡女性階級意識的覺醒和她積極參加鬥爭的人生變化過程。相反，魯迅的卓越之處是他的作品突出描繪了舊中國社會遭受痛苦的弱者的面貌。他的作品描繪了社會革命及革命裏面深處的人們的利己主義、卑怯、蒙昧等等的人性。與高爾基相比，魯迅對『新社會』缺乏具體的描寫。高爾基的作品中提到了『新社會』的主體——工廠勞動者。與高爾基相比，魯迅的作品可以說『過渡性』較強。不管怎麼說，有趣的是與當時的左翼文學陣營不同，外部反而把魯迅視爲左翼文學的代表。再者，在魯迅的追悼文中常提到高爾基的原因，是高爾基也是同年（即 1936 年）比魯迅早一點去世的，當時的《中國文藝》雜誌上高爾基的追悼特輯已經發行。這種氛圍也是與魯迅、高爾基並舉有關的。」〔韓〕金良守：《殖民地知識分子與魯迅》，魯迅博物館編：《韓國魯迅研究論文集》，河南文藝出版社，2005 年，第 76 頁。

其實較之於其他俄國作家，魯迅最初對高爾基並無興致，如周作人曾言：「這許多作家中間，豫才所最喜歡的是安特來夫，或者這與李長吉有點關罷，雖然也不能確說，此外有伽爾洵，其《四日》一篇已譯登《域外小說集》中，又有《紅笑》則與萊耳孟托夫（M.Lermontov）的《當代英雄》，契訶夫（A.Tchekhov）的《決鬥》，均未及譯，又甚喜科洛連珂（V.Korolenko），後來只由我譯其《瑪加耳的夢》一篇而已。高爾基雖已有名，《母親》也有各種譯本了，但豫才不甚注意，他所最受影響的卻是果戈理（N.Gogol），《死魂靈》還居第二位，第一重要的還是短篇小說《狂人日記》、《兩個伊凡尼支打架》，喜劇《巡按》等。」〔註164〕遭受「革命文學家」攻擊後，魯迅方才留意高爾基何以備受俄國民眾推崇，1928 年 6 月 2 日，他從《第三國際通信》中選譯了俄國布哈林所作的《蘇維埃聯邦從 Maxim Gorky 期待著什麼？》〔註165〕一文。因此，魯迅清楚章太炎和高爾基的懸差在於：

> 官紳集會，一向爲小民所不敢到；況且高爾基是戰鬥的作家，太炎先生雖先前也以革命家現身，後來卻退居於寧靜的學者，用自己所手造的和別人所幫造的牆，和時代隔絕了。紀念者自然有人，但也許將爲大多數所忘卻。〔註166〕

> 我以爲兩人遭遇的所以不同，其原因乃在高爾基先前的理想，後來都成爲事實，他的一身，就是大眾的一體，喜怒哀樂，無不相通；而先生則排滿之志雖伸，但視爲最緊要的「第一是用宗教發起信心，增進國民的道德；第二是用國粹激動種性，增進愛國的熱腸」（見《民報》第六本），卻僅止於高妙的幻想；不久而袁世凱又攘奪國柄，以遂私圖，就更使先生失卻實地，僅垂空文，至於今，惟我們的「中華民國」之稱，尚係發源於先生的《中華民國解》（最先亦見《民報》），爲巨大的記念而已，然而知道這一重公案者，恐怕也已經不多了。既離民眾，漸入頹唐，後來的參與投壺，接收饋贈，

〔註164〕周作人：《關於魯迅之二》，周作人著、止菴校訂：《瓜豆集》，河北教育出版社，2002 年，第 166 頁。

〔註165〕〔俄〕布哈林著、魯迅譯：《蘇維埃聯邦從 Maxim Gorky 期待著什麼？》，《奔流》月刊第 1 卷第 2 期，1928 年 7 月 20 日。

〔註166〕魯迅：《且介亭雜文末編·關於太炎先生二三事》，《魯迅全集》（第六卷），人民文學出版社，2005 年，第 565 頁。

遂每爲論者所不滿，但這也不過白圭之玷，並非晚節不終。〔註167〕
由上可見，魯迅全面而又切實地分析了章太炎的一生，既高度讚揚章太炎的
重大貢獻和崇高人格，又中肯地指出章的弱點，希望後人能夠藉以作鏡，永
續做植根於現實的戰鬥者。〔註168〕在9月25日回覆許壽裳的信中，魯迅還曾
建議將章太炎獄中所作詩的手跡以及與革命史有關的文字「彙印成冊，以示
天下，以遺將來」，因爲在他看來，這些都是「貴重文獻」。〔註169〕可以說，
魯迅對章太炎的評價和紀念，既融貫著追求眞理的精神，又出之於他所以爲
的「師弟之道」〔註170〕。

綜上所述，「兩個口號」論爭牽涉到三十年代左翼文化和左翼政治等一系

〔註167〕魯迅：《且介亭雜文末編・關於太炎先生二三事》，《魯迅全集》（第六卷），人
民文學出版社，2005年，第566～567頁。

〔註168〕木山英雄曾指出，魯迅堪謂章太炎《民報》時期獨特的思想鬥爭最全面的繼
承者，如魯迅所主張的「外之既不後於世界之思潮，內之仍弗失固有之血脈，
取今復古，別立新宗」，其中「取今復古」就受著章太炎「文學復古」的薰染。
概要說來，在《民報》時期章太炎「明確地將『國粹』、『漢學』亦即『國學』
作爲種族革命的文化基質」，於是在《民報》上宣傳革命理論的同時，章太炎
也在主持「國學講習會」以及爲上海的《國粹學報》撰寫學術文章，而連帶
起這兩個側面的關鍵問題是，「在章的宏圖大略裏，固有的生活樣式或諸種文
化（國粹）和學問（國學）的自律，是國家民族獨立的基礎，正因如此，它
們不是爲政治目的服務的手段。」進而木山英雄認爲，「如果可以把這種理由
稱之爲文化的自律或者主體性的話，那麼，帝國主義時代中章炳麟的排滿論，
對於他的文明構想來說也具有方法論的意義。這種強烈的自負直接由古老文
明之自豪所支撐，但是，當傳統已經不能成爲自明的前提時，便出現了根本
性的危機，這種對於危機的自覺決定了章炳麟國學追本溯源的性格。並且，
既然革命派的運動自身已經成爲在世界史背景下回應現實的一種形態，那
麼，這個運動中有不少論調，在章氏看來只能是連固有文化的基礎都全盤出
讓給西方的一種時代病。」〔日〕木山英雄著、趙京華編譯：《「文學復古」與
「文學革命」》，參見《文學復古與文學革命：木山英雄中國現代文學思想論
集》，北京大學出版社，2004年，第212、216、237頁。

〔註169〕魯迅：《書信・360925・致許壽裳》，《魯迅全集》（第十四卷），人民文學出版
社，2005年，第153～154頁。

〔註170〕1933年6月18日，魯迅在致曹聚仁的信中曾言：「古之師道，實在也太尊，
我對此頗有反感。我以爲師如荒謬，不妨叛之，但師如非罪而遭冤，卻不可
乘機下石，以圖快敵人之意而自救。太炎先生曾教我小學，後來因爲我主張
白話，不敢再去見他了，後來他主張投壺，心竊非之，但當國民黨要沒收他
的幾間破屋，我實不能向當局作媚笑。以後如相見，仍當執禮甚恭（而太炎
先生對於弟子，向來也絕無傲態，和藹若朋友然），自以爲師弟之道，如此已
可矣。」魯迅：《書信・330618・致曹聚仁》，《魯迅全集》（第十二卷），人民
文學出版社，2005年，第406頁。

列重大問題，儘管魯迅不滿左翼文藝陣營的種種做法，如關門主義、宗派主義以及專制主義（「奴隸工頭」式的跋扈做法）等，但在「兩個口號」論爭以及「左聯」解散等問題上，他不但堅持「左聯」以來的「無產階級革命文學」運動，並且主張在民族危難加劇的情況下應當繼承和發展這一文學傳統。一定意義上，魯迅比周揚等共產黨員更明確地堅守著左翼的立場，希望代表工農大眾的無產階級政黨能夠掌握革命的領導權，藉以使得中國革命避免再度陷入「四・一二」式的以革命者的血洗權力者手的悲慘漩渦。鑒於「左聯」後期的切身感受，魯迅對左翼文藝界的諸多人士已失去了信任，論爭更促使他堅決割斷同左翼文藝陣營的聯繫，甘願做一個不屬於任何營壘的「戰鬥的作家」，繼續踐行他的助進工農革命運動的志願。

結　語

一、培育具有「新道德」的「革命人」

　　國民黨當局的壓制，新文學前驅的倒退，左翼文壇的凋敝，凡此種種讓魯迅倍感寂寞。而透過1930年代的駁雜歷史鏡像，尤其是獻媚的奴才、自私的蛀蟲、倒退的前驅、轉向的戰士等等這些周遭的人物言議行動，魯迅最終發覺革命是否成功，能夠在多大限度上成功，還在「革命人」本身，換言之，革新中國的根本還在「人性的革命」或者立「人」問題，亦即怎樣扶持於中國社會前進發展有益的永續「革命」的「革命人」。尤其是在 1930 年代的歷史語境中，文藝同政治以及複雜的人事糾葛夾纏在一體，正如山田敬三所曾指出的那樣：「與其說『三十年代文藝』的實質是政治問題，不如說是人和人的信賴關係問題；是用所謂『人民內部矛盾』等政治術語所不能解決的一個根源深遠的、關係到怎樣作人的問題……」〔註1〕孫郁也認為，魯迅「關於左派作家的言論」，「不能簡單地被視為一種理論和學說，而應被看作是一種人生的態度」。〔註2〕事實上，魯迅本人在加盟「左聯」之初就有疑慮，1930年3月27日，他在給章廷謙的信中曾感歎，據他在「左聯」成立大會上的觀察，「薈萃於上海的革命作家」，「皆茄花色」，他可能「不得不有梯子之險，但還

〔註1〕　〔日〕山田敬三作、江流譯：《真實何在？——「三十年代文藝」的一個側面》，魯迅博物館編：《魯迅研究資料》（第九輯），天津人民出版社，1982 年，第370 頁。
〔註2〕　孫郁：《俄蘇文化影子下的魯迅》，孫郁主編：《倒向魯迅的天平》，中國社會科學出版社，2004 年，第 79 頁。

怕他們未必能爬梯子也」。〔註3〕1932 年 4 月 24 日，魯迅編完《三閒集》並作
《序言》，回顧 1928 年、1929 年創造社、太陽社、新月社以及其他文人的筆
尖「圍剿」時，曾寫過下面一段話：

> 現在我將那時所做的文字的錯的和至今還有可取之處的，都收
> 納在這一本裏。至於對手的文字呢，《魯迅論》和《中國文藝論戰》
> 中雖然也有一些，但那都是峨冠博帶的禮堂上的陽面的大文，並不
> 足以窺見全體，我想另外搜集也是「雜感」一流的作品，編成一本，
> 謂之《圍剿集》。如果和我的這一本對比起來，不但可以增加讀者的
> 趣味，也更能明白別一面的，即陰面的戰法的五花八門。這些方法
> 一時恐怕不會失傳，去年的「左翼作家都為了盧布」說，就是老譜
> 裏面的一著。自問和文藝有些關係的青年，仿照固然可以不必，但
> 也不妨知道知道的。〔註4〕

1934 年 12 月 10 日，魯迅在致蕭軍、蕭紅的信中，講述了他對文人和「左聯」
的憂慮：

> 我覺得文人的性質，是頗不好的，因為他智識思想，都較為複
> 雜，而且處在可以東倒西歪的地位，所以堅定的人是不多的。現在
> 文壇的無政府情形，當然很不好，而且壞於此的恐怕也還有，但我
> 看這情形是不至於長久的。分裂，高談，故作激烈等等，四五年前
> 夜曾有過這現象，左聯起來，將這壓下去了，但病根未除，又添了
> 新分子，於是現在老病就復發。但空談之類，是談不久，也談不出
> 什麼來的，它終必被事實的鏡子照出原形，拖出尾巴而去。倘用文
> 章來鬥爭，當然更好，但這種刊物不能出版，所以只好慢慢的用事
> 實來克服。
>
> 其實，左聯開始的基礎就不大好，因為那時沒有現在似的壓迫，
> 所以有些人以為一經加入，就可以稱為前進，而又並無大危險的，
> 不料壓迫來了，就逃走了一批。這還不算壞，有的竟至於反而賣消
> 息去了。人少倒不要緊，只要質地好，而現在連這也做不到。好的

〔註3〕 魯迅：《書信・300327・致章廷謙》，《魯迅全集》（第十二卷），人民文學出版
　　　　社，2005 年，第 226～227 頁。
〔註4〕 魯迅：《三閒集・序言》，《魯迅全集》（第四卷），人民文學出版社，2005 年，
　　　　第 4～5 頁。

也常有，但不是經驗少，就是身體不強健（因爲生活大抵是苦的），
這於戰鬥是有妨礙的。但是，被壓迫的時候，大抵有這現象，我看
是不足悲觀的。〔註5〕

1935 年 4 月 12 日，魯迅在給蕭軍的信中說：「《二心集》中的那一篇（引者按：
《對於左翼作家聯盟的意見》），是針對那時的弊病而發的，但這些老病，現
在並沒有好，而且我有時還覺得加重了。現在是連說這些話的意思，我也沒
有了，眞是倒退得可以。」〔註6〕1935 年 4 月 23 日，在致蕭軍、蕭紅的信中，
魯迅又感歎道：「我的文章，也許是《二心集》中比較鋒利，因爲後來又有了
新經驗，不高興做了。敵人不足懼，最令人寒心而且灰心的，是友軍中的從
背後來的暗箭；受傷之後，同一營壘中的快意的笑臉。因此，倘受了傷，就
得躲入深林，自己舐乾，紮好，給誰也不知道。我以爲這境遇，是可怕的。
我倒沒有灰心，大抵休息一會，就仍然站起來，然而好像終竟也有影響，不
但顯於文章上，連自己也覺得近來還是『冷』的時候多了。」〔註7〕不難推知，
在魯迅看來，「同一營壘」中某些革命者之所以妄舉「革命」，歸根還是由於
人性的問題〔註8〕，因而魯迅強調應當培育眞正的「革命人」〔註9〕。

　　早先魯迅認爲立「人」的要旨在於「思想自由」，1919 年 1 月 16 日，他
在致許壽裳的信中建議其教育孩子，「但以養成適應時代之新思想爲第一誼，

〔註5〕　魯迅：《書信・341210・致蕭軍、蕭紅》，《魯迅全集》（第十三卷），人民文學
　　　　出版社，2005 年，第 287～288 頁。
〔註6〕　魯迅：《書信・350412・致蕭軍》，《魯迅全集》（第十三卷），人民文學出版社，
　　　　2005 年，第 438 頁。
〔註7〕　魯迅：《書信・350423・致蕭軍、蕭紅》，《魯迅全集》（第十三卷），人民文學
　　　　出版社，2005 年，第 445 頁。
〔註8〕　即如馬克思所說：「整個歷史也無非是人類本性的不斷改變而已。」〔德〕馬
　　　　克思：《哲學的貧困》，《馬克思恩格斯選集》（第一卷），人民出版社，1972
　　　　年，第 138 頁。
〔註9〕　曹振華曾談道：「但魯迅的獨特之處在於，他的現實鬥爭總是指向社會的精神
　　　　革命（不等同於思想革命）。他認爲，與其他任何的改革和革命相比，人的靈
　　　　魂的改造才是社會的根本改造。任何反抗黑暗、改造現實的鬥爭都能夠洗刷
　　　　人的精神污垢，但絕不是哪個階級奪取現實鬥爭的勝利，就能夠自然而然地
　　　　完成對社會的徹底改造。因而，魯迅的精神革命，在其現實性上，自然成爲
　　　　一切社會改革運動的重要部分，或者竟是其先導，其中包括以爭取被壓迫階
　　　　級的翻身解放爲內容的共產主義革命在內；從其終極意義看，因其指向個人
　　　　的精神自覺，所以又成爲一切社會改造學說和運動的終極目的。」曹振華：《現
　　　　實行進與終極目的的對立統一——關於魯迅與左聯關係的思考》，《魯迅研究
　　　　月刊》，2000 年第 1 期。

文體似不必十分決擇，且此刻頌習，未必於將來大有效力，只須思想能自由，則將來無論大潮如何，必能與爲沆瀣矣。」〔註10〕可見，魯迅的關切點是「思想自由」，他之所以動筆爲《新青年》寫稿，便是希望藉助「思想革命」來觸動和改變國人的精神。〔註11〕後來，魯迅也一再強調必須進行「思想革命」來改變社會面貌，如 1925 年 3 月 12 日，他在《通訊》中明言道：「我想，現在的辦法，首先還得用那幾年以前《新青年》上已經說過的『思想革命』。還是這一句話，雖然未免可悲，但我以爲除此沒有別的法。而且還是準備『思想革命』的戰士，和目下的社會無關。待到戰士養成了，於是再決勝負。我這種迂遠而且渺茫的意見，自己也覺得是可歎的，但我希望於《猛進》的，也終於還是『思想革命』。」〔註12〕值得注意的是，隨著遭際觀瞻的變遷，魯迅將早先立「人」的主張更深入具體轉化爲培育「革命人」。〔註13〕在「左聯」成立大會上的「講演」中，魯迅就側重強調集體中的個體需要理想的精神理念，本來作爲待啓蒙的對象是集體性的民眾，而此時魯迅的關切點轉向「個人」。可以說，在魯迅看來，「集體」穩固與否的關鍵在於作爲成員的「個人」是否在思想意識上給予了認同，因此，魯迅「作爲個人的作者批評大眾的愚

〔註10〕 魯迅：《書信·190116·致許壽裳》，《魯迅全集》（第十一卷），人民文學出版社，2005 年，第 369 頁。

〔註11〕 在 1932 年 12 月 14 日所作的《〈自選集〉自序》中，魯迅追憶他當初終於動筆創作的緣起，稱對純粹的「文學革命」沒有多大興致，關切點在「思想革命」。（魯迅：《南腔北調集·〈自選集〉自序》，《魯迅全集》（第四卷），人民文學出版社，2005 年，第 468 頁。）關於錢玄同勸魯迅作文一事，周作人曾補充說：「魯迅對於簡單的文學革命不感多大興趣，以前《域外小說集》用文言，固然是因爲在復古時代的緣故，便是他自己的創作，如題名《懷舊》的那一篇，作於辛亥（一九一一年）的下半年，用的是文言，但所描寫的反動時代的『呆而且壞』的富翁與士人，與《吶喊》裏的正是一樣。所以他的動手寫小說，並不是來推進白話文運動，其主要目的還是在要推倒封建社會與其道德，即是繼續《新生》的文藝運動，只是這回因爲便利上使用了白話罷了。他對於文學革命贊成是不成問題的，只覺得這如不與思想革命結合，便無多大意義，在這一點上可以說是與金心異正是相同，所以那勸駕也就容易成功了。」（周作人：《魯迅小說裏的人物·金心異勸駕》，周作人、周建人：《書裏人生：兄弟憶魯迅（二）》，河北教育出版社，2000 年，第 6 頁。）

〔註12〕 魯迅：《華蓋集·通訊》，《魯迅全集》（第三卷），人民文學出版社，2005 年，第 23 頁。

〔註13〕 正如王瑤所認爲的那樣，「用『立人』來概括魯迅關於國民性的思想，可以更清楚地看到它的一貫性和認識的深化過程。」王瑤：《談魯迅的改造國民性思想》，《文學評論》，1981 年第 5 期。

笨以揭露大眾的弊病，進而設計出療救的方法，而最終的結果是將大眾變爲眾多的個人」，但是，「儘管魯迅的揭露和批評是無情而尖銳的，他所採用的感情基調也是灰暗的，但他對大眾的蔑視從根本上說是源於對未來的希望」。〔註14〕關於怎樣引導個體的理念，這又轉回到了如何培育「革命人」的問題，即從「個體」革命轉至「集體」革命，又歸根落到了集體時代的「個體」革命，因爲只有真正的革命者、永續的革命者才能規避「大眾」表層下的「極權」和「專斷」，從而有效落實「革新的破壞者」所懷持的「理想之光」，亦即在深層的意義上，「革命」應當將具體的運動和道德的革新統攝交融於一體，也就是說，「革命」本身應當漸漸內化成爲中國人的一種「新道德」。〔註15〕

　　綜觀魯迅的意見，首先，「革命人」應當超越一己之私利，爲大眾和將來著想。1907 年，魯迅在《文化偏至論》中就曾指出，投機者表面上倡導「新文明」，實則不過欲藉此而「大遂其私欲」。〔註16〕然而，那些對於社會有損無益的做法一直存在，如文學青年注重「目前之益，爲了一點小利，而反噬構陷」〔註17〕；知識分子「嘴裏用各種學說和道理，來粉飾自己的行爲，其實卻只顧自己一個的便利和舒服」〔註18〕。鑒於此，魯迅一再強調改革者不應囿於「純粹獸性方面的欲望的滿足——威福，子女，玉帛」〔註19〕，應當「爲大家著想」和「爲將來著想」。〔註20〕在同梁實秋論戰時，魯迅就曾順帶點出「革命文學家」之所以沒有創出相當的成績，「病根」便在「借階級鬥爭

〔註14〕 參見〔美〕史書美著、何恬譯：《現代的誘惑：書寫半殖民地中國的現代主義（1917～1937）》，江蘇人民出版社，2007 年，第 94 頁。
〔註15〕 金觀濤分析指出，在中國現代革命觀念中，「個人道德」應當合乎並順應「普遍規律」，而西方的革命觀念（revolution）幾乎同「個人道德」沒有什麼關聯。參見金觀濤：《革命觀念在中國的起源和演變》，金觀濤、劉青峰：《觀念史研究：中國現代重要政治術語的形成》，法律出版社，2009 年，第 376～380 頁。
〔註16〕 迅行（魯迅）：《文化偏至論》，《河南》月刊第 7 號，1908 年 8 月。
〔註17〕 魯迅：《書信‧330618‧致曹聚仁》，《魯迅全集》（第十二卷），人民文學出版社，2005 年，第 405 頁。
〔註18〕 魯迅：《書信‧350423‧致蕭軍、蕭紅》，《魯迅全集》（第十三卷），人民文學出版社，2005 年，第 445 頁。
〔註19〕 唐俟（魯迅）：《五十九「聖武」》，《新青年》第 6 卷第 5 號，1919 年 5 月。
〔註20〕 1934 年 4 月 24 日，魯迅在致楊霽雲的信中曾言：「自己就至今未能犧牲小我，怎能大言不慚。但總之，即使未能徑上戰線，一切稍爲大家著想，爲將來著想，這大約總不會是錯了路的。」魯迅：《書信‧340424‧致楊霽雲》，《魯迅全集》（第十三卷），人民文學出版社，2005 年，第 84 頁。

為文藝的武器」：

> 中國的有口號而無隨同的實證者，我想，那病根並不在「以文
> 藝為階級鬥爭的武器」，而在「借階級鬥爭為文藝的武器」，在「無
> 產者文學」這旗幟之下，聚集了不少的忽翻筋斗的人，試看去年的
> 新書廣告，幾乎沒有一本不是革命文學，批評家又但將辯護當作「清
> 算」，就是，請文學坐在「階級鬥爭」的掩護之下，於是文學自己倒
> 不必著力，因而於文學和鬥爭兩方面都少關係了。〔註21〕

與此相對，在魯迅看來，「左翼作家們正和一樣在被壓迫被殺戮的無產者負著
同一的運命」，因此，左翼作家不應當以「無產者」的指導者自居，而是要沉
入「無產者」之中，與其一同受難，當然也將與其一同起來。〔註22〕魯迅本
人即注重以「大眾」和「將來」作為立人處世的標準，1934 年 5 月 22 日，他
在給楊霽雲的信中曾自白道：「平生所作事，決不能如來示之譽，但自問數十
年來，於自己保存之外，也時時想到中國，想到將來，願為大家出一點微力，
卻可以自白的。」〔註23〕在《門外文談》中論說文字改革時，魯迅又一次談
到「智識者」所應當秉持的理念和堅守的操行：

> 由歷史所指示，凡有改革，最初，總是覺悟的智識者的任務。
> 但這些智識者，卻必須有研究，能思索，有決斷，而且有毅力。他
> 也用權，卻不是騙人，他利導，卻並非迎合。他不看輕自己，以為
> 是大家的戲子，也不看輕別人，當作自己的嘍囉。他只是大眾中的
> 一個人，我想，這才可以做大眾的事業。

顯然，魯迅認為「覺悟」的「智識者」，不但敢作時代先鋒，在分析研究現實
狀況的前提下，勇毅地引導大眾革新社會的腐惡，與此同時，又能理智地將
自己定位為大眾中的普通一員，真切感知大眾的艱難苦辛，如此「智識者」
才能真正推進「大眾的事業」。可以想見，在魯迅的心目中，知識者的要務在
於以民眾的立場為出發點，來導引民眾，推動社會的根本進步，「因為歷史結
帳，不能像數學一般精密，寫下許多小數，卻只能學粗人算賬的四捨五入法

〔註21〕魯迅：《「硬譯」與「文學的階級性」》，《萌芽月刊》第 1 卷第 3 期，1930 年 3
月 1 日。

〔註22〕魯迅：《二心集‧黑暗中國的文藝界的現狀》，《魯迅全集》（第四卷），人民文
學出版社，2005 年，第 295 頁。

〔註23〕魯迅：《書信‧340522‧致楊霽雲》，《魯迅全集》（第十三卷），人民文學出版
社，2005 年，第 113 頁。

門，記一筆整數。」〔註24〕尤其是當權的國民黨政府背離世道人心，所以知識者更應當擔負起歷史的責任，鍛造出中國自己的「有主義的人民」〔註25〕，唯此才能在洶湧澎湃的世界大潮中立定腳跟。

具體就文學家、藝術家而言，魯迅主張必須具有「進步的思想」和「高尚的人格」。1919 年，魯迅在《隨感錄四十三》中就曾提出：「美術家固然必須有精熟的技工，但尤須有進步的思想與高尚的人格。他的製作，表面上是一張畫或一個雕像，其實是他的思想與人格的表現。」〔註26〕可見，魯迅認為「進步的思想」和「高尚的人格」是文學家、藝術家應該具備的核心素質，因為「從噴泉裏出來的都是水，從血管裏出來的都是血」，〔註27〕思想尤其是人格融合著一個人的道德品質、思想作風、創作態度、人生信念，對藝術作品具有至關重要的影響，一定意義上，即如有研究者所曾指出：「魯迅要求作家藝術家的人格內容，乃是一種嚴肅的、誠實的、熱愛人民的高貴品質和良知，向人民負責的高度社會責任感和使命感，是一種對於社會人生的無私決斷力和既尊重人民也尊重自己的生活態度。」〔註28〕

其次，「革命人」應當切忌敷衍，堅持有特操的「韌」戰。魯迅在 1908 年寫作的《破惡聲論》中曾提出了一個觀點：「偽士當去，迷信可存，今日之急也。」〔註29〕所謂「偽士」便是指沒有特操之人，即「那些每天抱著自以為進步或先進的觀念的人，辦洋務、搞改良、談民主、論立憲、搞共和，左的流行他就左，右的流行他便右，全球化來了他就成了『世界人』，在民族主義潮流中他成了『國民』」〔註30〕。對於諸如此類沒有特操、隨風轉舵的「低劣的人格」，魯迅向來持鄙視的態度。1926 年 1 月 14 日，魯迅在《有趣的消息》中曾批駁說：「前人之勤，後人之樂，要做事的時候可以援引孔丘墨翟，不做事的時候另外有老聃，要被殺的時候我是關龍逢，要殺人的時候他是少正卯，有些力氣的時候看看達爾文赫胥黎的書，要人幫忙就有克魯巴金的《互

〔註24〕唐俟（魯迅）：《五十九「聖武」》，《新青年》第 6 卷第 5 號，1919 年 5 月。
〔註25〕唐俟（魯迅）：《五十九「聖武」》，《新青年》第 6 卷第 5 號，1919 年 5 月。
〔註26〕魯迅：《隨感錄四十三》，《新青年》第 6 卷第 1 號，1919 年 1 月 15 日。
〔註27〕魯迅：《革命文學》，《民眾旬刊》第 5 期，1927 年 10 月 21 日。
〔註28〕劉再復：《魯迅的人格力量與藝術氣魄》，《文學的反思》，福建教育出版社，2010 年，第 456 頁。
〔註29〕迅行（魯迅）：《破惡聲論》，《河南》月刊第 8 號，1908 年 12 月。
〔註30〕汪暉：《一個真正反現代性的現代性人物》，《反抗絕望：魯迅及其文學世界》（增訂版），北京三聯書店，2008 年，第 439～440 頁。

助論》……」〔註31〕1926 年 7 月 2 日，魯迅在《馬上支日記》中又寫道：「中國的一些人，至少是上等人，他們的對於神，宗教，傳統的權威，是『信』和『從』呢，還是『怕』和『利用』？只要看他們的善於變化，毫無特操，是什麼也不信從的，但總要擺出和內心兩樣的架子來。」〔註 32〕對於種種前後不一、表裏兩樣的人物，魯迅是極爲憤慨的，在 1926 年 2 月 21 日所作的《狗‧貓‧鼠》中，甚至認爲毫無特操的「人」實不如低人一等的動物：「在動物界，雖然並不如古人所幻想的那樣舒適自由，可是嚕蘇做作的事總比人間少。它們適性任情，對就對，錯就錯，不說一句分辯話。蟲蛆也許是不乾淨的，但它們並沒有自鳴清高；鷙禽猛獸以較弱的動物爲餌，不妨說是兇殘的罷，但它們從來就沒有豎過『公理』『正義』的旗子，使犧牲者直到被吃的時候爲止，還是一味佩服讚歎它們。人呢，能直立了，自然是一大進步；能說話了，自然又是一大進步；能寫字作文了，自然又是一大進步。然而也就墮落，因爲那時也開始了說空話。說空話尚無不可，甚至於連自己也不知道說著違心之論，則對於只能嗥叫的動物，實在免不得『顏厚而忸怩』。」〔註 33〕在 1930 年初所作的《非革命的急進革命論者》中，魯迅又批評了「毫無定見」者：「要駁互助說時用爭存說，駁爭存說時用互助說；反對和平論時用階級爭鬥說，反對鬥爭時就主張人類之愛。論敵是唯心論者呢，他的立場是唯物論，待到和唯物論者相辯難，他卻又化爲唯心論者了。」〔註 34〕1933 年 9 月 27 日，在《吃教》中魯迅又一次指出：「中國自南北朝以來，凡有文人學士，道士和尙，大抵以『無特操』爲特色的。」〔註 35〕要而言之，魯迅認爲「毫無特操者」只是秉持一種投機性的人生哲學，「不過用無聊與無恥，以應付環境的變化而已」〔註 36〕，而其在文壇上的表現便是「敷衍」。1932 年 4 月 26 日，在「夜記」之五的小半篇——《做古文和做好人的秘訣》後，魯迅附記原擬的大意：「中國的作文和做人，都要古已有之，但不可直鈔整篇，而須東拉西扯，補綴得看不出縫，這才算是上上大吉。所以做了一大通，還是等

〔註31〕 魯迅：《有趣的消息》，《國民新報副刊》，1926 年 1 月 19 日。

〔註32〕 魯迅：《馬上支日記》，《語絲》週刊第 89 期，1926 年 7 月 26 日。

〔註33〕 魯迅：《狗‧貓‧鼠》，《莽原》半月刊第 1 卷第 5 期，1926 年 3 月 10 日。

〔註34〕 魯迅：《非革命的急進革命論者》，《萌芽月刊》第 1 卷第 3 期，1930 年 3 月 1 日。

〔註35〕 豐之餘（魯迅）：《吃教》，《申報‧自由談》，1933 年 9 月 29 日。

〔註36〕 魯迅：《書信‧340424‧致楊霽雲》，《魯迅全集》（第十三卷），人民文學出版社，2005 年，第 84 頁。

於沒有做，而批評者則謂之好文章或好人。社會上的一切，什麼也沒有進步的病根就在此。」〔註 37〕不難發現，魯迅甚至認爲「無特操」乃中國文壇之所以空虛和中國社會之所以落後的「病根」，而究其實質，這種「病根」就是不敢正視實存的黑暗和進行切實的戰鬥。

　　魯迅早先就曾指出，唯有敢於「不恥最後」，「即使慢，馳而不息，縱令落後，縱令失敗，但一定可以達到他所向的目標」。〔註 38〕然而事實上，人們往往嗤笑「不恥最後」者，結果是「中國一向就少有失敗的英雄，少有韌性的反抗，少有敢單身鏖戰的武人，少有敢撫哭叛徒的弔客；見勝兆則紛紛聚集，見敗兆則紛紛逃亡」，而魯迅認爲只有「不恥最後」並且進行「韌性的反抗」的人才是「中國將來的脊梁」。〔註 39〕1935 年 6 月 24 日，在致曹靖華的信中又強調應當進行韌戰：「中國事其實早在意中，熱心人或殺或囚，早替他們收拾了，和宋明之末極像。但我以爲哭是無益的，只好仍是有一分力，盡一分力，不必一時特別激憤，事後卻又悠悠然。」〔註 40〕1935 年 12 月 23 日，魯迅在《論新文字》中寫道：

　　　　易舉和難行是改革者的兩大派。同是不滿於現狀，但打破現狀的手段卻大不同：一是革新，一是復古。同是革新，那手段也大不同：一是難行，一是易舉。這兩者有鬥爭。難行者的好幌子，一定是完全和精密，藉此來阻礙易舉者的進行，然而它本身，卻因爲是虛懸的計劃，結果總並無成就：就是不行。

　　　　這不行，可又正是難行的改革者的慰藉，因爲它雖無改革之實，卻有改革之名。有些改革者，是極愛談改革的，但真的改革到了身邊，卻使他恐懼。惟有大談難行的改革，這才可以阻止易舉的改革的到來，就是竭力維持著現狀，一面大談其改革，算是在做他那完全的改革的事業。這和主張在床上學會了浮水，然後再去游泳的方法，其實是一樣的。〔註 41〕

〔註 37〕　魯迅：《二心集・做古文和做好人的秘訣》，《魯迅全集》（第四卷），人民文學出版社，2005 年，第 278 頁。
〔註 38〕　魯迅：《補白（三）》，《莽原》週刊第 12 期，1925 年 7 月 10 日。
〔註 39〕　魯迅：《這個與那個》，《國民新報副刊》，1925 年 12 月 10 日、12 日、22 日。
〔註 40〕　魯迅：《書信・350624・致曹靖華》，《魯迅全集》（第十三卷），人民文學出版社，2005 年，第 485 頁。
〔註 41〕　旅隼（魯迅）：《論新文字》，《時事新報・每週文學》，1936 年 1 月 11 日。

顯然，魯迅認為真正的改革者應當戒除諸如「難行的改革者」追逐「完全」和「精密」，結果終於淪作空談的弊病，正確的方式是從「易舉」的事務著手，雖然點點滴滴但卻切切實實地進行下去。而且，「韌」之於魯迅，不止是言語上的強調，更是行動上的落實，換言之，魯迅的思想和行動在有意無意間融貫了「韌」的特質，如他對「第三種人」、「復古思潮」等等的批評就典型地反映了這一點，可稱之為錢理群所說的「魯迅的作風」：「一種觀點、口號提出來了，他不是立即作出反應，而要冷一冷，看看這種觀點（口號）提出以後，在社會上引起什麼反響，實際發生什麼作用，再想一想它的真實意義是什麼，然後發表意見。這樣經過靜觀默察得出的結論，就再也不改變，如果關涉大局，就必定扭住不放，一有機會就要點它幾句。」〔註42〕

再者，「革命人」應當是勤勉的做事者。「左聯」成立後，真正勤力勞作的人極為有限，魯迅對此很不滿，在 1930 年 9 月 20 日致曹靖華的信中曾予以批評：「這裡的新的文藝運動，先前原不過一種空喊，並無成績，現在則連空喊也沒有了。新的文人，都是一轉眼間，忽而化為無產文學家的人，現又消沉下去，我看此輩於新文學大有害處，只有提出這一個名目來，使大家注意了之功，是不可沒的。」〔註43〕1934 年 6 月 21 日，魯迅在寫給鄭振鐸的信中又批評說，當時的批評家「專做小題，與並非真正之敵尋釁」，「斥小說家寫『身邊瑣事』，而不悟自己在做『身邊批評』，較遠之大敵，不看見，不提起的」；「罵別人不革命，便是革命者，則自己不做事，而罵別人的事做得不好，自然便是更做事者」。〔註44〕而魯迅一直倡導腳踏實地、埋頭苦幹的作風。1919 年，魯迅就倡議中國青年：「能做事的做事，能發聲的發聲。有一分熱，發一分光，就令螢火一般，也可以在黑暗裏發一點光，不必等候炬火。此後如竟沒有炬火：我便是唯一的光，倘若有了炬火，出了太陽，我們自然心悅誠服的消失，不但毫無不平，而且還要隨喜讚美這炬火或太陽；因為他照了人類，連我都在內。」〔註45〕1924 年，在談論「天才」和「泥土」的關係時，

〔註42〕錢理群：《與魯迅相遇——北大演講錄之二》，北京三聯書店，2003 年，第 210 頁。

〔註43〕魯迅：《書信·300920·致曹靖華》，《魯迅全集》（第十二卷），人民文學出版社，2005 年，第 242 頁。

〔註44〕魯迅：《書信·340621·致鄭振鐸》，《魯迅全集》（第十三卷），人民文學出版社，2005 年，第 158 頁。

〔註45〕唐俟（魯迅）：《隨感錄四十一》，《新青年》第 6 卷第 1 號，1919 年 1 月 15 日。

魯迅更明確地提議大家積極做「泥土」：「天才大半是天賦的；獨有這培養天才的泥土，似乎大家都可以做。做土的功效，比要求天才還切近；否則，縱有成千成百的天才，也因爲沒有泥土，不能發達」；「泥土和天才比，當然是不足齒數的，然而不是堅苦卓絕者，也怕不容易做；不過事在人爲，比空等天賦的天才有把握。這一點，是泥土的偉大的地方，也是反有大希望的地方」。〔註46〕顯而易見，魯迅讚賞的勤勉作風，既是嚴正不苟的態度，如魯迅曾寫道：「我每看運動會時，常常這樣想：優勝者固然可敬，但那雖然落後而仍非跑至終點不止的競技者，和見了這樣競技者而肅然不笑的看客，乃正是中國將來的脊梁」〔註47〕；也是瑣屑眞切的實踐，如魯迅對韋素園的深切懷念，稱其「並非天才，也非豪傑，當然更不是高樓的尖頂，或名園的美花，然而他是樓下的一塊石材，園中的一撮泥土，在中國第一要他多。他不入於觀賞者中的眼中，只有建築者和栽植者，決不會將他置之度外」〔註48〕；更是堅忍不懈的民族傳統，如魯迅讚頌創造民族歷史的英雄：「我們自古以來，就有埋頭苦幹的人，有拼命硬幹的人，有爲民請命的人，有舍生求法的人……雖是等於爲帝王將相作家譜的所謂『正史』，也往往掩不住他們的光耀，這就是中國的脊梁。」〔註49〕故而後來在《答托洛茨基派的信中》，魯迅明確地表示：「那切切實實，足踏在地上，爲著現在中國人的生存而流血奮鬥者，我得引爲同志，是自以爲光榮的。」〔註50〕1936 年 10 月 16 日，即離世前三天，魯迅爲曹靖華翻譯的《蘇聯作家七人集》作「序」，其中提到「也有並不一哄而起的人，當時好像落後，但因爲也不一哄而散，後來卻成爲中堅」，稱讚曹靖華之「一聲不響」，「不斷的翻譯」，稱讚未名社之「實地勞作」，「不尙叫囂」。〔註51〕

由上可見，在魯迅看來，無論是左翼文藝陣營，還是轉向者、保守者、

〔註46〕 魯迅：《未有天才之前》，北京師範大學附屬中學《校友會刊》，1924 年第 1 期。

〔註47〕 魯迅：《這個與那個》，《國民新報副刊》，1925 年 12 月 10 日、12 日、22 日。

〔註48〕 魯迅：《憶韋素園君》，《文學》月刊第 3 卷第 4 期，1934 年 10 月。

〔註49〕 公汗（魯迅）：《中國人失掉自信力了嗎》，《太白》半月刊第 1 卷第 3 期，1934 年 10 月 20 日。

〔註50〕 魯迅：《且介亭雜文末編·答托洛斯基派的信》，《魯迅全集》（第六卷），人民文學出版社，2005 年，第 610 頁。

〔註51〕 魯迅：《且介亭雜文末編·曹靖華譯〈蘇聯作家七人集〉序》，《魯迅全集》（第六卷），人民文學出版社，2005 年，第 572〜573 頁。

退化者，共通的弊病便是在國家危如累卵的緊迫情形下，各人卻仍將心力投注於狹隘的一己之利。因此，他特意強調要培育真正的「革命人」，或者要進行人性的革命。何況魯迅所強調的立「人」與立「國」具有同質性，新「人」與新「民」也具有一體性，所以，他既考察「國民性」也探討「人性」，如《暴君的臣民》一文就並非僅僅局限於中國的「國民性」，而有意借外國事例批駁「人性」普遍的卑劣和冷酷。〔註 52〕因此在某種意義上可以說，魯迅試圖從沒有路的地方摸索出一條守護中華民族、適合中國民眾的路來。

二、「一時的政象」與文化的基底

在長久的觀瞻思考後，魯迅深切地知道，中國雖然經歷了洋務運動、戊戌變法、辛亥革命，但各種狀況（諸如古舊的／新潮的、落後的／進步的、愚昧的／文明的等等）紛然雜陳在一起，〔註53〕不過是略改皮毛而未變骨肉：「可惜維新單是皮毛，關門也不過一夢。」〔註 54〕事實也確如他所言，辛亥革命本非簡單的改朝換代，期想創建現代體制，再造強大帝國，但封建王權被推翻後，新的體制尚未站穩，軍閥混戰便已鵲起，〔註 55〕而國民黨雖然建立了高層的統治機構，但同下層民眾是隔膜的，結果並不能切實發揮組織動員、管理服務的效能，非止於此，國民黨統治下的中國仍然籠罩在舊傳統之中，繁雜的表面世相下依然充斥著無盡的黑暗。魯迅知悉中國社會的實際狀況，他在《夜頌》中曾寫道：「夜的降臨，抹殺了一切文人學士們當天化日之下，寫在耀眼的白紙上的超然，混然，恍然，勃然，粲然的文章，只剩下乞憐，討好，撒謊，騙人，吹牛，搗鬼的夜氣，形成了一個燦爛的金色的光圈，像見於佛畫上面似的，籠罩在學識不凡的頭腦上」；「一夜已盡，人們又小心翼翼的起來，出來了；便是夫婦們，面目和五六點鐘之前也何其兩樣。從此

〔註 52〕 魯迅：《熱風·六十五 暴君的臣民》，《魯迅全集》（第一卷），人民文學出版社，2005 年，第 384 頁。

〔註 53〕 唐俟（魯迅）：《隨感錄五十四》，《新青年》第 6 卷第 3 號，1919 年 3 月 15 日。

〔註 54〕 俟（魯迅）：《隨感錄四十八》，《新青年》第 6 卷第 2 號，1919 年 2 月 15 日。

〔註 55〕 如黃仁宇所描述的，「民國初年的軍閥割據，也就是意料中事，因為舊的已經推翻，新的尚未出現，過渡期間只有私人軍事的力量，才可以暫時保持局面，而此種私人軍事力量，限於交通通訊的條件，又難能在兩三個省去以上的地方收效，而地區外的競爭，尚釀成混戰局面。」黃仁宇：《蔣介石的歷史地位》，《現代中國的歷程》，中華書局，2011 年，第 206 頁。

就是熱鬧，喧囂。而高牆後面，大廈中間，深閨裏，黑獄裏，客室裏，秘密機關裏，卻依然瀰漫著驚人的眞的大黑暗」。〔註56〕所以，爲了不被光天化日、熙來攘往等黑暗的裝飾所遮蔽，魯迅一以貫之地注重從歷史的、文化的角度切入探討，試圖藉以逐漸消泯黑暗的吞噬之力。〔註57〕如其曾言，對於弱者，「我們固然未始不可責以奮鬥，但黑暗的吞噬之力，往往勝於孤軍。」〔註58〕

　　然而，「九・一八」事變後，在民族危機越來越深重之際，處於國難之中的中國卻「恰如用棍子攪了一下停滯多年的池塘，各種古的沉滓，新的沉滓，就都翻著筋斗漂上來，在水面上轉一個身，來趁勢顯示自己的存在了」。〔註59〕如當日本佔領東北並向華北步步進逼之際，1935 年 1 月 10 日，王新命、何炳松等十教授卻聯名發表宣言，稱國民革命「其間雖有種種波折，但經過這幾年的努力，中國的政治改造終於達到了相當的成功」，基於這樣的判斷，他們認爲接下來的問題是「建設國家」，「政治經濟等方面的建設既已開始，文化建設工作亦當著手，而且更爲迫切」，於是倡導進行「中國本位的文化建設」：

　　　　在文化的領域中，我們看不見現在的中國了。……中國在文化的領域中是消失了。中國政治的形態、社會的組織和思想的內容與形式，已經失去它的特徵。由這沒有特徵的政治、社會和思想所化育的人民，也漸漸地不能算得中國人。所以我們可以肯定地說：從文化的領域去展望，現代世界裏面固然已經沒有了中國，中國的領土裏面也幾乎已經沒有了中國人。要使中國能在文化的領域中抬頭，要使中國的政治、社會和思想都具有中國的特徵，必須從事於中國本位的文化建設。

具體怎樣進行所謂的「中國本位的文化建設」，王新命等十教授主張，立足於「中國本位的基礎」——「此時此地的需要」，發揚古代的傳統，吸收歐美的優長，「要而言之：中國是既要有自我的認識，也要有世界的眼光，既要有不

〔註56〕遊光（魯迅）：《夜頌》，《申報・自由談》，1933 年 6 月 10 日。
〔註57〕陳平原曾指出：「魯迅並非專門學者，不管是『偷火』還是『懷舊』，都有超越具體對象的文化關懷。」陳平原：《作爲文學史家的魯迅》，王瑤主編：《中國文學研究現代化進程》，北京大學出版社，1998 年，第 73 頁。
〔註58〕魯迅：《論秦理齋夫人事》，《申報・自由談》，1934 年 6 月 1 日。
〔註59〕它音（魯迅）：《沉滓的泛起》，《十字街頭》第 1 期，1931 年 12 月 11 日。

閉關自守的度量，也要有不盲目模倣的決心」。〔註60〕客觀而言，這十位教授的立論是比較穩健的〔註61〕，但問題在於，「中國本位的文化建設」不但無濟於危在旦夕的中國，而且恰恰可以轉移全國文化界的救亡視線。圍繞著十教授發布的《一十宣言》，文化界的人士也獻出了種種「妙招」，如時任北平大學教授兼女子文理學院文史系主任的李季谷不但贊成此宣言，而且主張「爲復興民族之立場言，教育部應統令設法標榜岳武穆，文天祥，方孝孺等有氣節之名臣勇將，俾一般高官戎將有所法式云」。1935 年 3 月 7 日，魯迅在《「尋開心」》一文中轉引了李季谷的談話，反駁說，如果「查查岳武穆們的事實，看究竟是怎樣的結果，『復興民族』了沒有，那你一定會被捉弄得發昏，其實也就是自尋煩惱」，不過是林語堂所謂的「作文，要幽默，和做人不同，要玩玩笑笑，尋開心」罷了，而這正是「開開中國許多古怪現象的鎖的鑰匙」。〔註62〕

　　就十教授所倡導的「中國本位的文化建設」，胡適也發文提出異議，在他看來，「十教授的根本錯誤在於不認識文化變動的性質」，而他認爲：「在今日有先見遠識的領袖們，不應該焦慮那個中國本位的動搖，而應該焦慮那固有文化的惰性之太大。……我們肯往前看的人們，應該虛心接受這個科學工藝的世界文化和它背後的精神文明，讓那個世界文化充分和我們的老文化自由接觸，自由切磋琢磨，借它的朝氣銳氣來打掉一點我們的老文化的惰性和暮氣。將來文化大變動的結晶品，當然是一個中國本位的文化，那是毫無可疑的。如果我們的老文化裏眞有無價之寶，禁得起外來勢力的洗滌衝擊的，那一部分不可磨滅的文化將來自然會因這一番科學文化的淘洗而格外發輝光大的。」〔註63〕不難發現，胡適雖然反對《一十宣言》，但他並不質疑十教授的

〔註60〕王新命等：《「中國本位的文化建設」宣言》，《文化建設》月刊第 1 卷第 4 期，1935 年 1 月 10 日。

〔註61〕袁偉時曾指出：「從 30 年代起，國民黨、共產黨和不同流派的知識分子在中西文化關係上的主張儘管有重大差別，卻有一個共同點：都程度不同地認爲要學習西方，但不能全盤照搬；應繼承祖宗遺產但不泥古。換句話說，對中西文化都要用評判態度，有選擇地學習和繼承，這在一定程度上已成了多數人的共識。『全盤西化』或復古僅是出自少數人口中的不協調音。」袁偉時：《胡適與所謂「中國意識的危機」》，《中國現代思想散論》，上海三聯書店，2008 年，第 304 頁。

〔註62〕杜德機（魯迅）：《「尋開心」》，《太白》半月刊第 2 卷第 2 期，1935 年 4 月 5 日。

〔註63〕胡適：《試評所謂「中國本位的文化建設」》，天津《大公報·星期論文》，1935

意圖，因為胡適本人也是支持國民黨政府的。事實上，魯迅在 1925 年 11 月 18 日所作的《十四年的「讀經」》中就曾指出，「尊孔，崇儒，專經，復古，由來已經很久了」，不過歷代的闊人讀點古書就能夠「假借大義，竊取美名」：

> 我們這曾經文明過而後奉迎過蒙古人滿洲人大駕了的國度裏，古書實在太多，倘不是笨牛，讀一點就可以知道，怎樣敷衍，偷生，獻媚，弄權，自私，然而能夠假借大義，竊取美名。再進一步，並可以悟出中國人是健忘的，無論怎樣言行不符，名實不副，前後矛盾，撒謊造謠，蠅營狗苟，都不要緊，經過若干時候，自然被忘得乾乾淨淨；只要留下一點衛道模樣的文字，將來仍不失為「正人君子」。〔註64〕

對歷代闊人的伎倆，魯迅顯然是了然於心的，除此之外，他也知曉「尊孔」之類實不過是當局玩弄的治民和愚民的把戲，只有「幾個胡塗透頂的笨牛」未參透其中的奧秘，不知「主張者的意思，大抵並不如反對者所想像的那麼一回事」。另外，在《一十宣言》發表之前，瞿秋白在 1933 年 4 月 11 日所作的《眞假堂吉訶德》中就曾指出，「眞吉訶德的做傻相是由於自己愚蠢，而假吉訶德是故意做些傻相給別人看，想要剝削別人的愚蠢」，他例舉了假吉訶德的諸種傻相，其中之一是關於「中國固有文化」：「他們何嘗不知道什麼『中國固有文化』咒不死帝國主義，無論念幾千萬遍『不仁不義』或者金光明咒，也不會觸發日本地震，使它陸沉大海。然而他們故意高喊恢復『民族精神』，彷彿得了什麼祖傳秘訣。意思其實很明白，是要小百姓埋頭治心，多讀修身教科書。這固有文化本來毫無疑義：是岳飛式的奉旨不抵抗的忠，是聽命國聯爺爺的孝，是斫豬頭，吃豬肉，而又遠庖廚的仁愛，是遵守賣身契約的信義，是『誘敵深入』的和平。而且，『固有文化』之外，又提倡什麼『學術救國』，引證西哲菲希德之言等類的居心，又何嘗不是如此。」〔註65〕該文雖出自瞿秋白之手，但魯迅署著自己的筆名予以發表，因而他是知曉並認同文章的意見的。

　　事實上，魯迅自身曾經歷了辛亥革命、二次革命、袁世凱稱帝、張勳復

　　　　年 3 月 31 日。
〔註64〕魯迅：《十四年的「讀經」》，《猛進》週刊第 39 期，1925 年 11 月 27 日。
〔註65〕洛文（瞿秋白）：《眞假堂吉訶德》，《申報月刊》第 2 卷第 6 號，1933 年 6 月 15 日。

辟、「四・一二」政變以及「四・一五」廣州大屠殺等多次革命的興起、發展和失敗，在他看來，歷次革命失敗的重要原因之一，就是革命者常常滿足於一時的、局部的或者表層的勝利，未能繼續進行持久深入的革命，結果致使革命果實被舊勢力毀壞或被投機者篡奪，諸多革命最終不過是「一時的政象」〔註66〕。例如「五四」一週年時，魯迅在給宋崇義的信中曾言，學生運動等「於中國實無何種影響，僅是一時之現象而已」〔註67〕。又如在1925年2月12日所作的《忽然想到（三）》中，魯迅感歎儘管中華民國業已建立了數十年，但他的實際感覺卻是：「我覺得彷彿久沒有所謂中華民國」；「我覺得革命以前，我是做奴隸；革命以後不多久，就受了奴隸的騙，變成他們的奴隸了」；「我覺得什麼都要從新做過」。〔註68〕另如到達廣州後，魯迅覺得革命策源地並未革新多少，1927年1月26日，他在給韋素園的信中寫道：「在他處，聽得人說如何如何，迨來一看，還是舊的，不過有許多工會而已，並不怎樣特別。」〔註69〕於是，面對中國社會「將幾十世紀縮在一時」的複雜情勢，以及「朝野有識之士」的權宜應付，魯迅力主在根柢上變革思想，即進行所謂的思想革命，期望通過培育健全的思想來圓融地規約、範導實際行動。〔註70〕

當然，思想革命的主張並非起自於魯迅。實際上，伴隨著近代以來的種種變革，思想革命也愈來愈受到重視，因為曾經的富國強兵、民主共和都未能有效救助中國的衰落，所以，中國的仁人志士開始認識到，中國問題真正的癥結不在經濟要素，甚至也不在政治結構，而在國民的精神狀態受到民族文化傳統的綁架和束縛，遂使得中國像一位身染沉屙的病患，積重難返。魯迅本人就曾經歷了中國近現代史上的三次思想大解放運動，一是他青少年時代感受過的戊戌變法運動，二是青年和中年時代經歷過的辛亥革命和「五四」

〔註66〕1925年3月31日，魯迅在致許廣平的信中曾說：「北京的印刷品現在雖然比以前多，但好的卻少，《猛進》很勇，而論一時的政象的文字太多。」魯迅：《書信・250331・致許廣平》，《魯迅全集》（第十一卷），人民文學出版社，2005年，第471～472頁。

〔註67〕魯迅：《書信・200504・致宋崇義》，《魯迅全集》（第十一卷），人民文學出版社，2005年，第382頁。

〔註68〕魯迅：《忽然想到（三）》，《京報副刊》，1925年2月14日。

〔註69〕魯迅：《書信・270126・致韋素園》，《魯迅全集》（第十二卷），人民文學出版社，2005年，第16頁。

〔註70〕唐俟（魯迅）：《隨感錄五十四》，《新青年》第6卷第3號，1919年3月15日。

運動。〔註71〕但魯迅的不同之處在於，他將目光聚焦於社會底層的習俗轉變，而不像之前的改良派、革命派等囿於精英意識，僅限於推行上層的政教改良或變革，雖出於良好的強國願望而覓知於西方，但卻對中國下層實際比較茫然。〔註72〕究其原因，魯迅早就認識到要根本改變久受封建帝制及其意識形態統攝的農民社會，不僅要進行政治變革，還要進行文化革新來清理淤積在文明深層的問題〔註73〕，他在《阿Q正傳》等作品中已經有意向世人揭示中國政治混亂背後的根因〔註74〕。1924年，魯迅在《又是「古已有之」》一文中曾指出，很多駭人聽聞之事是「古已有之」、「今尚有之」、「後仍有之」。〔註75〕後來魯迅又明言道，「歷史上都寫著中國的靈魂，指示著將來的命運，只因為塗飾太厚，廢話太多，所以很不容易察出底細來」，但是野史和雜記卻呈露

〔註71〕范文瀾認為這是三次逐步深化的思想大解放運動：「戊戌變法運動是思想的第一次解放」；「辛亥革命通過臨時約法，建立起舊民主主義的觀念來，知識分子受到影響，廣大人民群眾也受到影響，在思想解放運動中，這是較廣泛深刻的一次解放」；「五四」新文化運動開啟了新民主主義革命的新時代，使得「中國人民群眾的思想得到根本性的劃時代的大解放」。參見范文瀾：《戊戌變法的歷史意義》，《范文瀾歷史論文選集》，中國社會科學出版社，1979年，第190～193頁。

〔註72〕即如有研究者所稱：「以城市為中心的現代知識精英，特別是海外歸來的頂尖精英，談起西方來，如數家珍。講到中國農村，卻一無所知，可以說是面向海外，背對鄉村。」許紀霖：《啟蒙如何起死回生——現代中國知識分子的思想困境》，北京大學出版社，2011年，第27頁。

〔註73〕孫郁曾指出：「魯迅的文章和所有的左翼作家不同，也與自稱民主、正義的教授者流不同。他在根柢上嘲諷著現在社會。那些文字大多針對現實而發的，卻也有很深的文化意味，牽涉著複雜的文化難題。」孫郁：《魯迅與陳獨秀》，貴州人民出版社，2009年，第155頁；林賢治也曾言：「其實，文化界許多重大的論爭，他（魯迅）都不感興趣。大約在他看來，這些所謂論爭是有黨派背景的，宗旨在於『宣傳和做戲』，而並不在理論本身的探討。他執著於由自己選定的鬥爭。除了直接反抗國民黨政府的政治文化專制主義，抨擊受到官方保護的學者和文人之外，他傾全力於中國傳統思想文化的批判和清理工作。」林賢治：《知識分子的內戰》，《魯迅的最後十年》，復旦大學出版社，2011年，第156頁。

〔註74〕如茅盾曾這樣評價《阿Q正傳》：「中國歷史上的一件大事，辛亥革命，反映在《阿Q正傳》裏的，是怎樣叫人短氣呀！樂觀的讀者，或不免要非難作者的形容過甚，近乎故意輕薄『神聖的革命』，但是誰曾親身在『縣裏』遇到這大事的，一定覺得《阿Q正傳》裏的描寫是寫實的。我們現在看了這裡的七八兩章，大概會彷彿醒悟似的知道十二年來的政亂的根因罷！」雁冰（茅盾）：《讀〈吶喊〉》，《文學週報》第91期，1923年10月8日。

〔註75〕某生者（魯迅）：《又是「古已有之」》，《晨報副刊》，1924年9月28日。

出了眞實的情形，那就是「中華民國也還是五代，是宋末，是明季」。〔註76〕

不難發現，在魯迅的眼中，「其實『今故』是發源於『國故』的」，〔註77〕意即「今故」往往是「國故」的變相再演，因此，爲了能夠眞正有效地改變中國社會面貌，必須從根柢上對傳統加以清理。原因便在於，魯迅的切身經歷、經驗觀察，以及對中國如何從根本上改換落後面貌問題的長久思考，都促使他拉長歷史的視線，將中國的衰落置放到一個長時段的視域中加以考察，而同時他知悉中國社會因循守舊的文化心理根源，既深厚得不易撼動，又盤根錯節地將制度、思想、道德、倫理等織進了一張無形的網中，因此，中國革命或者改革要想獲得成功，關鍵問題還在於中國民眾能夠在多大程度上突破民族文化心理之網所播散的阻力。可以說，在魯迅的精神世界中，歷史已然超越了時空的阻隔，同目下的現實融爲一體，而目下的現實也不再是某一時空的孤立存在，其中融匯著累積長久的慣性和惰性，如 1927 年 7 月，魯迅在廣州夏令學術講演會講演時，就特意講《魏晉風度及文章與藥及酒之關係》，雖然無法直言現實，卻巧妙地通過古事今提來以古映今。於是，即如汪暉所曾指出的那樣：「魯迅抑制不住地將被壓抑在記憶裏的東西當作眼下體驗來重複，而不是像人們通常希望的那樣，把這些被壓抑的東西作爲過去的經歷來回憶——支配著隱在心理的不是心理學中的『唯樂』原則或一般的重複原則，而是一種無法抹去的創傷感，一種總是被外表相異而實質相同的人與事所欺騙的感覺。這常常使魯迅感到現實中出現的東西事實上不過是一段早已忘懷或永遠不能忘懷的過去生活的反映，從而他不斷地在自己的同時代人、朋友以至戰鬥夥伴的身上發現『過去』並未過去——無論在意識的、理性的層面，還是在潛意識的、感性的層面，魯迅精神中都存在著一種反進化論的思維邏輯和情感趨向，並且構成魯迅『看透造化把戲』的重要的尺度和結論。」〔註78〕

此外，魯迅在 1930 年代的處境以及自身經驗的限制，也使得他只能「暴露舊社會的壞處」。魯迅自知自己當時遠離革命的漩渦，所以難以書寫戰鬥的實況，他對自己同革命的隔膜也倍感苦悶，在 1933 年 3 月 22 日所作的《英

〔註76〕魯迅：《忽然想到（四）》，《京報副刊》，1925 年 2 月 20 日。
〔註77〕魯迅：《書信・270808・致章廷謙》，《魯迅全集》（第十二卷），人民文學出版社，2005 年，第 62 頁。
〔註78〕汪暉：《魯迅研究的歷史批判》，《反抗絕望：魯迅及其文學世界》（增訂版），北京三聯書店，2008 年，第 412～413 頁。

譯本〈短篇小說選集〉自序》中就曾寫道：「但我也久沒有做短篇小說了。現在的人民更加困苦，我的意思也和以前有些不同，又看見了新的文學的潮流，在這景況中，寫新的不能，寫舊的又不願」。〔註79〕因此，當 1934 年蘇聯《國際文學》雜誌編輯部問到「蘇聯的存在與成功，對於你怎樣（蘇維埃建設的十月革命，對於你的思想的路徑和創作的性質，有什麼改變）？」魯迅這樣回答道：

> 先前，舊社會的腐敗，我是覺到了的，我希望著新的社會的起來，但不知道這「新的」該是什麼；而且也不知道「新的」起來以後，是否一定就好。待到十月革命後，我才知道這「新的」社會的創造者是無產階級，但因為資本主義各國的反宣傳，對於十月革命還有些冷淡，並且懷疑。現在蘇聯的存在和成功，使我確切的相信無階級社會一定要出現，不但完全掃除了懷疑，而且增加許多勇氣了。但在創作上，則因為我不在革命的漩渦中心，而且久不能到各處去考察，所以我大約仍然只能暴露舊社會的壞處。〔註80〕

顯然，魯迅清楚創作者不能脫開實際的經驗，必須熟悉所寫的題材，而他基於自身的經驗，只能「暴露舊社會的壞處」。但魯迅的匕首式的雜文，往往從對社會環境的「感覺」伸進關乎民族傳統的「意識」，亦即秉持著一種「雙重創造性的維度」〔註81〕，不單注意關切直接呈現的社會現象及其背後的思想觀念，而且通過自剖來審度尚未展開的情感意緒，進而從思想文化角度顛覆民眾潛含的陳腐欲望，藉以不斷更新自身和所處的世界，映像出「赤子一樣的戰鬥身影」，「似乎比其文學作品更像文學，更具詩意，更有大心在」。〔註82〕史沫特萊曾對魯迅後期的文章做過這樣的評價：「中國的作家都和本國的歷史、文化、藝術有很深的關係，和歷史結成不解之緣，看來他（魯迅）是這

〔註79〕 魯迅：《集外集拾遺・英譯本〈短篇小說選集〉自序》，《魯迅全集》（第七卷），人民文學出版社，2005 年，第 412 頁。

〔註80〕 魯迅：《且介亭雜文・答國際文學社問》，《魯迅全集》（第六卷），人民文學出版社，2005 年，第 19 頁。

〔註81〕 顏海平認為包括魯迅在內的那些對歷史做出了各自貢獻的人們，「他們之間的歷史差異極大，但他們的心智養成中，都活躍著一個擁有雙重創造性的維度：通過對於自身根本性的擴展，他們獲得對不同文明中精華部分的主動把握、汲取和包容；通過對不同文明源流的再創造，他們想像、凝聚和造就現代中國自身」。顏海平：《「堅韌地橫過歷史」》，《讀書》，2013 年第 11 期。

〔註82〕 王乾坤：《文學的承諾》，北京三聯書店，2005 年，第 307 頁。

方面造詣最深、關係最密的一個。……由於不能公開抨擊反動派，他的作品
只能是對中國歷代黑暗時期的人物思想、歷史事件的精心雕鏤，把當代法西
斯統治與歷史上的專制相提並論，明眼人、受過教育的人都很清楚他那文筆
辛辣、寓意深刻的政治小品、雜文裏面表達出中西文化博大精湛、兼容並蓄
的傳統和畫龍點睛之筆。」〔註 83〕確如其所言，魯迅在考量現實的時候，常
常注意追溯其背後的歷史淵源，將史料和現實勾連在一起，因此，他的文章
既具有現實的關切，即往往針對具體的文化思想問題或者潛在的傾向，而同
時又牽連著過往的藤蔓，即爲了清理或汰除種種根柢深厚的意識觀念。借用
今日的話語表說方式，可以說，魯迅試圖重構一種嶄新的社會政治結構和經
濟管理體制，而這一切首先仰賴於民族文化心理上的自覺，因爲新的藍圖之
建構，不能無視個體的行爲、情感、思想、偏好，不能脫開倫理和文化的環
境。

三、爲了自由而平等的生命之「門」

　　事實上，如何立「人」或者說如何通過思想革命來完善民族文化心理這
個問題，一直是魯迅關切的核心所在。眾所周知，面對國家的內憂外患，魯
迅在 1907 年提出了以立「人」爲根柢進而建立「人國」的設想，他在《文化
偏至論》中曾寫道：「誠若爲今立計，所當稽求既往，相度方來，掊物質而張
靈明，任個人而排眾數。人既發揚踔厲，則邦國亦以興起」；「外之既不後於
世界之思潮，內之仍弗失固有之血脈，取今復古，別立新宗，人生意義，致
之深邃，則國人之自覺至，個性張，沙聚之邦，由是轉爲人國。人國既建，
乃始雄厲無前，屹然獨見於天下，更何有於膚淺凡庸之事物哉？」〔註 84〕不
難發現，魯迅當時關注的核心焦點是如何激勵「個人」煥發出主體精神，在
他看來，惟有「個人」具備自覺的思想意識，才會聚合並形成眞正意義上的
「人國」。〔註 85〕王得後曾分析魯迅留日時期在《河南》上發表的五篇文言論

〔註 83〕〔美〕史沫特萊著、袁文等譯：《中國的戰歌》，《史沫特萊文集》（第一卷），
　　　　新華出版社，1985 年，第 78 頁。
〔註 84〕迅行（魯迅）：《文化偏至論》，《河南》第 7 號，1908 年 8 月。
〔註 85〕史書美認爲魯迅建立「人國」的設想實爲「最終的目標」，即「要將中國變爲
　　　　由具備個人主義精神的個人所組成的民族」，認爲「這也是魯迅通過精英論個
　　　　人主義所表述的人道主義的具體所在」。換言之，「這是一種建立在個人基礎
　　　　上的人道主義，這種個人主義不僅要將中國人民從帝國主義的壓迫中解救出
　　　　來，而且更是要重鑄中國的國民性，以使其包含人的尊嚴和價值，最終創造

文（《人之歷史》《科學史教篇》《文化偏至論》《摩羅詩力說》《破惡聲論》），根據這些文章「題旨的邏輯關聯」和「論述的時有呼應」，推想魯迅當時對於「立人」主張已有比較系統的構思，但遺憾的是，沒有引起關注和回應。〔註86〕因爲 1907 年的時代主潮爲「富國強兵」和「民主立憲」，因此魯迅的呼聲「差不多完全沉沒在浮光掠影的粗淺的排滿論調之中，沒有得到任何的回響」。〔註87〕但魯迅擇取「精神」作爲民族蛻進的核心，不但迥異於洋務派只重學習西洋和日本富國強兵之技能，也有別於梁啓超雖重「精神」〔註 88〕而旨歸在於「改良」，可以說，魯迅的主張不但融有自身的體驗，更匯聚中外歷史發展的經驗教訓，可惜長久未被理解。

後來，通過接觸和反思中國實際狀況，魯迅不僅一發而不可已地持續「吶喊」（即進行所謂的「文明批判」和「社會批判」），而且更將關注重心從「天才」轉向了「民眾」。在 1908 年所作的《破惡聲論》中，魯迅曾言：「夢者自夢，覺者是之，則中國之人，庶賴此數碩士而不殄滅，國人之存者一，中國斯伲生於是已。」〔註 89〕顯然，魯迅推崇極具個體強力的「摩羅詩人」式的特異人物，當然其中也融貫著青年魯迅的滿懷理想豪情的自我期塑。十餘年後，魯迅依然遵奉上述「掊物質而張靈明，任個人而排眾數」的邏輯，感歎中國沒有「獨異」的「對庸眾宣戰」的「個人的自大」，而都是「黨同伐異」的「對少數天才宣戰」的「合群的愛國的自大」。〔註90〕但是，魯迅又不同於當時懷持精英意識的一般知識分子，與其說魯迅「要求對抗、『蕩滌』的是群眾」，不如說「是以『眾數』面貌出現的『輿言』『舊俗』『僞飾』『弊習』」。〔註91〕

出一個人國來」。參見〔美〕史書美著、何恬譯：《現代的誘惑：書寫半殖民地中國的現代主義（1917～1937）》，江蘇人民出版社，2007 年，第 90 頁。

〔註86〕參見王得後：《魯迅文學與左翼文學異同論》，汕頭大學文學院新國學研究中心主編：《中國左翼文學國際學術研討會論文集》，汕頭大學出版社，2006 年，第 145～148 頁。

〔註87〕瞿秋白：《〈魯迅雜感選集〉序言》，《瞿秋白文集・文學編》（第三卷），人民文學出版社，1989 年，第 101 頁。

〔註88〕如梁啓超曾言「苟無精神，雖日手西書，口西法，其腐敗天下，自速滅亡，或更有甚焉耳。」參見梁啓超：《自由書・精神教育者自由教育也》，《飲冰室合集・專集》（第二冊），中華書局，1936 年，第 36 頁。

〔註89〕迅行（魯迅）：《破惡聲論》，《河南》月刊第 8 號，1908 年 12 月。

〔註90〕迅（魯迅）：《隨感錄三十八》，《新青年》第 5 卷第 5 號，1918 年 11 月 15 日。

〔註91〕李澤厚：《略論魯迅思想的發展》，《中國近代思想史論》，北京三聯書店，2008 年，第 457 頁。

因而他在觀照「個人」的同時也矚目「民眾」，如他曾言，「因爲歷史結帳，不能像數學一樣精密，寫下許多小數，卻只能學粗人算賬的四捨五入法門，記一筆整數」〔註92〕。然而魯迅又極爲憤慨於民眾的冷漠和有權者的昏庸，指斥「本國的別的灰冷的民眾，有權者，袖手旁觀者，也都於事後來嘲笑，實在是無恥而且昏庸！」〔註93〕但 1925 年作《未有天才之前》時，魯迅卻道：「天才並不是自生自長在深林荒野裏的怪物，是由可以使天才生長的民眾產生，長育出來的，所以沒有這種民眾，就沒有天才。」〔註94〕

魯迅的這種轉向與馬克思主義的歷史觀——人民群眾是歷史的創造者——天然相同。可以說，在不斷的思考和追索中，魯迅孕生了真正具有自己特色的思想基底，此後，在現實的矛盾衝突中，他既磨礪、修正前此的思想質素，又不斷吸納、延攬新鮮的思想因子，在持久的思索中，一步一步鍛造出自己「精神的金字塔」（不同的研究者攀爬或觸摸到不同的層級），但魯迅終於還是不願不聞人間煙火而自居塔尖，反而正是出於眷顧人間煙火，他更積極地融入人間，從早先推崇比較抽象的「立人」轉而倡導可以踐行的「做民眾」，從觀照「人」本位的生命「個體」轉向觀照「民」本位的生存於人間的「民眾」，這種轉變映像出魯迅的成熟，一面葆有思想的徹底性的基底，一面尊重實現的迂迴性和效能的緩慢性，以此切實創生真正的成果。即便某些「個體」的「人」令魯迅覺得可厭可惡——魯迅一直不乏攻擊者，但「全體」的「民」卻供給魯迅道義的力量。

後來在《學界的三魂》中，就所謂的三種國魂——官魂、匪魂、民魂，魯迅明言：「惟有民魂是值得寶貴的，惟有他發揚起來，中國才有真進步。」〔註95〕而如何來發揚民魂，魯迅將目光聚焦在了文藝上：「文藝是國民精神所發的火光，同時也是引導國民精神的前途的燈火」〔註96〕。雖然魯迅明白自己「無拳無勇」，但他認爲中國「無論如何，總要改革才好」，也明白「改革最快的還是火與劍」，「宣傳」對於「革命」的功用僅限於輔佐而已，但「甘

〔註92〕唐俟（魯迅）：《隨感錄五十九 「聖武」》，《新青年》第 6 卷第 5 號，1919 年 5 月。

〔註93〕魯迅：《補白（三）》，《莽原》週刊第 12 期，1925 年 7 月 10 日。

〔註94〕魯迅：《未有天才之前》，北京師範大學附屬中學《校友會刊》第 1 期，1924 年。

〔註95〕魯迅：《學界的三魂》，《語絲》週刊第 64 期，1926 年 2 月 1 日。

〔註96〕魯迅：《論睜了眼看》，《語絲》週刊第 38 期，1925 年 8 月 3 日。

心樂意的奴隸是無望的，但若懷著不平，總可以逐漸做些有效的事」。〔註97〕
於是，1927 年 2 月 18 日在香港青年會的講演時，魯迅呼籲青年正視中國的實
際狀況，將中國變成「有聲的中國」，大膽發出「眞的聲音」〔註98〕。緊接著，
在 2 月 19 日的講演中，魯迅更明確地站在「民眾」的立場上揭批中國文化只
是統治階級唱著「個人的老調子」。〔註99〕要之，魯迅認爲中國的文化都是「侍
奉主子的文化」，〔註100〕而他希望能改變這種狀況，創造出屬於民眾的文化。
所以，雖然面對國民革命逆轉後急劇變動的社會現實，魯迅曾失望地感歎「文
學總是一種餘裕的產物」〔註101〕，無力於「實地的革命戰爭」，但他並未斷然
否決文藝的所有價值和意義，事實上，他堅持認爲文藝對於改造國民靈魂是
不可或缺的，如 1933 年 12 月 20 日，魯迅在致徐懋庸的信中仍舊強調：「文
學與社會之關係，先是它敏感的描寫社會，倘有力，便又一轉而影響社會，
使有變革。」〔註102〕因而，改變文藝爲「所謂文藝家」而壟斷的局面，讓文
藝能夠在大眾間流佈，這乃是魯迅一直努力的方向。〔註103〕

〔註97〕 魯迅：《書信·250414·致許廣平》，《魯迅全集》（第十一卷），人民文學出版
　　　　社，2005 年，第 479 頁。
〔註98〕 魯迅：《三閒集·無聲的中國》，《魯迅全集》（第四卷），人民文學出版社，2005
　　　　年，第 15 頁。
〔註99〕 魯迅：《集外集拾遺·老調子已經唱完》，《魯迅全集》（第七卷），人民文學出
　　　　版社，2005 年，第 323 頁。
〔註100〕 魯迅：《集外集拾遺·老調子已經唱完》，《魯迅全集》（第七卷），人民文學出
　　　　版社，2005 年，第 326 頁。
〔註101〕 魯迅：《革命時代的文學》，《黃埔生活》週刊第 4 期，1927 年 6 月 12 日。
〔註102〕 魯迅：《書信·331220·致徐懋庸》，《魯迅全集》（第十二卷），人民文學出版
　　　　社，2005 年，第 526 頁。
〔註103〕 當然，不可否認的是，「想從研究國民性入手找到中國貧弱的原因，把改造國
　　　　民性當做救國的方法，將文藝看成改造國民精神的主要武器，魯迅的這些理
　　　　解，並沒有超出當時研究國民性者的思想局限」，也就是說，「在舊的社會制
　　　　度沒有用革命的手段進行變革之前，想通過文藝徹底改變人民的精神，從而
　　　　達到民族解放的目的，這是根本不可能實現的。魯迅想通過文藝改造國民性
　　　　的思想，當然不可避免地也帶有這個根本性的局限」（孫玉石：《魯迅改造國
　　　　民性思想問題的考察》，《魯迅研究集刊》，1979 年第 1 期。）原因便在於，「像
　　　　魯迅筆下的阿 Q、祥林嫂等似都爲普通人，『正傳』之類從表面看也傳遞出精
　　　　英試圖寫『下等社會人的生活』的願望，甚至還表達了精英對他們的『無限
　　　　同情』（李長之語）。但這樣的『民史』背後卻承載著如中國國民性、傳統的
　　　　重估、新文化啓蒙等諸多『歷史重大問題』。在今日看來，這些問題並非已不
　　　　『重大』，但一旦通過話頭和注腳的方式與普通人對接，似乎並未合則雙美，
　　　　而是兩相錯位，彼此黯淡了面目。」（瞿駿：《「民史」的寫法》，《讀書》，2013

　　可以說，底層民眾是深印在魯迅心靈底板上的核心群體，而他也從未放棄對這一群體生存狀態的體察，早年間他認爲「中國人向來就沒有爭到過『人』的價格，至多不過是奴隸」〔註104〕，晚年時他仍然認爲「自有歷史以來，中國人是一向被同族和異族屠戮，奴隸，敲掠，刑辱，壓迫下來的，非人類所能忍受的楚毒，也都身受過，每一考查，眞教人覺得不像活在人間。」〔註105〕關注活在非人間的中國民眾，覓求人之平等、自由的存活之道，這不僅是魯迅思想的本根，更是其行動的初衷。雖然如孫郁所說，1925 年，「魯迅開始由官場退向民間」，「但魯迅的走向民間其實是站在了弱者的立場發言，他本身對世俗社會的厭惡，並不亞於對官場的冷視」。〔註106〕而魯迅的偉大之處正在於此，依如他對於菊池寬的評價，「思想是近於厭世的，但又時時凝視著遙遠的黎明，於是又不失爲奮鬥者」〔註107〕，所以，魯迅本人雖然厭惡世俗社會，但他仍舊希望通過切實的努力，驅除奴役與壓迫，爲苦弱的底層民眾創設自由而平等的生命之門，使其能夠躍出古訓的「高牆」，以及種種人爲的有形無形的柵欄或者屏障。因爲實際情況是，縱然復古守舊根本不合時宜，但闊人們仍舊蹈襲前法，意欲「假借大義，竊取美名」，面對著日益趨向衰老和滅亡的國度，魯迅主張：「惟一的療救，是在另開藥方：酸性劑，或者簡直是強酸劑」。〔註108〕

　　值得注意的是，在啓發民眾覺醒問題上，魯迅不僅主張通過文藝來幫助國人擺脫根深蒂固的狹隘觀念，而且希望民眾在關注本國文化的同時，也通過對異域文化的認知從而對他國人民也持以同樣的坦誠和寬容。因爲雖然人爲的國界使得人類隔離，但魯迅認爲人性中存在友好相處的潛因。1919 年 8 月 2 日，魯迅在《〈一個青年的夢〉譯者序》中曾寫道：

　　　　我對於「人人都是人類的相待，不是國家的相待，才得永久和

年第 11 期。）

〔註104〕 魯迅：《墳·燈下漫筆》，《魯迅全集》（第一卷），人民文學出版社，2005 年，第 224 頁。

〔註105〕 魯迅：《且介亭雜文·病後雜談之餘》，《魯迅全集》（第六卷），人民文學出版社，2005 年，第 186～187 頁。

〔註106〕 孫郁：《魯迅與胡適的兩種選擇》，謝泳編：《胡適還是魯迅》，北京：中國工人出版社，2003 年，第 297 頁。

〔註107〕 魯迅：《譯文序跋集·〈現代日本小説集〉附錄》，《魯迅全集》（第十卷），人民文學出版社，2005 年，第 242 頁。

〔註108〕 魯迅：《十四年的「讀經」》，《猛進》週刊第 39 期，1925 年 11 月 27 日。

平，但非從民眾覺醒不可」這意思，極以爲然，而且也相信將來總
要做到。現在國家這個東西，雖然依舊存在；但人的眞性，卻一天
比一天流露：歐戰未完的時候，在外國的報紙上，時時可以看到兩
軍在停戰中往來的美譚，戰後相愛的至情。他們雖然還蒙在國的鼓
子裏，然而已經像競走一般，走時是競爭者，走了是朋友了。〔註 109〕

而且不止於此，魯迅認爲文藝交流還是人類平正交流的理想通道。1936 年 7
月 21 日，魯迅在《〈吶喊〉捷克譯本序言》中明言道：「自然，人類最好是彼
此不隔膜，相關心。然而最平正的道路，卻只有用文藝來溝通，可惜走這條
道路的人又少的很。」〔註 110〕可以說，在魯迅看來，這種「平正的道路」可
以超越「人間的疆界」，使得不同國家、民族以及地域的人民能夠不再隔膜、
心心相印。可見，魯迅希望文藝能幫助世人秉持眞誠而又博大的心胸，從而
營造既「純白」而同時又懷抱著「夢幻」的像童話一樣的人間。在《愛羅先
珂童話集》的「序」中，魯迅就明確說過：「我覺得作者所要叫徹人間的是無
所不愛，然而不得所愛的悲哀，而我所展開他來的是童心的，美的，然而有
眞實性的夢。這夢，或者是作者的悲哀的面紗罷？那麼，我也過於夢夢了，
但是我願意作者不要出離了這童心的美的夢，而且還要招呼人們進向這夢
中，看定了眞實的虹，我們不至於是夢遊者（Somnambulist）。」〔註 111〕

　　事實上，魯迅的心中一直嚮往著「童心的，美的，然而有眞實性的夢」，
他晚年依然看重相類於愛羅先珂的《魚的悲哀》的《小約翰》。1936 年 2 月
19 日，魯迅在致夏傳經的信中寫道：「我所譯著的書，別紙錄上，凡編譯的，
惟《引玉集》，《小約翰》，《死魂靈》三種尚佳，別的皆較舊，失了時效，或
不足觀，其實是不必看的。」〔註 112〕而魯迅之所以看重《小約翰》，很大程度
上是因爲此書展示了人性的矛盾，啓發世人追尋與自然合體而擁有天地之心
的大愛。〔註 113〕可見，魯迅不僅提出立「人」，更強調立「心」〔註 114〕，而

〔註 109〕魯迅：《〈一個青年的夢〉譯者序》，《新青年》第 7 卷第 2 號，1920 年 1 月。
〔註 110〕魯迅：《且介亭雜文末編‧〈吶喊〉捷克譯本序言》，《魯迅全集》（第六卷），
　　　　人民文學出版社，2005 年，第 544 頁。
〔註 111〕魯迅：《譯文序跋集‧〈愛羅先珂童話集〉序》，《魯迅全集》（第十卷），人民
　　　　文學出版社，2005 年，第 214 頁。
〔註 112〕魯迅：《書信‧360219‧致夏傳經》，《魯迅全集》（第十四卷），人民文學出版
　　　　社，2005 年，第 33 頁。
〔註 113〕參見魯迅：《譯文序跋集‧〈小約翰〉引言》，《魯迅全集》（第十卷），人民文
　　　　學出版社，2005 年，第 281～282 頁。

且要立同天地相扣合的大心。在這個意義上可以說，魯迅承傳著中國心學傳統「天—地—人—心」的觀念，如其在《破惡聲論》中曾言：「寂寞為政，天地閉矣」〔註115〕，而「人為天地之心」〔註116〕，所以，魯迅認為必須蕩滌人心才能消除近世以來的文化危機，而在他看來，文藝是重塑「心聲」的根本事業，故他一直試圖藉文學打開個體內世界與客體外世界間的通道，使個體自由而詩意地生活在世界上，亦即開啟自由的生命之「門」，進而實現人與人、人與天地的友好交往和和諧相處。

然而遺憾的是，魯迅生存的時代是一個「『可憐』的時代」〔註117〕。1934年5月間，日本公使有吉明與黃郛在上海進行「中日親善」的談判；6月間，有吉明又到南京見汪精衛，商談「中日提攜」問題；1935年1月，日本外相

〔註114〕 如郜元寶言：「作為魯迅思想出發點的兩個概念『個人』與『精神』，是反宗教反理性的生物主義個人與中國『心學』傳統含義靈活的『心』——與肉體密切相聯、善於容納也善於拒絕的空虛靈動的『腔子』——的大膽拼合。這是魯迅對『神思新宗』和『心學』的雙重誤讀，其創造性的深層含義，則是孤立的個體肉身面對籠罩性的『世道人心』時幾乎毫無援助的精神承擔。對魯迅來說，這種承擔不以超脫俗世為前提，毋寧就在和俗人之『心』的對話與搏鬥中意識到自己也是一個俗人，才成為可能。承擔的後果不必完全世俗化，也可以有形而上學性甚至宗教感，但即使這樣，也不能忽略其世俗的基礎。」郜元寶：《「為天地立心」——魯迅著作所見「心」字通詮》，《魯迅六講》（增訂本），北京大學出版社，2007年，第6頁。

〔註115〕 迅行（魯迅）：《破惡聲論》，《河南》月刊第8號，1908年12月。

〔註116〕 劉勰在《文心雕龍》的「原道」篇曾言：「文之為德也大矣，與天地並生者何哉？夫玄黃色雜，方圓體分，日月疊璧，以垂麗天之象；山川煥綺，以鋪理地之形：此蓋道之文也。仰觀吐曜，俯察含章，高卑定位，故兩儀既生矣。惟人參之，性靈所鍾，是謂三才。為五行之秀，實天地之心，心生而言立，言立而文明，自然之道也。」劉勰：《文心雕龍·原道》，第1頁。事實上，魯迅極為肯定劉勰的《文心雕龍》，如在《摩羅詩力說》中曾援引劉勰在《文心雕龍》「程器」篇裏所發抒的對魏晉時代等級森嚴的門閥制度的憤懣和不平——「蓋人稟五材，修短殊用，自非上哲，難以求備。然將相以位隆特達，文士以職卑多誚，此江河所以騰湧，涓流所以寸折者也。名之抑揚，既其然矣；位之通塞，亦有以焉。」——接著明言道：「東方惡習盡此數言。」令飛（魯迅）：《摩羅詩力說》，《河南》月刊第2、3號，1908年2月、3月。另如1932年7月3日，魯迅讀完一個青年作者的詩學論著後，在「題記」中將劉勰的《文心雕龍》和亞里士多德的《詩學》並舉，襃揚其「解析神質，包舉洪纖，開源發流，為世楷式」。參見魯迅：《集外集拾遺補編·題記一篇》，《魯迅全集》（第八卷），人民文學出版社，2005年，第370頁。

〔註117〕 隼（魯迅）：《七論「文人相輕」——兩傷》，《文學》第5卷第4號，1935年10月。

廣田弘毅在議會上發表「中日親善」、「經濟提攜」的演說，妄圖欺騙中日人民；2月1日，蔣介石就廣田弘毅的演說發表談話，聲稱「此次日本廣田外相在其議會所發表對我國之演詞，吾人認爲亦具誠意，吾國朝野對此當有深刻之諒解……制裁一切衝動及反日行爲，以示信誼」。對於當時的中日關係，魯迅並不贊同國民黨政府的官方報導。1935 年 3 月 5 日，魯迅在內山完造《活中國的姿態》序言末尾寫道：「據我看來，日本和中國的人們之間，是一定會有互相瞭解的時候的。新近的報章上，雖然又在竭力的說著『親善』呀，『提攜』呀，到得明年，也不知道又將說些什麼話，但總而言之，現在卻不是這時候。」〔註118〕事實上，「一・二八」戰爭時的親身感受，以及此後不斷升級的中日爭端，使得魯迅對中日關係的演變持有悲觀的預感。儘管內山完造在《花甲錄》中並未明言包括自己在內的日本人同魯迅之間的矛盾，但尷尬的中日關係難免不使得中國人對日本人本身心存芥蒂，〔註119〕魯迅逝世前著急地想搬房子，在 10 月 11 日的日記中曾寫道：「同廣平攜海嬰往法租界看屋。」〔註120〕周建人以爲這個問題是個謎：「魯迅逝世前的確是非常著急地想搬房子，對於這個問題我們也覺得是個謎。魯迅臨死前兩天，我去看他，他說叫我給他找房子，並說我訂下來就可以了，不要問他。他爲什麼要急於搬，我沒問他。」〔註121〕對於此問題，許廣平的解釋是：「一九三六年十月，魯迅臨死之前，就另找房子預備遷徙，想擇居在舊法租界，想遠離日本人居住的虹口勢力範圍（見十月十一日《魯迅日記》）。這計劃剛要實現，但病不容許他立即遷徙，因之未成事實。這時，就是把一切與內山書店的關係一起割掉也在所不惜。」〔註122〕

　　值得注意的是，雖然在朋友交誼和民族大義之間，魯迅擇取了後者，但

〔註118〕魯迅：《且介亭雜文二集・內山完造作〈活中國的姿態〉序》，《魯迅全集》（第六卷），人民文學出版社，2005 年，第 277 頁。

〔註119〕如當時同在上海同與魯迅經歷「上海事變」的周建人，他對魯迅交往的日本人的看法就是相當嚴苛的。喬峰（周建人）：《略談關於魯迅的事情》，人民文學出版社，1954 年。

〔註120〕魯迅：《日記二十五》，《魯迅全集》（第十六卷），人民文學出版社，2005 年，第 627 頁。

〔註121〕周建人：《略談魯迅》，魯迅研究資料編輯部編：《魯迅研究資料》（第一輯），文物出版社，1976 年，第 48 頁。

〔註122〕轉引自〔日〕竹內實：《中國的三〇年代與魯迅》，竹內實著，奔永彬譯，水急、盧潔校譯：《魯迅遠景》，臺北：自立晚報社文化出版部，1992 年，第 42～43 頁。

並非如許廣平日後所言的那樣「在所不惜」。應日本改造社社長山本實彥的約稿，1936 年 2 月 23 日，魯迅用日文撰寫了《我要騙人》。雖然魯迅表面上稱，「爲了希求心的暫時的平安，作爲窮餘的一策，我近來發明了別樣的方法了，這就是騙人」。但是透過曲折的表層，不難體會到魯迅當時的兩大憂慮：其一是中日關係趨向惡化的預感；其二是普通民眾只能相濡以沫的悲哀。如魯迅所述，在他作文的先一年秋天或者冬天，一個日本水兵在閘北被暗殺，許多中國人爲了逃避危險而匆忙搬往太平地帶，但兩三天後，搬家被禁止，車夫遭到了警察的毆打。此事使魯迅憶起了曾經身歷的「一・二八」事變（魯迅稱之爲「上海戰爭」，不滿日本方面「事變」稱謂），感歎說：「五年以前翻閱報章，看見過所記的孩子的死屍的數目之多，和從不見有記著交換俘虜的事，至今想起來，也還是非常悲痛的。」兩相比較，魯迅於是諷刺道：「虐待搬家人，毆打車夫，還是極小的事情。中國的人民，是常用自己的血，去洗權力者的手，使他又變成潔淨的人物的，現在單是這模樣就完事，總算好得很。」值此情勢，上海另外一些地帶卻依然歌舞升平，而不明水災實情的小女孩還積極奔走募捐，並因募得與否而或喜或悲，另有特別窮苦的捐販仍舊在艱難地謀生。而對諸此種種生生存在的周遭人事，魯迅感慨於他本人只能聊慰他們的失望：

> 莊子曾經說過：「乾下去的（曾經積水的）車轍裏的鮒魚，彼此用唾沫相濕，用濕氣相噓，」——然而他又說，「倒不如在江湖裏，大家互相忘卻的好。」

> 可悲的是我們不能互相忘卻。而我，卻愈加恣意的騙起人來了。如果這騙人的學問不畢業，或者不中止，恐怕是寫不出圓滿的文章來的。

> 但不幸而在既未卒業，又未中止之際，遇到山本社長了。因爲要我寫一點什麼，就在禮儀上，答道「可以的」。因爲說過「可以」，就應該寫出來，不要使他失望，然而到底也還是寫了騙人的文章。

> 寫著這樣的文章，也不是怎麼舒服的心地。要說的話多得很，但得等候「中日親善」更加增進的時光。不久之後，恐怕那「親善」的程度，竟會到在我們中國，認爲排日即國賊——因爲說是共產黨利用了排日的口號，使中國滅亡的緣故——而到處的斷頭臺上，都閃爍著太陽的圓圈（在最初發表的日文裏，「太陽的圓圈」被刪除，

而代以「×××」。——引者注）的罷，但即使到了這樣子，也還不

是披瀝眞實的心的時光。〔註123〕

引文最後一段顯然是魯迅壓抑著悲痛的反語，而實際上，親身的觀感使得魯迅對中日關係持以嚴正和悲痛的態度，即如在該文的最末一句：「篇末，用血寫添幾句個人的豫（預）感，算是一個答禮罷」。統觀起來，魯迅名其文爲「我要騙人」，走筆也曲折隱晦，字裏行間充溢著無限的悲哀，因爲這違背了他自己的理想和信念。〔註124〕

四、一種獨具魅力的「魯迅精神」

魯迅在「橫站」中已多少感受到，「理想」中交織著許多「幻想」的成分，而且遠非他所祈望的社會文化形態，雖然所謂的「革命」仍在斷續地進行著，但周遭的環境不過從充斥著「無物之陣」的灰暗王國轉爲淺薄粗糙的單調世界，實則並未進步多少，如1933年11月11日，他在致鄭振鐸的信中感歎：「新的文化既幼稚，又受壓迫，難以發達；舊的又只受著官私兩方的漠視，摧殘，近來我眞覺得文藝界會變成白地，由個人留一點東西給好事者及後人，可喜亦可哀也。」〔註125〕然而，沒有人知曉魯迅的良苦用心，借用孫郁的論述便是，「不會有人能從更深的角度去認識和瞭解他的隱秘世界，瞿秋白與馮雪峰在論文中對魯迅的描述還是過於偏向意識形態的方面。但魯迅內心最高貴的力量不是來自於意識形態。他有一些魏晉的風骨，有一點尼采的力量，還有著德國與俄國藝術家身上悲愴和抑鬱的因子。這一切使周圍的人幾乎都難以懂得他。」〔註126〕確如所言，而且不但同代人沒有理解魯迅的「隱秘世界」，後來人也沒有眞正領會魯迅的深切祈望。譬如，魯迅認爲理想的人類社會形態是「相關心，不隔膜」，意即人類應當超越囿於國度或民族的「民族主義」

〔註123〕魯迅：《我要騙人》，日本《改造》月刊，1936年4月號。

〔註124〕魯迅的理想和信念並不等同於他的政治希冀，而且遠遠超越了他的政治希冀，如陳丹青曾言：「在他某些過於樂觀的、五四式的、被後來的現實證明爲虛妄的政治想像中，蘇聯曾是他的參照與希冀——沒有人在魯迅的年代超越這希冀，包括早期的胡適——可是在這熱切而近乎輕率的想像中，請注意，不包括魯迅對未來中國的文藝想像。」陳丹青：《魯迅與美術》，《笑談大先生》，廣西師範大學出版社，2011年，第161頁。

〔註125〕魯迅：《書信·331111·致鄭振鐸》，《魯迅全集》（第十二卷），人民文學出版社，2005年，第488頁。

〔註126〕孫郁：《魯迅與陳獨秀》，貴州人民出版社，2009年，第220～221頁。

衝突，然而遺憾的是，今天各國各民族的衝突非但趨於消弭，反倒傾向昂揚。所以，面對今天這樣一個理想淪喪、信仰缺失，甚至於人類精神世界普遍失去支柱的時代，魯迅在困境中的戰鬥仍然閃耀著值得借取的光芒，尤其是魯迅本人所遵從的獨特的思維邏輯和其所蘊涵的獨有的精神特質。概要說來，可歸結爲如下幾個方面：

首先，「實用理性」〔註127〕的抉擇邏輯。如所周知，魯迅關注和思考的核心話題就是「現在中國人的生存和發展」，他曾明確指出：「我們目下的當務之急，是：一要生存，二要溫飽，三要發展。」〔註128〕應當承認，魯迅精準地抓住了「人活著」這個既是中國式「生命哲學」亦是「人類學本體論」的核心命題，進而倡言應當在正視「人活著」這個「第一義存在的生命本相」的基礎上，大膽地探求自然合理的生存之道。而在魯迅看來，對於作爲「具體的共相」〔註129〕的「人性」（human nature），唯有「文藝」能映照其整個的

〔註127〕李澤厚認爲「實用理性」（pragmatic reason）是對「經驗合理性」（empirical reasonableness）的概括或提升，因此，「經驗合理性」實乃「實用理性」的內核，產生於狹義的實踐（社會生產活動）。而所謂「經驗合理性」，即認爲『『理性』不是先驗或先天生成的，而是後天經驗特別是勞動操作的實踐產物。它是由使用製造工具的物質操作活動，通過轉換爲獨立的（脫離開特定的操作和情景）的符號運算，再內化爲思維規則的。這是一個操作—符號—心理的人的理性認知能力的塑建過程。這種理性認知能力是「人性」（human nature）的一個重要組成部分」。然而，李澤厚認爲僅從「經驗技藝的角度」考察「實用理性」是不充分的，更應當從「人類歷史宏觀的角度」（亦即「人類學的社會歷史整體行程中」）來予以考察，於是他進而提出歷史本體論的「實用理性」，既重視和強調實踐操作活動是人類經驗和一切理性規則的根基和內涵，反對理性實體化或「先驗理性」，同時又非常重視和強調歷的積累——「歷史本體論以積澱說重視和強調歷史的積累性，特別重視和強調文化積澱爲心理，形成了人的各種區別於其他動物族類的智慧和感性，認爲這是『人性能力』的形成」。換言之，「對歷史本體論說，實踐操作經由歷史構建出來了一個不同於其他動物族類的『人化自然』：它包括外在的物質文明（人文）和內在的精神文明（人性）」，並且，「由歷史積累沉澱而成的文化心理結構是某種人類所特有的存在形式。它是內在的人化自然，即在自然生理—心理基礎上由文化積澱而生成的人性形式。它不止於邏輯和數學，也包括其他認知範疇（如辨證法），以及道德意志、審美需要等等」。因而，「實用理性」不是「實驗經驗主義」或「實驗室的邏輯」，而是「人的歷史存在的邏輯」，不屬於「實用主義」，而屬於「人類學本體論」。李澤厚：《論實用理性與樂感文化》，《實用理性與樂感文化》，北京三聯書店，2008年，第3～20頁。

〔註128〕魯迅：《忽然想到（六）》，《京報副刊》，1925年4月22日。

〔註129〕黑格爾認爲科學的抽象當爲「具體的共相」，張岱年沿用黑格爾的觀點並提出「人性應是一個具體的共相」：「具體的共相包含許多規定，是許多規定的綜

全圓，因而他不懈地致力於藉助文藝重塑「完整人性」（薩特語）──主體獨立意識、現代反思性人格、科學理性主義。因此，出於對人類社會生活應然狀態的推想，魯迅充分肯定了「無產階級革命文學」的「合理性」（對接「人生的全圓」）和「道義性」（文學應當從「消費者」獨佔的狀態走出，進而使得「生產者」亦獲有享用的權力）。隨之，在同「舊勢力」鬥爭的同時，魯迅依然堅持爲大眾和將來著想的原則，努力清除影響「無產階級革命文學」發展的或外襲或內生的種種弊端，使其能夠眞正助進無產階級革命運動。〔註130〕魯迅的主張既源於對世事變遷的觀摩體悟，如其曾言，「但我以爲考證固不可荒唐，而亦不宜墨守，世間許多事，只消常識，便得了然」〔註131〕；又基於對個人思想成長的反觀審視，如主張「多看外國書」來打破思想上的牢籠。關於此兩點，1936年2月19日，魯迅在致夏傳經的信中曾自白道：一面秉持著植根於現實的經驗哲學，「經歷一多，便能從前因而知後果，我的預測時時有驗，只不過由此一端……」；一面努力開拓視野，「關於研究文學的事，眞是頭緒紛繁，無從說起；外國文卻非精通不可，至少一國，英法德日都可，俄更好。」〔註132〕顯而易見，與當時許多唯新興理論馬首是瞻的知識分子不同，魯迅基於自身的體驗，並且有意將人生本位的實踐經驗提升到人文本位的意識層面，加以弘揚光大，「己所欲，施與人」，轉而服務於人間本位的理想觀照。應當說，這是公然忘我的人文理想的崇高訴求，是知識分子精神的內在至高點，亦是個體價值的最高實現。

合。人性概念之中，包含人類共性，不同民族的民族性，不同時代不同階級的階級性，要之包含人類的共性以及各種類型的特殊性。」張岱年：《中國倫理思想研究》，中國人民大學出版社，2010年，第76頁。

〔註130〕這也依如伊格爾頓所說的那樣：「確實，從某種意義上來說，革命的民族主義者自己確曾超越了階級。他們喚起全國民眾，調和階級利益的衝突，促成虛假的團結。中產階級從民族獨立中所得利益比處境困難的工人農民要多，後者只不過發現自己面臨的不再是外國剝削者，而是本國剝削者而已。即使這樣，此種聯合也不是完全假冒的。……《共產黨宣言》認爲，階級鬥爭首先採用民族鬥爭的形式，但在內容上大大超越了這種形式。正因如此，民族是團結不同社會階層──農民、學人、知識分子──與阻擋他們獨立的殖民勢力進行鬥爭的方法。而且，至少是在開始之時，它還有一個有利於它的強大論據：成功。」〔英〕特里·伊格爾頓（Terry Eagleton）：《理論之後》，商正譯、欣展校，商務印書館，2009年，第12頁。

〔註131〕魯迅：《關於〈唐三藏取經詩話〉》，上海《中學生》第12號，1931年2月。

〔註132〕魯迅：《書信·360219·致夏傳經》，《魯迅全集》（第十四卷），人民文學出版社，2005年，第33頁。

其次，政治變革與精神變革的雙重考慮。1903 年，鄒容在《革命軍》開篇震聲發聵地喊出「革命」乃空前至高的「目的」：「掃除數千年種種之專制政體，脫去數千年種種之奴隸性質，誅絕五百萬有奇披毛戴角之滿洲種，洗盡二百六十年殘慘虐酷之大恥辱，使中國大陸成千淨土，黃帝子孫皆華盛頓，則有起死回生，還魂返魄，出十八層地獄，升三十三天堂，郁郁勃勃，莽莽蒼蒼，至尊極高，獨一無二，偉大絕倫之一目的，曰革命。巍巍哉！革命也。皇皇哉！革命也。」〔註133〕而且，隨後指出「革命」乃勢所必至的邏輯公理：「革命者，天演之公例也。革命者，世界之公理也。革命者，爭存爭亡過渡時代之要義也。革命者，順乎天，而應乎人者也。革命者，去腐敗而存良善者也。革命者，由野蠻而進文明者也。革命者，除奴隸而為主人者也。」〔註134〕顯而易見，鄒容倡導的「革命」不僅是最終目標，亦是達至最終目標的手段和途徑，綜括起來，「革命」就是「一種全新的綜合的積極價值」〔註135〕。對於鄒容所謂的這種廣義的「革命」魯迅是認同的，如在 1925 年 6 月 16 日所作的《雜憶》文中，雖然稱「不獨英雄式的名號而已，便是悲壯淋漓的詩文，也不過是紙片上的東西，於後來的武昌起義怕沒有什麼大關係」，但繼而又寫道：「倘說影響，則別的千言萬語，大概都抵不過淺近直截的『革命軍馬前卒鄒容』所做的《革命軍》」。〔註136〕可以說，魯迅認同這樣一種交融著「進化論」的廣義的、樸素的「革命觀」。但是，魯迅對於現實中的「革命」有著真切的個人體驗，因而在他的意念中，「革命」有「廣義」和「狹義」之分（即在廣義上是一種進化革新，在狹義上是一種政治運動〔註137〕），隨之也有輕重

〔註133〕鄒容著、羅炳良主編：《革命軍》，北京：華夏出版社，2002 年，第 7 頁。

〔註134〕鄒容著、羅炳良主編：《革命軍》，北京：華夏出版社，2002 年，第 8 頁。

〔註135〕金觀濤：《革命觀念在中國的起源和演變》，金觀濤、劉青峰：《觀念史研究：中國現代重要政治術語的形成》，法律出版社，2009 年，第 376 頁。

〔註136〕魯迅《雜憶》，《莽原》週刊第 9 期，1925 年 6 月 19 日。

〔註137〕眾所周知，「革命」是 20 世紀中國社會的一個重要政治術語，陳建華研究指出，「『革命』在現代文本中有兩種基本含義，即所謂『狹義』和『廣義』。這兩個基本含義，正是在本世紀初開始形成，也是由於中西思想交匯的結果。狹義的，是中國原有的詞彙，語出《周易正義·革卦》：『湯、武革命，順乎天而應乎人』，專指政治上的激烈變革，且含有為促使政權更迭的暴力手段法定化的傾向。廣義的，是一個外來的概念，從英語『revolution』而來，最初由康有為、梁啟超等人流亡日本後接觸並接受這日人所譯『革命』一詞，而後介紹到中土的。英文本義有周而復始、更新之義，泛指一切事物的變革，如『宗教革命』、『工業革命』、『詩界革命』等」。陳建華：《「革命」的現代性：

急緩之別，加之，魯迅知悉中國社會的眞實情狀和變革這種情狀的繁雜艱難，因此主張既有所置重而又寬泛地認識革命和實踐革命。如在黃埔軍校講演時，魯迅認爲中國當時的社會情狀，「止有實地的革命戰爭，一首詩嚇不走孫傳芳，一炮就把孫傳芳轟走了」，〔註138〕不過，魯迅雖稱「改革最快的是火與劍」，但他也注意到激進「革命」的破壞性，如其在「左聯」成立大會上這樣講述「革命」的實際情形：

> 革命是痛苦，其中也必然混有污穢和血，決不是如詩人所想像的那般有趣，那般完美；革命尤其是現實的事，需要各種卑賤的，麻煩的工作，決不如詩人所想像的那般浪漫；革命當然有破壞，然而更需要建設，破壞是痛快的，但建設卻是麻煩的事。〔註139〕

可以說，在贊同「革命」的同時，魯迅也慮及如何進行更有效的「建設」，不滯留於現實的小天地，更注意著力譯介新的思想資源，藉以爲重塑民族精神品質作鋪墊，亦即在關注民族生存變革的同時，也思慮如何促進民族精神變革，亦即魯迅不止關切大眾非常態下的生活狀況——充斥著國共對峙、階級鬥爭、民族衝突，同時亦關切如何重塑常態狀況下普通大眾的精神世界，正如有研究者所指出：「魯迅的左翼訴求所支撐的『改革』、『革新』，以及與『舊社會和舊勢力』的持久鬥爭，『不可苟安』等等，顯然超越了具體的政治理念和歷史時空，是對知識分子角色的一般性的定位。」〔註140〕

再者，懷持「理想之光」的「革新的破壞」。在1925年2月6日所作的《再論雷峰塔的倒掉》中，魯迅例舉五胡、張獻忠等和偷挖塔磚導致雷峰塔倒掉的鄉下人，闡明和揭批了兩種中國式的破壞——「寇盜式的破壞」和「奴才式的破壞」，並且指出無論是哪一種破壞，「結果只能留下一片瓦礫，與建設無關」，爲了徹底改換舊式的破壞，魯迅呼籲產生「內心有理想的光」的「革新的破壞者」，不但賡續而且納入新因子來瀹新中國文明。〔註141〕可見，魯迅所謂的「革新的破壞」，就是在理想光輝的照射下，「破舊」的目的更在於「煥

中國革命話語考論》，上海：上海古籍出版社，2000年，第217頁。
〔註138〕魯迅：《革命時代的文學》，《黃埔生活》週刊第4期，1927年6月12日。
〔註139〕魯迅：《對於左翼作家聯盟的意見》，《萌芽月刊》第1卷第4期，1930年4月1日。
〔註140〕曹清華：《何爲左翼，如何傳統——「左翼文學」的所指》，《學術月刊》，2008年第1期。
〔註141〕魯迅：《再論雷鋒塔的倒掉》，《語絲》週刊第15期，1925年2月23日。

新」。此後，魯迅也多次變相地強調應當推行「革新的破壞」，如 1931 年 2 月
4 日在致友人李秉中的信中寫道：「然以昔曾弄筆，志在革新。故根源未竭，
仍爲左翼作家聯盟之一員」；1932 年在回答沙汀和艾蕪關於「小說題材」的疑
問時，魯迅曾說道：「現在能寫什麼，就寫什麼，不必趨時，自然更不必硬造
一個突變式的革命英雄，自稱『革命文學』；但也不可苟安於這一點，沒有改
革，以致沉沒了自己——也就是消滅了對於時代的助力和貢獻。」〔註142〕可
以說，魯迅一貫主張眞正的革命者就應當摒棄「寇盜式的破壞」、「奴才式的
破壞」，堅持推行「革新的破壞」，由此才能不斷地改良社會和人生〔註143〕。
其實，這也是魯迅對於個體如何應對，才會有益於歷史發展的回答，如 1926
年 11 月 11 日夜，他在《寫在〈墳〉後面》中寫道：

> ……以爲一切事物，在轉變中，是總有多少中間物的。動植之
> 間，無脊椎和脊椎動物之間，都有中間物；或者簡直可以說，在進
> 化的鏈子上，一切都是中間物。當開首改革文章的時候，有幾個不
> 三不四的作者，是當然的，只能這樣，也需要這樣。他的任務，是
> 在有些警覺之後，喊出一種新聲；又因爲從舊壘中來，情形看得較
> 爲分明，反戈一擊，易制強敵的死命。但應該和光陰偕逝，逐漸消
> 亡，至多不過是橋梁中的一木一石，並非什麼前途的目標，範本。
> 跟著起來便該不同了，倘非天縱之聖，積習當然也不能頓然蕩除，
> 但總得更有新氣象。〔註144〕

可見，在魯迅看來，「蛻進」是歷史發展的必然邏輯，亦即在社會更替的過程
中，固然會存在迷惘甚至無所適從的沒落者，然而，他們正應當攜帶著舊觀
念同黑暗一起消亡，但舊權威的失效並非意味著歷史和文化的停滯不前，卻
反倒寓示著眞正的變革和進步。

　　另外，「複調」的思維方式。尾崎文昭曾分析魯迅「多疑」的思維方式如
何投射在其作品中，並且順帶言及魯迅「認識方面的現實主義」、「『多疑』思

〔註142〕魯迅：《關於小說題材的通信》，《十字街頭》第 3 期，1932 年 1 月。
〔註143〕王得後曾指出：「中國新文學研究者和魯迅研究者通常把魯迅歸入『爲人生』
　　　　的一派。這是不確切的。魯迅固然是『爲人生』，但從文學流派定義，應該是
　　　　『要改良這人生』，即『改良人生』派，如果有這麼一個『派』的話。」王得
　　　　後：《魯迅文學與左翼文學異同論》，汕頭大學文學院新國學研究中心主編：《中
　　　　國左翼文學國際學術研討會論文集》，汕頭：汕頭大學出版社，2006 年，第
　　　　145 頁。
〔註144〕魯迅：《寫在〈墳〉後面》，《語絲》週刊第 108 期，1926 年 12 月 4 日。

維方式」、「表現方法多重性與多義性」之間的連帶關係〔註145〕，他的研究對
於解析魯迅的思維特徵具有極大的啓發意義。其實，「多疑」的思維方式不僅
影響著魯迅作品的樣態，而且更左右著魯迅實際的行動。所以他在個體「內
世界」同「外世界」如何有效交互問題上表現出遠遠超乎常人的審愼和警覺，
如魯迅曾言：「誠然，必須敢於正視，這才可能敢想，敢說，敢作，敢當。倘
使並正視而不敢，此外還能成什麼氣候。」〔註146〕而魯迅本人就敢於正視種
種黑暗，但他相對沈寂於世事之外，冷靜諦視外在事態的變化，以相對化的
立場，在「反覆質疑中旋進」〔註147〕；同時他又剖解自我，在螺旋式的回轉
中提升對生活、對生命的認知。可以說，魯迅在中西情感哲學間自由轉圜，
既有海德格爾「未知死爲知生」的超越能量〔註148〕，又具傳統文化「未知生
爲知死」的現世關懷，而這根本上源出於魯迅思想的「複調」〔註149〕。

　　一般而言，同處某一時代，個體對世間萬物的感知具有不容否認的共通

〔註145〕尾崎文昭分析指出，反諷、間離效果、戲擬等等是魯迅小説甚至所有作品的
　　　　基本結構特徵，「這一基本結構特徵，實際上是多方觀察事物、否定並脫離先
　　　　有觀念從而突進到深層理解的『多疑』思維方式在小説方法層面顯現出來的
　　　　成果，並不單純是一種技巧。諷刺的本質就是寫實這一魯迅的觀點所説的也
　　　　是這個意思。不爲先有觀念所惑、從自己的視角準確把握事物的實際狀態，
　　　　這是認識方面的現實主義，但這種深刻複雜的認識訴諸表現方法時，依靠直
　　　　接的表現形式卻無法充分傳達。『多疑』思維方式所選取的表現方法往往傾向
　　　　於多重性與多義性，要進一步使讀者意識到距離，那麼，當然會採用戲擬、
　　　　諷刺、反諷甚至超現實主義（把現實主義貫徹到底後所得到的對於世界的扭
　　　　曲的認識）。」〔日〕尾崎文昭著、孫歌譯：《試論魯迅「多疑」的思維方式》，
　　　　王風、〔日〕白井重范編：《左翼文學的時代：日本「中國三十年代文學研究
　　　　會」論文選》，北京：北京大學出版社，2011年，第188～189頁。
〔註146〕魯迅：《墳・論睜了眼看》，《魯迅全集》（第一卷），人民文學出版社，2005
　　　　年，第251頁。
〔註147〕錢理群：《與魯迅相遇——北大演講錄之二》，北京三聯書店，2003年，第207
　　　　頁。
〔註148〕如李澤厚所説：「Heidegger的『未知死爲知生』的反理性哲學，正是以極度
　　　　抽象的理性凝聚鄙棄日常生活和生存以製造激情的崇高，從而也使這種情感
　　　　可以引向某種深沉的狂熱。Heidegger的Being便有上帝的身影在。」李澤厚：
　　　　《論實用理性與樂感文化》，《實用理性與樂感文化》，北京三聯書店，2008
　　　　年，第81～82頁。
〔註149〕高遠東曾指出：「魯迅的思想和文學都具有『複調性』，其不同主題、不同經
　　　　驗、不同身份、不同追求之間的關係才是我們要把握的關鍵。」高遠東：《「仙
　　　　臺經驗」與「棄醫從文」——對竹內好曲解魯迅文學發生原因的一點分析》，
　　　　《魯迅研究月刊》，2007年第4期。

性，隨之，一時代的生命個體濡有一時代特有的精神氣質；但作爲一個生命個體，他既有共通的社會感悟，同時亦有獨特的生命感悟，因而個體出於不同的立場或者期想自然會傾向不同的重點，甚至可以逸出時代的框限，展露獨特的光芒。換言之，不同個體雖然在「外世界」可以達至某種程度的「態度同一性」，但如同情感一般，思維亦聚彙糅合著多維和多重因素，亦即不同個體的「內世界」是極爲迥異的。而在某種意義上可以說，魯迅「內世界」的突出特徵便表現在他的思想是「複調」性的，所以他能理智探求目標與現實之間的「中間項」〔註150〕。譬如，因爲對實際的革命有著深切的認知，魯迅清醒地認識到「大約無論怎樣的革命」都有許多「投機的和盲動的腳色」，「倘以爲必得大半都是堅實正確的人們，那就是難以實現的空想，事實是只能此後漸漸正確起來的。」〔註151〕所以，不同於一般左翼人士，魯迅清楚理念和策略的差別，所以他將馬克思主義的科學質素有機地融貫到實際的左翼文藝運動中〔註152〕，將文藝鬥爭的原則性和策略性有機地統一起來，繼而從歷史的全盤出發來考量和釐定現實的切面，然後靈活取用相宜的對策，這其中就煥發出一種獨具魅力的「魯迅精神」〔註153〕。尤其在 20 世紀初葉，那種變革的急切迫使種種主張和做法都偏於「畢其功於一役」的激進時代，魯迅的這種精神就更令人歎止。

〔註150〕丸山升認爲：「對於魯迅而言，思想並非終極目標，目標與現實之間的『中間項』才是問題所在。」〔日〕丸山升：《「革命文學論戰」中的魯迅》，《魯迅·革命·歷史：丸山升現代中國文學論集》，北京大學出版社，2005 年，第 63 頁。

〔註151〕魯迅：《書信·330626·致王志之》，《魯迅全集》（第十二卷），人民文學出版社，2005 年，第 410 頁。

〔註152〕即如嚴家炎所評：「豐富的戰鬥實踐經驗，使魯迅很早就成爲無產階級的天然盟友，而在接受馬克思主義以後，更能純熟自如地運用這一武器，開展兩條戰線的鬥爭，在與敵人正面作戰的同時，抵制和反對種種機械論、庸俗化的傾向」。嚴家炎：《魯迅作品的經典意義》，《論魯迅的複調小說》，北京大學出版社，2011 年，第 82 頁。

〔註153〕丸山升曾稱讚道，在左翼文學運動中魯迅所表現出的那種敢於統攝「懷疑」和「肯定」的「強韌的力量」，「那正是被稱爲魯迅精神的東西」。〔日〕丸山升著、王俊文譯：《作爲問題的 1930 年代》，參見《魯迅·革命·歷史：丸山升現代中國文學論集》，北京大學出版社，2005 年，第 200～201 頁。

參考文獻

一、報刊

  1. 《大眾文藝》

  2. 《巴爾底山》

  3. 《北斗》

  4. 《北新》

  5. 《奔流》

  6. 《創造月刊》

  7. 《海燕》

  8. 《萌芽》

  9. 《申報·自由談》

10. 《太白》

11. 《太陽月刊》

12. 《未名》

13. 《文化批判》

14. 《文學》

15. 《文藝研究》

16. 《世界文化》

17. 《十字街頭》

18. 《前哨》

19. 《譯文》

20. 《現代》

21. 《語絲》

二、基本文獻

1. 阿英：《阿英全集》，合肥：安徽教育出版社，2004 年。

2. 阿英編選：《中國新文學大系‧史料索引集》，上海：上海文藝出版社，1936 年。

3. 包子衍：《雪峰年譜》，上海：上海文藝出版社，1985 年。

4. 曹聚仁：《魯迅年譜》（校注本），北京：三聯書店，2011 年。

5. 曹聚仁：《魯迅評傳》（修訂版），北京：三聯書店，2011 年。

6. 曹聚仁：《文壇五十年》，上海：東方出版中心，2006 年。

7. 陳獨秀：《陳獨秀文章選編》，北京：三聯書店，1984 年。

8. 陳獨秀：《陳獨秀書信集》，北京：新華出版社，1987 年。

9. 陳福康：《鄭振鐸傳》，上海：上海外語教育出版社，2009 年。

10. 陳瘦竹主編：《左翼文藝運動史料》，南京：南京大學學報編輯部編輯出版，1980 年。

11. 陳鐵健：《瞿秋白傳》，北京：紅旗出版社，2009 年。

12. 陳望道：《陳望道文集》，上海：上海人民出版社，1981 年。

13. 陳旭麓：《陳旭麓文集》，上海：華東師範大學出版社，1996 年。

14. 陳學恂主編：《中國近代教育大事記》，上海：上海教育出版社，1981 年。

15. 陳早春：《中國左翼作家聯盟文件選編》，《新文學史料》，1980 年第 1 期。

16. 成仿吾：《成仿吾文集》，濟南：山東大學出版社，1985 年。

17. 川島：《和魯迅相處的日子》，北京：人民文學出版社，1958 年。

18. 丁玲：《丁玲全集》，石家莊：河北人民出版社，2001 年。

19. 丁仕原：《之間：魯迅與郁達夫》，北京：中國文史出版社，2011 年。

20. 杜亞泉：《杜亞泉文存》，上海：上海教育出版社，2003 年。

21. 方漢奇：《中國近代報刊史》，太原：山西人民出版社，1981 年。

22. 馮爾康等：《中國宗族社會》，杭州：浙江人民出版社，1994 年。

23. 馮乃超口述：《革命文學論爭‧魯迅‧左翼作家聯盟》，《新文學史料》，1986 年第 3 期。

24. 馮夏熊整理：《馮雪峰談左聯》，《新文學史料》，1980 年第 1 期。

25. 馮雪峰：《雪峰文集》，北京：人民文學出版社，1981～1985 年。

26. 馮雪峰：《魯迅的文學道路》，長沙：湖南人民出版社，1980 年。

27. 馮雪峰：《1928～1936 年的魯迅‧馮雪峰回憶魯迅全編》，上海：上海文化出版社，2009 年。

28. 耿雲志：《胡適年譜》，成都：四川人民出版社，1989 年。

29. 郭沫若：《郭沫若全集》（文學編），北京：人民文學出版社，1982～1992年。

30. 何其芳：《何其芳文集》，北京：人民文學出版社，1983年。

31. 胡風：《胡風全集》，武漢：湖北人民出版社，1999年。

32. 胡風：《胡風回憶錄》，北京：人民文學出版社，1993年。

33. 胡風、蕭軍等：《如果現在他還活著：後期弟子憶魯迅》，石家莊：河北教育出版社，2000年。

34. 胡明：《胡適傳論》，北京：人民文學出版社，2010年。

35. 胡適：《胡適文集》，北京：北京大學出版社，1998年。

36. 胡適：《胡適日記全編》，合肥：安徽教育出版社，2001年。

37. 黃源：《黃源回憶錄》，杭州：浙江人民出版社，2001年。

38. 賈植芳、陳思和主編：《中外文學關係史資料彙編（1898～1937）》，桂林：廣西師範大學出版社，2004年。

39. 賈植芳、俞元桂主編：《中國現代文學總書目》，福州：福建教育出版社，1993年。

40. 蔣光慈：《蔣光慈文集》，上海：上海文藝出版社，1988年。

41. 吉明學、孫露茜編：《三十年代「文藝自由論辯」資料》，上海：上海文藝出版社，1990年。

42. 孔另境編：《現代作家書簡》，生活書店，1936年。

43. 黎之：《文壇風雲續錄》，北京：人民文學出版社，2010年。

44. 李何林：《李何林全集》，石家莊：河北教育出版社，2003年。

45. 李何林編：《魯迅論》，西安：陝西人民出版社，1984年。

46. 李何林編：《中國文藝論戰》，西安：陝西人民出版社，1984年。

47. 梁實秋等：《圍剿集》，石家莊：河北教育出版社，2000年。

48. 梁實秋：《梁實秋文集》，廈門：鷺江出版社，2002年。

49. 劉小中、丁言模編：《瞿秋白年譜詳編》，北京：中央文獻出版社，2008年。

50. 劉運峰編：《魯迅全集補遺》，天津：天津人民出版社，2006年。

51. 劉運峰編：《魯迅先生紀念集》，天津：天津人民出版社，2007年。

52. 魯迅：《魯迅全集》，北京：人民文學出版社，2005年。

53. 魯迅：《魯迅譯文集》，北京：人民文學出版社，1958年。

54. 魯迅：《魯迅譯文全集》，福州：福建教育出版社，2008年。

55. 魯迅：《魯迅編年著譯全集》，北京：人民出版社，2009年。（王世家、止菴編）

56. 魯迅等著、劉運峰編：《1917～1927 中國新文學大系導言集》，天津：天津人民出版社，2009 年。

57. 魯迅博物館、魯迅研究室編：《魯迅年譜》（增訂本），北京：人民文學出版社，2001 年。

58. 魯迅博物館等選編：《魯迅回憶錄》（散篇），北京：北京出版社，1999 年。

59. 魯迅博物館等選編：《魯迅回憶錄》（專著），北京：北京出版社，1999 年。

60. 魯迅研究資料編輯部編：《魯迅研究資料》（第一輯），北京：文物出版社，1976 年。

61. 魯迅研究室編：《魯迅研究資料》（第二輯），北京：文物出版社，1977 年。

62. 魯迅博物館編：《魯迅研究資料》（第四輯），天津：天津人民出版社，1980 年。

63. 魯迅博物館編：《魯迅研究資料》（第九輯），天津：天津人民出版社，1982 年。

64. 羅榮渠主編：《從「西化」到現代化》，合肥：黃山書社，2008 年。

65. 羅銀勝：《周揚傳》，北京：文化藝術出版社，2009 年。

66. 茅盾：《茅盾全集》，北京：人民文學出版社，1984～2001 年。

67. 茅盾：《我走過的道路》，北京：人民文學出版社，1997 年。

68. 毛澤東：《毛澤東選集》，北京：人民出版社，1991 年。

69. 倪墨炎：《魯迅的社會活動》，上海：上海人民出版社，2006 年。

70. 倪墨炎：《現代文壇災禍錄》，上海：上海書店出版社，1997 年。

71. 倪墨炎、陳九英編：《許壽裳文集》，上海：百家出版社，2003 年。

72. 瞿秋白：《瞿秋白文集‧文學編》，北京：人民文學出版社，1989 年。

73. 瞿秋白：《瞿秋白文集‧政治理論編》，北京：人民出版社，1987 年。

74. 瞿秋白等：《紅色光環下的魯迅》，石家莊：河北教育出版社，2000 年。

75. 任建樹主編：《中國共產黨七十年大事本末》，上海：上海人民出版社，1991 年。

76. 任建樹：《陳獨秀大傳》，上海：上海人民出版社，2012 年。

77. 沈從文：《沈從文全集》，太原：北嶽文藝出版社，2002 年。

78. 沈尹默等：《回憶偉大的魯迅》，北京：新文藝出版社，1958 年。

79. 施蟄存：《沙上的腳跡》，瀋陽：遼寧教育出版社，1995 年。

80. 舒新城編：《中國近代教育史資料》，北京：人民教育出版社，1961 年。

81. 宋原放主編：《中國出版史料（現代部分）》，濟南：山東教育出版社，2001年。

82. 蘇志榮、范銀飛編：《白崇禧回憶錄》，北京：解放軍出版社，1987年。

83. 孫中山：《孫中山全集》，北京：中華書局，1986年。

84. 唐寶林、陳鐵建：《陳獨秀與瞿秋白》，北京：團結出版社，2008年。

85. 唐寶林：《中國托派史》，臺北：臺灣東大出版社，1994年。

86. 王凡西：《雙山回憶錄》，北京：東方出版社，1980年。

87. 王國維著、傅傑編校：《王國維論學集》，北京：中國社會科學出版社，1997年。

88. 王明：《中共50年》，北京：東方出版社，2004年。

89. 王鐵仙、劉福勤主編：《瞿秋白傳》，北京：人民出版社，2011年。

90. 魏宏遠主編：《中國現代史資料選編》（3），哈爾濱：黑龍江人民出版社，1981年。

91. 文振庭編：《文藝大眾化問題討論資料》，上海：上海文藝出版社，1987年。

92. 吳福輝編：《二十世紀中國小說理論資料：1928～1937》，北京：北京大學出版社，1997年。

93. 吳晗、費孝通：《皇權與紳權》，天津：天津人民出版社，1988年。

94. 吳永貴：《民國出版史》，福州：福建人民出版社，2011年。

95. 夏衍：《懶尋舊夢錄》，北京：三聯書店，1985年。

96. 蕭三：《人物與紀念》，北京：三聯書店，2012年。

97. 《新文學史料》叢刊編輯組：《新文學史料》（第2輯），人民文學出版社，1979年。

98. 徐懋庸：《徐懋庸回憶錄》，北京：人民文學出版社，1982年。

99. 許廣平：《魯迅的寫作和生活·許廣平憶魯迅精編》，上海：上海文化出版社，2006年。

100. 許廣平著、周海嬰主編：《魯迅回憶錄》，武漢：長江文藝出版社，2010年。

101. 許紀霖、陳達凱主編：《中國現代化史》（第一卷，1800～1949），上海：學林出版社，2006年。

102. 許欽文：《在老虎尾巴的魯迅先生·許欽文憶魯迅全編》，上海：上海文化出版社，2007年。

103. 許壽裳：《亡友魯迅印象記·許壽裳回憶魯迅全編》，上海：上海文化出版社，2006年。

104. 嚴家炎：《二十世紀中國小說理論資料：1917～1927》，北京：北京大學出版社，1997 年。

105. 陽翰笙：《風雨五十年》，北京：人民文學出版社，1986 年。

106. 葉聖陶：《葉聖陶集》，南京：江蘇教育出版社，1990 年。

107. 郁達夫：《郁達夫全集》，杭州：浙江大學出版社，2007 年。

108. 郁達夫：《回憶魯迅‧郁達夫談魯迅全編》，上海：上海文化出版社，2006年。

109. 余子道、黃美眞編：《王明言論選輯》，北京：人民出版社，1982 年。

110. 曾小逸主編：《走向世界文學》，長沙：湖南人民出版社，1985 年。

111. 張國燾：《我的回憶》，北京：東方出版社，2004 年。

112. 張靜廬：《在出版界二十年》，上海雜誌公司，1938 年。

113. 張靜廬輯注：《中國現代出版史料》（甲乙丙丁編），北京：中華書局，1954～1959 年。

114. 張菊香、張鐵榮：《周作人年譜》，天津：天津人民出版社，2000 年。

115. 張夢陽：《中國魯迅學通史》，廣州：廣東教育出版社，2005 年。

116. 張朋園：《中國民主政治的困境（1909～1949）》，吉林出版集團公司，2008年。

117. 章太炎：《革故鼎新的哲理——章太炎文選》，上海：遠東出版社，1996年。

118. 章清：《亭子間：一群文化人和他們的事業》，上海：上海人民出版社，1991 年。

119. 趙家璧：《編輯憶舊》，北京：中華書局，2008 年。

120. 趙家璧：《文壇故舊錄——編輯憶舊續集》，北京：中華書局，2008 年。

121. 趙家璧：《書比人長壽——編輯憶舊集外集》，北京：中華書局，2008 年。

122. 趙家璧等：《編輯生涯憶魯迅》，石家莊：河北教育出版社，2000 年。

123. 趙家璧：《趙家璧文集》，上海：上海文藝出版社，2008 年。

124. 趙景深：《文壇回憶》，重慶：重慶出版社，1985 年。

125. 鄭伯奇：《左聯回憶散記》，《新文學史料》，1982 年第 1 期。

126. 鄭超麟：《懷舊集》，北京：東方出版社，1995 年。

127. 中國人民政治協商會議全國委員會文史資料研究委員會編：《文史資料選輯》（第四卷合訂本），北京：中國文史出版社，2011 年。

128. 中國社會科學院近代史研究所翻譯室編：《共產國際有關中國革命的文獻資料》，北京：中國社會科學出版社，1982 年。

129. 中國社會科學院近代史研究所中華民國史組編：《胡適來往書信選》，北京：中華書局，1979 年。

130. 中國社會科學院文學研究所魯迅研究室編：《魯迅研究學術論著資料彙編》，北京：中國文聯出版公司，1985 年。

131. 中國社會科學院文學研究所《左聯回憶錄》編輯組編：《左聯回憶錄》，北京：中國社會科學出版社，1982 年。

132. 中國社會科學院文學研究所現代文學研究室編：《「革命文學」論爭資料選編》，北京：知識產權出版社，2010 年。

133. 中國社會科學院文學研究所現代文學研究室編：《「兩個口號」論爭資料選編》，北京：知識產權出版社，2010 年。

134. 中國左翼作家聯盟成立大會會址紀念館編：《左聯紀念集》，上海：百家出版社，1990 年。

135. 中國左翼作家聯盟成立大會會址紀念館編：《左聯論文集》，上海：百家出版社，1991 年。

136. 中山大學中文系編：《魯迅在廣州》，廣州：廣東人民出版社，1976 年。

137. 中央檔案館編：《中共中央文件選集》（第五冊），中共中央黨校出版社，1990 年。

138. 中央統戰部、中央檔案館編：《中共中央抗日民族統一戰線文件選編》（中），北京：檔案出版社，1985 年。

139. 周國偉：《魯迅著譯版本研究編目》，上海：上海文藝出版社，1996 年。

140. 周良沛：《丁玲傳》，北京：北京十月文藝出版社，1993 年。

141. 周作人：《魯迅的故家》，石家莊：河北教育出版社，2002 年。

142. 周作人：《魯迅的青年時代》，石家莊：河北教育出版社，2002 年。

143. 周作人：《苦茶隨筆》，石家莊：河北教育出版社，2002 年。

144. 周作人：《瓜豆集》，石家莊：河北教育出版社，2002 年。

145. 周作人、周建人：《年少滄桑：兄弟憶魯迅（一）》，石家莊：河北教育出版社，2000 年。

146. 周作人、周建人：《書裏人生：兄弟憶魯迅（二）》，石家莊：河北教育出版社，2000 年。

147. 朱光潛：《朱光潛全集》，合肥：安徽教育出版社，1987～1992 年。

148. 朱正：《一個人的吶喊：魯迅 1881～1936》，北京：北京十月文藝出版社，2007 年。

149. 朱正：《被虛構的魯迅：〈魯迅回憶錄〉正誤》，海口：海南出版社，2013 年。

150. 朱執信：《朱執信集》，北京：中華書局，1979 年。

151. 朱自清：《朱自清全集》，南京：江蘇教育出版社，1996 年。

152. 鄒魯：《鄒魯全集》，臺北：三民書局，1976 年。

153. 鄒魯：《鄒魯回憶錄》，北京：東方出版社，2010 年。

154. 鄒魯編著：《中國國民黨史稿》，上海：東方出版中心，2011 年。

155. 〔波〕伊薩克‧多伊徹（Isaac Deutscher）：《被解除武裝的先知 托洛茨基：1921～1929》，周任辛譯、劉虎校，中央編譯出版社，1998 年。

156. 〔德〕馬克思：《1844 年經濟學——哲學手稿》，北京：人民出版社，1979 年。

157. 〔德〕馬克思、恩格斯：《馬克思恩格斯全集》，中共中央馬克思恩格斯列寧斯大林著作編譯局譯，北京：人民出版社，1958～1972 年。

158. 〔美〕史沫特萊：《中國的戰歌》，《史沫特萊文集》（第一卷），袁文等譯，北京：新華出版社，1985 年。

159. 〔日〕尾崎秀樹：《三十年代上海》，賴育芳譯，南京：譯林出版社，1992 年。

三、研究論著

1. 艾曉明：《中國左翼文學思潮探源》，北京：北京大學出版社，2007 年。

2. 鮑晶編：《魯迅「國民性思想」討論集》，天津：天津人民出版社，1982 年。

3. 曹清華：《中國左翼文學史稿（1921～1936）》，北京：中國社會科學出版社，2008 年。

4. 陳丹青：《笑談大先生》，桂林：廣西師範大學出版社，2011 年。

5. 陳建華：《「革命」的現代性：中國革命話語考論》，上海：上海古籍出版社，2000 年。

6. 陳建華：《二十世紀中俄文學關係》，北京：高等教育出版社，2002 年。

7. 陳敬之：《三十年代文壇與左翼作家聯盟》，臺北：成文出版社，1980 年。

8. 陳平原：《小說史：理論與實踐》，北京：北京大學出版社，2005 年。

9. 陳平原、山口守編：《現代文學與大眾傳媒》，北京：新世界出版社，2003 年。

10. 陳旭麓：《近代中國社會的新陳代謝》，上海：上海人民出版社，1992 年。

11. 丁錫根：《魯迅研究百題》，長沙：湖南人民出版社，1981 年。

12. 方銘編：《蔣光慈研究資料》，銀川：寧夏人民出版社，1983 年。

13. 方維保：《紅色意義的生成——20 世紀中國左翼文學研究》，合肥：安徽教育出版社，2004 年。

14. 房向東：《魯迅與他「罵」過的人》，上海：上海書店出版社，1996 年。

15. 符傑祥：《知識與道德的糾葛：魯迅與現代中國文學者的選擇》，上海：東方出版中心，2009 年。

16. 郜元寶編：《尼采與中國》，上海：三聯書店，2001 年。

17. 郜元寶：《魯迅六講》（增訂本），北京：北京大學出版社，2007 年。

18. 高遠東：《現代如何「拿來」──魯迅的思想與文學論集》，上海：復旦大學出版社，2009 年。

19. 葛兆光：《中國思想史》，上海：復旦大學出版社，2001 年。

20. 顧鈞：《魯迅翻譯研究》，福州：福建教育出版社，2009 年。

21. 顧明遠等：《魯迅的教育思想和實踐》，北京：人民教育出版社，2001 年。

22. 郭國昌：《二十世紀中國文學的大眾化之爭》，南昌：百花洲文藝出版社，2006 年。

23. 韓毓海：《鎖鏈上的花環──啓蒙主義文學在中國》，長春：時代文藝出版社，1993 年。

24. 洪子誠：《問題與方法：中國當代文學史研究講稿》，北京：北京大學出版社，2010 年。

25. 胡風：《胡風評論集》，北京：人民文學出版社，1984 年。

26. 黃修己、劉衛國主編：《中國現代文學研究史》，廣州：廣東人民出版社，2008 年。

27. 黃子平：《「灰闌」中的敘述》，上海：上海文藝出版社，2001 年。

28. 賈振勇：《理性與革命：中國左翼文學的文化闡釋》，北京：人民出版社，2009 年。

29. 江蘇省魯迅研究學會編：《魯迅與中外文化》，南京：江蘇教育出版社，1988 年。

30. 金觀濤：《探索現代社會的起源》，北京：社會科學文獻出版社，2010 年。

31. 金觀濤、劉青峰：《觀念史研究：中國現代重要政治術語的形成》，北京：法律出版社，2009 年。

32. 金觀濤、劉青峰：《開放中的變遷：再論中國社會超穩定結構》，北京：法律出版社，2011 年。

33. 李長之：《魯迅批判》，長沙：嶽麓書社，2010 年。

34. 李何林：《關於魯迅及中國現代文學》，天津：天津人民出版社，1996 年。

35. 李繼凱：《全人視鏡中的觀照──魯迅與茅盾比較論》，北京：中國社會科學出版社，2003 年。

36. 李健吾：《咀華集·咀華二集》，上海：復旦大學出版社，2005 年。

37. 李歐梵：《鐵屋中的吶喊》，尹慧瑉譯，石家莊：河北教育出版社，2000 年。

38. 李歐梵：《上海摩登：一種新都市文化在中國（1930～1945）》（修訂版），毛尖譯，北京：人民文學出版社，2010 年。

39. 李歐梵：《現代性的追求》，北京：三聯書店，2000 年。

40. 李偉江：《魯迅粵港時期史實考述》，長沙：嶽麓書社，2007 年。

41. 李澤厚：《中國古代思想史論》，北京：三聯書店，2008 年。

42. 李澤厚：《中國近代思想史論》，北京：三聯書店，2008 年。

43. 李澤厚：《中國現代思想史論》，北京：三聯書店，2008 年。

44. 李澤厚：《實用理性與樂感文化》，北京：三聯書店，2008 年。

45. 廖超慧：《中國現代文學思潮論爭史》，武漢：武漢大學出版社，1997 年。

46. 林非：《魯迅前期思想發展史略》，上海：上海文藝出版社，1978 年。

47. 林偉民：《中國左翼文藝思潮》，上海：華東師範大學出版社，2005 年。

48. 林賢治：《人間魯迅》，北京：人民文學出版社，2010 年。

49. 林賢治：《魯迅的最後十年》，上海：復旦大學出版社，2011 年。

50. 林毓生：《中國意識的危機——「五四」時期激烈的反傳統主義》（增訂再版本），穆善培譯，貴陽：貴州人民出版社，1988 年。

51. 林毓生：《中國傳統的創造性轉化》（增訂本），北京：三聯書店，2011 年。

52. 劉禾：《跨語際實踐：文學，民族文化與被譯介的現代性（中國，1900～1937）》（修訂譯本），宋偉傑等譯，北京：三聯書店，2008 年。

53. 劉立善：《日本白樺派與中國作家》，瀋陽：遼寧大學出版社，1995 年。

54. 劉少勤：《盜火者的足跡與心跡——論魯迅與翻譯》，南昌：百花洲文藝出版社，2004 年。

55. 劉衛國：《中國現代人道主義文學思潮研究》，長沙：嶽麓書社，2007 年。

56. 劉小楓選編：《德語詩學文選》，上海：華東師範大學出版社，2006 年。

57. 劉勇等著：《馬克思主義與 20 世紀中國文學》，南昌：百花洲文藝出版社，2006 年。

58. 劉再復：《文學的反思》，福州：福建教育出版社，2010 年。

59. 劉震：《左翼文學運動的興起與上海新書業（1928～1930）》，北京：人民文學出版社，2008 年。

60. 劉增傑、關愛和主編：《中國近現代文學思潮史》，上海：上海文藝出版社，2008 年。

61. 魯迅博物館編：《韓國魯迅研究論文集》，鄭州：河南文藝出版社，2005 年。

62. 魯迅研究室編：《魯迅藏書研究 魯迅研究資料增刊》，北京：中國文聯出版公司，1991 年。

63. 倪墨炎：《魯迅後期思想研究》，北京：人民文學出版社，1984 年。

64. 倪偉：《「民族」想像與「國家」統制：1928～1948 年南京政府的文藝政策及文學運動》，上海：上海教育出版社，2003 年。

65. 錢理群：《與魯迅相遇——北大演講錄之二》，北京：三聯書店，2003 年。

66. 錢理群：《走進當代的魯迅》，北京：北京大學出版社，1999 年。

67. 錢理群：《周作人研究二十一講》，北京：中華書局，2004 年。

68. 錢杏邨編校：《無花的薔薇——現代十六家小品》，石家莊：河北人民出版社，1991 年。

69. 饒鴻競等編：《創造社資料》，福州：福建人民出版社，1985 年。

70. 人民文學出版社編輯部：《馮雪峰與中國現代文學》，北京：人民文學出版社，1988 年。

71. 單世聯：《中國現代性與德意志文化》，上海：上海人民出版社，2011 年。

72. 汕頭大學文學院新國學研究中心主編：《中國左翼文學國際學術研討會論文集》，汕頭：汕頭大學出版社，2006 年。

73. 單演義編：《茅盾心目中的魯迅》，西安：陝西人民出版社，1992 年。

74. 上海社會科學院文學研究所編：《三十年代在上海的「左聯」作家》，上海：上海社會科學院出版社，2005 年。

75. 孫歌：《主體彌散的空間：亞洲論述之兩難》，南昌：江西教育出版社，2002 年。

76. 孫郁主編：《倒向魯迅的天平》，北京：中國社會科學出版社，2004 年。

77. 孫郁：《魯迅與陳獨秀》，貴陽：貴州人民出版社，2009 年。

78. 孫郁：《魯迅與周作人》，瀋陽：遼寧人民出版社，2007 年。

79. 孫郁：《魯迅與胡適》，武漢：長江文藝出版社，2007 年。

80. 孫郁：《被褻瀆的魯迅》，貴陽：貴州人民出版社，2009 年。

81. 孫郁：《魯迅藏畫錄》，廣州：花城出版社，2008 年。

82. 孫玉石：《走近真實的魯迅：魯迅思想與五四文化論集》，北京：北京大學出版社，2009 年。

83. 譚桂林、吳康主編：《魯迅與「左聯」：中國魯迅研究會理事會 2010 年年會論文集》，長沙：湖南師範大學出版社，2011 年。

84. 唐小兵：《再解讀》，北京：北京大學出版社，2007 年。

85. 唐小兵：《英雄與凡人的時代：解讀 20 世紀》，上海：上海文藝出版社，2001 年。

86. 汪暉：《反抗絕望：魯迅及其文學世界》（增訂版），北京：三聯書店，2008 年。

87. 王風、〔日〕白井重范編：《左翼文學的時代：日本「中國三十年代文學研究會」論文選》，北京：北京大學出版社，2011 年。

88. 王富仁：《中國魯迅研究的歷史與現狀》，杭州：浙江人民出版社，1999年。

89. 王富仁：《中國文化的守夜人——魯迅》，北京：人民文學出版社，2002年。

90. 王宏志：《思想激流下的中國命運：魯迅與「左聯」》，臺北：風雲時代出版公司，1991年。

91. 王宏志：《魯迅與「左聯」》，北京：新星出版社，2006年。

92. 王嘉良：《現代中國文學思潮史論》，北京：中國社會科學出版社，2008年。

93. 王奇生：《革命與反革命：社會文化視野下的民國政治》，北京：社會科學文獻出版社，2010年。

94. 王乾坤：《由中間尋找永恒——魯迅的文化價值觀》，西安：陝西人民教育出版社，1996年。

95. 王乾坤：《魯迅的生命哲學》，北京：人民文學出版社，1999年。

96. 王乾坤：《文學的承諾》，北京：三聯書店，2005年。

97. 王韋編：《徐懋庸研究資料》，南昌：江西人民出版社，1985年。

98. 王錫榮：《魯迅學發微》，百家出版社。

99. 王曉明主編：《批評空間的開創：二十世紀中國文學研究》，上海：東方出版中心，1998年。

100. 王瑤：《王瑤全集》，石家莊：河北教育出版社，1999年。

101. 王瑤：《中國文學：古代與現代》，北京：北京大學出版社，2008年。

102. 王瑤：《中國現代文學史論集》（重排本），北京：北京大學出版社，2008年。

103. 王友貴：《翻譯家魯迅》，天津：南開大學出版社，2005年。

104. 王友貴：《翻譯西方與東方：中國六位翻譯家》，成都：四川人民出版社，2004年。

105. 王自立、陳子善編：《郁達夫研究資料》，北京：知識產權出版社，2010年。

106. 溫儒敏：《新文學現實主義的流變》，北京：北京大學出版社，2007年。

107. 吳福輝：《中國現代文學發展史》（插圖本），北京：北京大學出版社，2010年。

108. 吳福輝：《多棱鏡下》，北京：人民文學出版社，2010年。

109. 吳立昌主編：《文學的消解與反消解——中國現代文學派別論爭史論》，上海：復旦大學出版社，2004年。

110. 吳中傑：《中國現代文藝思潮史》，上海：復旦大學出版社，1996年。

111. 伍啓元：《中國新文化運動概觀》，合肥：黃山書社，2008 年。

112. 巫仁恕：《激變良民——傳統中國城市群眾集體行動之分析》，北京：北京大學出版社，2011 年。

113. 夏志清：《中國現代小説史》，劉紹銘等譯，上海：復旦大學出版社，2005 年。

114. 咸立強：《尋找歸宿的流浪者：創造社研究》，上海：東方出版中心，2006 年。

115. 向青：《共產國際與中國革命關係論文集》，上海：上海人民出版社，1985 年。

116. 謝泳編：《胡適還是魯迅》，北京：中國工人出版社，2003 年。

117. 謝天振、查明建主編：《中國現代翻譯文學史（1898～1949）》，上海：上海外語教育出版社，2004 年。

118. 許豪炯：《五卅時期文學史論》，上海：上海社會科學院出版社，1997 年。

119. 許紀霖：《啓蒙如何起死回生：現代中國知識分子的思想困境》，北京：北京大學出版社，2011 年。

120. 許紀霖：《中國知識分子十論》，上海：復旦大學出版社，2004 年。

121. 許紀霖編：《20 世紀中國知識分子史論》，北京：新星出版社，2005 年。

122. 嚴家炎：《論魯迅的複調小説》（增訂版），北京：北京大學出版社，2011 年。

123. 楊義：《京派文學與海派文學》，上海：上海三聯書店，2007 年。

124. 應國靖：《現代文學期刊漫話》，廣州：花城出版社，1986 年。

125. 俞元桂、黎舟、李萬鈞：《魯迅與中外文學遺產論稿》，福州：海峽文藝出版社，1985 年。

126. 余英時：《重尋胡適歷程：胡適生平與思想再認識》，上海：上海三聯書店，2012 年。

127. 袁良駿：《魯迅思想的發展道路》，北京：北京出版社，1980 年。

128. 袁良駿編：《丁玲研究資料》，天津：天津人民出版社，1982 年。

129. 袁偉時：《中國現代思想散論》，上海：上海三聯書店，2008 年。

130. 樂黛雲編：《國外魯迅研究論集（1960～1980）》，北京：北京大學出版社，1981 年。

131. 樂黛雲主編：《當代英語世界魯迅研究》，南昌：江西人民出版社，1993 年。

132. 趙新順：《太陽社研究》，北京：中國社會科學出版社，2010 年。

133. 趙園：《艱難的選擇》，上海：上海文藝出版社，2001 年。

134. 張寶明：《自由神話的終結》，上海：上海三聯出版社，2002 年。

135. 張大明：《不滅的火種——左翼文學論》，成都：四川文藝出版社，1992年。

136. 張岱年：《中國倫理思想研究》，北京：中國人民大學出版社，2010年。

137. 張灝：《危機中的中國知識分子：尋求秩序與意義》，北京：新星出版社，2006年。

138. 張灝：《幽暗意識與民主傳統》，北京：新星出版社，2010年。

139. 張寧：《無數人們與無窮遠方：魯迅與左翼》，上海：復旦大學出版社，2006年。

140. 張鐵榮：《比較文化研究中的魯迅》，天津：南開大學出版社，2003年。

141. 張小紅：《左聯與中國共產黨》，上海：上海人民出版社，2006年。

142. 張永泉：《從周樹人到魯迅》，上海：東方出版中心，2006年。

143. 鄭家建：《歷史向自由的詩意敞開：〈故事新編〉詩學研究》，上海：上海三聯書店，2005年。

144. 中國社會科學院文學研究所魯迅研究室編：《1913～1983 魯迅研究學術論著資料彙編》，中國文聯出版公司，1985～1990年。

145. 周憲：《中國當代審美文化研究》，北京：北京大學出版社，1997年。

146. 朱德發、賈振勇：《評判與建構：現代中國文學史學》，濟南：山東大學出版社，2003年。

147. 朱壽桐：《中國現代社團文學史》，北京：人民文學出版社，2004年。

148. 朱壽桐：《情緒：創造社的詩學宇宙》，上海：上海文藝出版社，1991年。

149. 朱曉進：《政治文化與中國二十世紀三十年代文學》，北京：人民出版社，2006年。

150. 朱正：《魯迅的人脈》，上海：東方出版中心，2010年。

151. 朱正、邵燕祥編著：《重讀魯迅》，北京：東方出版社，2007年。

152. 左文：《非常傳媒——左聯期刊研究》，北京：北京出版社，2010年。

153. 「左聯」成立會址恢復辦公室編：《中國三十年代文學研究》，上海：上海社會科學院出版社，1989年。

154. 〔德〕哈貝馬斯：《公共領域的結構轉型》，曹衛東等譯，上海：學林出版社，1999年。

155. 〔德〕馬丁‧海德格爾（Martin Heidegger）：《林中路》，孫周興譯，上海：上海譯文出版社，2004年。

156. 〔德〕馬丁‧海德格爾（Martin Heidegger）：《演講與論文集》，孫周興譯，北京：三聯書店，2011年。

157. 〔德〕馬丁‧海德格爾（Martin Heidegger）：《在通向語言的途中》（修訂譯本），孫周興譯，北京：商務印書館，2004年。

158. 〔德〕馬克斯·韋伯（Max Weber）：《學術與政治》，馮克利譯，北京：三聯書店，2005年。

159. 〔德〕奧特弗利德·赫費（Otfried Hoffe）：《經濟公民、國家公民和世界公民：全球化時代中的政治倫理學》，沈國琴等譯，上海：上海譯文出版社，2010年。

160. 〔德〕沃爾夫·勒佩尼斯：《何謂歐洲知識分子》，李焰明譯，桂林：廣西師範大學出版社，2011年。

161. 〔俄〕А.Д.羅曼年科主編：《臨近又遙遠的世界——俄羅斯作家筆下的中國》，朱達秋譯，北京：北京大學出版社，2011年。

162. 〔法〕古斯塔夫·勒龐：《烏合之眾：大眾心理研究》，馮克利譯，北京：中央編譯出版社，2005年。

163. 〔法〕羅傑·加洛蒂（Rcger Garatldy）：《論無邊的現實主義》，吳岳添譯，天津：百花文藝出版社，2008年。

164. 〔法〕皮埃爾·布迪厄：《藝術的法則：文學場的生成和結構》，劉暉譯，北京：中央編譯出版社，2001年。

165. 〔法〕埃蒂安·巴利巴爾（Etienne Balibar）：《馬克思的哲學》，王吉會譯，北京：中國人民大學出版社，2007年。

166. 〔法〕埃米爾·涂爾幹（Emile Durkheim）：《社會分工論》，渠東譯，北京：三聯書店，2000年。

167. 〔捷克〕亞羅斯拉夫·普實克（Jaruslav Prusek）：《抒情與史詩：中國現代文學論集》，李歐梵編、郭建玲譯，上海：上海三聯書店，2010年。

168. 〔美〕黑澤爾.E.巴恩斯：《冷卻的太陽：一種存在主義倫理學》，萬俊人、蘇賢貴、朱國鈞、劉光彩譯，北京：中央編譯出版社，1999年。

169. 〔美〕浦安迪（Andrew H.plaks）：《中國敘事學》，北京大學出版社，1996年。

170. 〔美〕狄百瑞：《中國的自由傳統》，李弘祺譯，貴陽：貴州人民出版社，2009年。

171. 〔美〕阿里夫·德里克：《革命與歷史：中國馬克思主義歷史學的起源，1919～1937》，翁賀凱譯，南京：江蘇人民出版社，2005年。

172. 〔美〕弗萊德·R·多爾邁（Fred.R.Dallmary）：《主體性的黃昏》，萬俊人、朱國鈞、吳海針譯，上海：上海人民出版社，1992年。

173. 〔美〕史書美：《現代的誘惑：書寫半殖民地中國的現代主義（1917～1937)》，何恬譯，南京：江蘇人民出版社，2007年。

174. 〔美〕喬納森·卡勒（Jonathan Culler）著：《當代學術入門：文學理論》，李平譯，瀋陽：遼寧教育出版社，1998年。

175. 〔美〕費約翰（John Fitzgerald）著：《喚醒中國：國民革命中的政治、文化與階級》，李霞等譯，北京：三聯書店，2004年。

176. 〔美〕盛岳:《莫斯科中山大學和中國革命》,奚博銓等譯,北京:東方出版社,2004年。

177. 〔日〕溝口雄三:《中國的衝擊》,王瑞根譯、孫歌校,北京:三聯書店,2011年。

178. 〔日〕木山英雄:《文學復古與文學革命:木山英雄中國現代文學思想論集》,趙京華編譯,北京:北京大學出版社,2004年。

179. 〔日〕山田敬三:《魯迅:無意識的存在主義》,秦剛譯,北京:北京大學出版社,2012年。

180. 〔日〕松元三之介:《國權與民權的變奏:日本明治精神結構》,李冬君譯,北京:東方出版社,2005年。

181. 〔日〕藤井省三:《魯迅比較研究》,陳福康編譯,上海:上海外語教育出版社,1997年。

182. 〔日〕丸山升:《魯迅·革命·歷史:丸山升現代中國文學論集》,王俊文譯,北京:北京大學出版社,2005年。

183. 〔日〕伊藤虎丸:《魯迅與日本人:亞洲的近代與「個」的思想》,李冬木譯,石家莊:河北教育出版社,2002年。

184. 〔日〕伊藤虎丸:《魯迅、創造社與日本文學》,孫猛等譯,北京:北京大學出版社,2005年。

185. 〔日〕伊藤虎丸:《魯迅與終末論:近代現實主義的成立》,李冬木譯,北京:三聯書店,2008年。

186. 〔日〕竹內好:《近代的超克》,趙京華等譯,北京:三聯書店,2005年。

187. 〔日〕竹內好著:《從「絕望」開始》,靳叢林編譯,北京:三聯書店,2013年。

188. 〔日〕竹內實:《魯迅遠景》,奔永彬譯,水急、盧潔校譯,臺北:自立晚報社文化出版部,1992年。

189. 〔日〕竹內實:《中國現代文學評說》,程麻譯,北京:中國文聯出版社,2002年。

190. 〔英〕安東尼·吉登斯:《現代性的後果》,田禾譯,譯林出版社,2011年。

191. 〔英〕馬修·阿諾德:《文化與無政府狀態》(修訂譯本),韓敏中譯,北京:三聯書店,2008年。

192. 〔英〕特里·伊格爾頓(Terry Eagleton):《理論之後》,商正譯、欣展校,北京:商務印書館,2009年。

193. 〔英〕E.H.卡爾(E.H.Carr):《兩次世界大戰之間的國際關係:1919～1939》,徐藍譯,北京:商務印書館,2010年。

194. 〔英〕艾瑞克‧霍布斯鮑姆（Eric Hobsbawm）:《極端的年代》，鄭明萱譯，南京：江蘇人民出版社，1998 年。

195. 〔英〕福克斯著、何家槐譯:《小說與人民》，北京：三聯書店，2012 年。

196. 畢克偉（Paul Pickowicz）:《馬克思主義文學思想在中國：瞿秋白的影響》（*Marxist Literary Thought in China: The influence of Qu Qiubai*），伯克利：加利福尼亞大學出版社，1981 年。

197. Lennart lundberg, *Lu Xun as a Translator: Lu Xun's Translation and Introduction of Literature and Literary Theory, 1903~1936*，Stockholm University, Orientaliska Studier, 1989.

198. Tsi-an Hsia, *The Gate of Darkness: Studies on the Leftist Literary Movement in China*, Seattle and London, University of Washington Press, 1968.

四、相關文章

1. 曹清華:《「左聯」成立與左翼身份建構──一個歷史事件的解剖》，《文藝理論研究》，2005 年第 3 期。

2. 曹清華:《何為左翼，如何傳統──「左翼文學」的所指》，《學術月刊》，2008 年第 1 期。

3. 曹振華:《現實行進與終極目的的對立統一──關於魯迅與左聯關係的思考》，《魯迅研究月刊》，2000 年第 1 期。

4. 陳安湖:《論魯迅從革命民主主義到共產主義的發展》，《中國現代文學研究叢刊》，1980 年第 1 期。

5. 陳方競:《中國現代文學批評發展中的左翼理論資源（一）》，《魯迅研究月刊》，2006 年第 3 期。

6. 陳改玲:《〈故事新編〉的總體構思和多層面閱讀》，《魯迅研究月刊》，1991 年第 9 期。

7. 陳漱渝:《周揚談魯迅和三十年代文藝問題》，《百年潮》，1998 年第 2 期。

8. 程凱:《民眾的精神世界在魯迅思想中的位置與存在方式》，《貴州社會科學》，2009 年第 1 期。

9. 程麗蓉:《魯迅〈故事新編〉的啓動及其意義》，《中國現代文學研究叢刊》，2010 年第 5 期。

10. 丁文:《周作人與 1930 年左翼文學批評的對峙與對話》，《中國現代文學研究叢刊》，2009 年第 5 期。

11. 韓毓海:《審美人生──超越啓蒙主義的魯迅》，《魯迅研究月刊》，1990 年第 6 期。

12. 黃源:《左聯與〈文學〉》，《新文學史料》，1980 年第 1 期。

13. 黃子平:《魯迅的文化研究》，《現代中國》（第 10 輯），北京：北京大學出版社，2008 年。

14. 李蒙、程漢：《胡適〈說儒〉疏說》，《讀書》，2103 年第 6 期。

15. 姜振昌：《「大眾」文化視野中的異體同質和異質同構——魯迅與左翼文學運動》，《文學評論》，2003 年第 3 期。

16. 孔慶東：《左翼小說的文學史價值》，《上海魯迅研究》（11），上海：百家出版社，2000 年。

17. 李國華：《行動如何可能——魯迅〈故事新編〉主體構建的邏輯及其方法》，《魯迅研究月刊》，2012 年第 9 期。

18. 李今：《蘇共文藝政策、理論的譯介及其對中國左翼文學運動的影響》，《現代文學研究叢刊》，2002 年第 1 期。

19. 李樂平：《「中國無產階級革命文學」倡導的成就與檢討》，《復旦學報》（社會科學版），2004 年第 6 期。

20. 林分份：《五四新文化人的自我塑造——以魯迅、周作人為考察中心》，北京大學博士論文，2008 年。

21. 劉海波：《二十世紀中國左翼文論研究》，復旦大學博士論文，2003 年。

22. 劉增人：《論魯迅系列文學期刊》，《魯迅研究月刊》，2005 年第 10 期。

23. 劉增人：《現代文學期刊的景觀與研究歷史反顧》，《中國現代文學研究叢刊》，2005 年第 6 期。

24. 劉增人：《試論現代人文期刊的歷史及特徵》，《出版發行研究》，2002 年第 2 期。

25. 陸耀東：《德國文學在中國（1915～1949）——在德國特里爾大學漢學系的講演》，《中國現代文學研究叢刊》，1999 年第 3 期。

26. 南帆：《曲折的突圍——關於底層經驗的表述》，《文學評論》，2006 年第 4 期。

27. 逄增玉：《對左聯和左翼文學研究的幾點思考》，《中國現代文學研究叢刊》，2000 年第 4 期。

28. 彭定安：《中國革命的發展與魯迅思想的演變》，《中國社會科學輯刊》，1980 年第 1 期。

29. 錢理群：《二十世紀三十年代有關傳統文化的幾次思想交鋒》，《魯迅研究月刊》，2006 年第 1-2 期。

30. 錢振綱：《論民族主義文藝派所主張的民族主義的二重性格》，《中國現代文學研究叢刊》，2001 年第 2 期。

31. 瞿駿：《「民史」的寫法》，《讀書》，2013 年第 11 期。

32. 榮太之：《左聯資料索引》，《新文學史料》，1980 年第 1 期。

33. 薩支山：《「革命文學」論爭中的文學史敘事》，《中國現代文學研究叢刊》，2002 年第 1 期。

34. 單演義：《鄭伯奇與魯迅的友誼及其他》，《西北大學學報》，1979 年第 2 期。

35. 商金林：《幾代人的「五四」（1919～1949)》，《新文學史料》，2009 年第 3 期。

36. 商金林：《「革命的普洛文學底友軍和源泉」——葉聖陶在 1930～1937 年》，《葉聖陶研究年刊（2011)》，北京：開明出版社，2011 年。

37. 史唐：《我在莫斯科中山大學的回憶》，《百年潮》，2005 年第 2 期。

38. 宋貴侖：《毛澤東與中國文藝》，《新文學史料》，1993 年第 2 期。

39. 田剛：《關於「兩個口號」論爭的重新檢討》，《中國現代文學研究叢刊》，2010 年第 1 期。

40. 汪榮祖：《當胡適遇到蔣介石——論自由主義的挫摺》，《北京大學研究生學志》，2012 年第 1 期。

41. 王得後：《魯迅文學與左翼文學異同論》，《魯迅研究月刊》，2006 年第 2 期。

42. 王富仁：《關於左翼文學的幾個問題》，《中國現代文學研究叢刊》，2004 年第 2 期。

43. 王光東：《民間意義的發現——五四新文學的另一種傳統》，《上海文學》，2001 年第 12 期。

44. 王鐵仙：《在政治與文學之間——左聯時期的瞿秋白》，《華東師範大學學報》（哲學社會科學版），2004 年第 1 期。

45. 衛公：《魯迅與創造社關於「革命文學」論爭始末》，《魯迅研究月刊》，2000 年第 2 期。

46. 吳述橋：《「自由人」、「第三種人」再認識》，北京大學博士論文，2010 年。

47. 吳曉東：《左翼文學與當代文學的生成》，《中國現代文學研究叢刊》，2004 年第 2 期。

48. 西北大學魯迅研究室編：《魯迅研究年刊》(1979)，西北大學出版社，1979 年。

49. 徐慶全整理：《周揚關於三十年代「兩個口號」論爭給中央的上書》，《魯迅研究月刊》，2004 年第 10 期。

50. 薛毅：《論魯迅的文化論戰》，《中國現代文學研究叢刊》，2001 年第 3 期。

51. 嚴家炎、袁良駿：《論魯迅馬列主義世界觀的確立——兼批石一歌的有關謬論》，《魯迅研究輯刊》第 1 輯，上海文藝出版社，1979 年。

52. 顏雄：《丁玲說〈北斗〉》，《新文學史料》，2004 年第 3 期。

53. 楊洪承：《意識形態與「左聯」的信仰系統構成論》，《福建論壇》（人文社會科學版），2006 年第 4 期。

54. 楊義：《魯迅與左聯三章》，《魯迅研究月刊》，2010 年第 10 期。

55. 袁良駿：《再論魯迅馬列主義世界觀的確立》，《魯迅研究年刊》，陝西人
民出版社，1979 年。

56. 張大明：《中國現代文學思潮資料目錄》，《現代文學研究叢刊》，2002 年
第 3 期。

57. 張大偉：《「左聯」的組織結構的構成、缺陷與解體——「左聯」的組織
傳播研究》，《文史哲》，2007 年第 4 期。

58. 張廣海：《魯迅階級文學論述的轉變與托洛茨基》，《現代中文學刊》，2011
年第 3 期。

59. 張新穎：《魯迅現代思想意識的內部線索》，《文學評論》，1999 年第 1 期。

60. 趙稀方：《俄蘇文學翻譯與左翼文學資源》，《中國現代文學研究叢刊》，
2004 年第 2 期。

61. 周楠本：《魯迅與左翼文學——從〈新青年〉時代到「左聯」時期》，《魯
迅研究月刊》，2006 年第 4 期。

62. 朱曉進：《論三十年代文學雜誌》，《南京師大學報》（社會科學版），1993
年第 3 期。

63. 朱正：《竊火者的反思》，《萬象》，2012 年第 5 期。

64. 左文、畢豔：《疏離與被疏離——論魯迅與左聯的關係》，《北京社會科
學》，2006 年第 1 期。

65. 左文、畢豔：《論左聯期刊的非常態表徵》，《文學評論》，2006 年第 3 期。

66. 〔韓〕吳柄守：《研究系知識分子群體的國家建設構想及其實踐（1911～
1932）》，復旦大學歷史系博士論文，2001 年。

67. 〔美〕弗雷德里克·詹姆遜：《魯迅：一個中國文化的民族寓言——第三
世界文本新解》，孫盛濤、徐良譯，《魯迅研究月刊》，1993 年第 4 期。

68. 〔美〕林毓生：《魯迅個人主義的性質與含意——兼論「國民性」問題》，
《魯迅研究月刊》，1993 年第 12 期。

69. 〔日〕丸山昇：《活在二十世紀的魯迅為二十一世紀留下的遺產》，《魯迅
研究月刊》，2004 年第 12 期。

70. 〔日〕長堀祐造：《魯迅革命文學論中的托洛茨基文藝理論》，《現代中文
學刊》，2011 年第 3 期。

71. 〔日〕池田大作：《談革命作家魯迅》，《上海魯迅研究》（2006 冬），上
海：上海文藝出版社，2007 年。

後　記

　　魯迅是我研究生階段投注精力鑽研的主要對象，雖然面對卷帙浩繁、汗牛充棟的既有研究，要言出前人所未曾言，實在不是一件易事。但我執意做魯迅研究，根本原因在於，魯迅這個人令我崇拜和感佩。竊以爲，魯迅是一個眞正的「人」，在寫作的過程中，我常常很想念他，同時也覺得若不能較爲妥帖地還原魯迅的本體，便對不起魯迅。

　　但受限於我自身的學養積累和人生體驗，我的研究存在的局限在所難免。最爲突出的一點便是，雖然盡力搜集各方面的資料（通讀魯迅的著述、翻譯，瀏覽同時代人以及後學們對他的回憶、評論、研究），但我本身不長於思辨，理論修養也不到家，所以在概括、提煉時常常感到力不從心，因而只能盡力鈎沉爬梳相關史料，嘗試通過細緻的實證分析來呈現魯迅的原本面貌。「蓋治學先治史」，於我而言，論文在很大程度上只是最初步的學術積累。

　　儘管我的論文不盡如人意，但這些年的讀書訓練讓我感到踏實和幸福。一個人，一屋書，在靜寂的日子裏，我體會和思考魯迅留在字裏行間的用意和用心，較爲深刻地認識了中國社會、中國人。不止於此，魯迅的一些話語也促使我愼重選擇自己的人生路向，如他曾言：「一無根柢學問，愛國之類，俱是空談；現在要圖，實只在熬苦求學……。」專注決定深度，氣度決定格局。我很讚佩魯迅的這種見識，也一貫認爲無論小至個人還是大至國家，要想持續進步或者不斷發展，唯一的辦法便是一步一個腳印認眞而堅韌地走下去。秉持著這樣一種信念，在碩士畢業之後，我決定繼續攻讀博士學位。

　　讀碩和讀博這前後七年，我的導師商金林老師，不僅在學業上指導著我，也在生活上給予了我很多幫助和關心。在我心中，商老師像一位嚴厲卻又慈

愛的父親，既可敬可畏，也可親可近。雖然很快就要離別了，但老師於我而言是永在的高山。祝願老師健康安樂、福壽綿延！

現代文學教研室的溫儒敏老師、陳平原老師、高遠東老師、孔慶東老師、吳曉東老師、王楓老師、姜濤老師，在我求學期間也曾付出了寶貴的心血，我之所以能順利完成碩博期間的學習和研究任務，離不開他們的批評和指導。謝謝老師們！

這些年接觸最多的是同門的兄弟姐妹，師姐趙麗華、程振興、孟娜、劉黎瓊、楊瓊、張紅麗、陳潔、朴希亙，師兄牟利峰、崔瑛祜、胡南敏、李斌、師妹張麗萍、王帆、初穎宇、周昀，我永遠記著大家共有的真摯與美好！還有一起戰鬥過的戰友們，費冬梅、李培豔、國家瑋、李淑英、徐鉞、王冬冬，我們後會有期！

最後我要特別感謝我的家人。這七年，我陪伴家人的時間不足兩月，父母的理解和支持給了我無盡的動力；弟弟挑起重擔，照看好家中的一切，讓我能夠安心讀書；同在燕園求學的妹妹伴我度過了很多艱難的日子，謝謝她，同時希望她能珍惜眼下的大好光陰，取得優秀的成績！

七年匆匆而過，即將要離開燕園了，那一串串艱辛而又美好的夢一般的日子，永遠留存在我的心間！

宋歡迎

2014 年 5 月 25 日於中關新園